译文纪实

THE MONSTER OF FLORENCE

Douglas Preston
Mario Spezi

[美] 道格拉斯·普雷斯顿 / [意] 马里奥·斯佩齐 著

赵永健 译

佛罗伦萨的恶魔

上海译文出版社

献给与我一同在意大利探险的家人：我的爱妻克里斯廷和我的孩子阿利提亚和艾萨克。还要献给我的女儿塞莉娜，她很明智地留在了美国。

——道格拉斯·普雷斯顿

献给我的爱妻米丽娅姆和我的女儿埃莱奥诺拉，因对此案过于投入，无暇顾及家庭，向她们表示歉意。

——马里奥·斯佩齐

目　录

年表
001

主要人物
005

序言
001

第一部
马里奥·斯佩齐的故事
001

第二部
道格拉斯·普雷斯顿的故事
173

年　表

一九五一年　　彼得罗·帕恰尼杀死勾引他未婚妻的人。

一九六一年　　一月十四日。萨尔瓦托雷·芬奇的妻子巴尔巴里娜被发现死在家中。

一九六八年　　八月二十一日。巴尔巴拉·洛奇和安东尼奥·洛·比安科被杀。

一九七四年　　九月十四日。圣洛伦佐镇谋杀案。

一九八一年　　六月六日。阿里戈路谋杀案。

　　　　　　　十月二十二日。巴特兰田地谋杀案。

一九八二年　　六月十九日。蒙特斯佩托利谋杀案。

　　　　　　　八月十七日。弗朗切斯科·芬奇被怀疑是"恶魔"而被捕。

一九八三年　　九月十日。焦戈利谋杀案。

　　　　　　　九月十九日。安东尼奥·芬奇因非法持有枪械而被捕。

一九八四年　　一月二十四日。皮耶罗·穆奇亚里尼和乔瓦尼·梅莱被怀疑是"恶魔"而被捕。

　　　　　　　七月二十九日。维基奥谋杀案。

八月十九日。罗伯托·科尔西尼王子被杀。

九月二十二日。穆奇亚里尼和梅莱出狱。

十一月十日。弗朗切斯科·芬奇出狱。

一九八五年　　　九月七日。斯科佩蒂谋杀案。

十月八日。弗朗切斯科·纳尔杜奇在特拉西梅诺湖中溺水身亡。

一九八六年　　　六月十一日。萨尔瓦托雷·芬奇因于一九六一年杀害他的妻子巴尔巴里娜而被捕。

一九八八年　　　四月十二日。开始审判萨尔瓦托雷·芬奇。

四月十九日。萨尔瓦托雷·芬奇被宣判无罪，随即消失。

一九八九年　　　八月二日。FBI对"佛罗伦萨的恶魔"进行心理分析。

一九九二年　　　四月二十七日至五月八日。对帕恰尼的房子和周围空地进行搜查。

一九九三年　　　一月十六日。帕恰尼被怀疑是"佛罗伦萨的恶魔"而被捕。

一九九四年　　　四月十四日。开始审判帕恰尼。

十一月一日。帕恰尼被判有罪。

一九九五年　　　十月。米凯莱·朱塔里总督察接手"恶魔"调查工作。

一九九六年　　　二月十二日。帕恰尼因上诉而被宣判无罪。

二月十三日。万尼被怀疑是帕恰尼的共犯而被捕。

一九九七年　　　五月二十日。开始审判洛蒂和万尼，两人被控是"恶魔"的共犯。

一九九八年　　　三月二十四日。洛蒂和万尼被判有罪。

二〇〇〇年	八月一日。道格拉斯·普雷斯顿抵达佛罗伦萨。
二〇〇二年	四月六日。纳尔杜奇的尸体从墓中挖出。
二〇〇四年	五月十四日。意大利播出电视节目《谁是目击者》。
	六月二十五日。普雷斯顿离开佛罗伦萨。
	十一月十八日。斯佩齐的家被警察搜查。
二〇〇五年	一月二十四日。斯佩齐的家第二次被警察搜查。
二〇〇六年	二月二十二日。普雷斯顿接受审讯。
	四月七日。斯佩齐被捕。
	四月十九日。《血色的大好河山》出版。
	四月二十九日。斯佩齐出狱。
	九月至十月。普雷斯顿与NBC"日界线"栏目组返回意大利。
二〇〇七年	六月二十日。NBC"日界线"播出"佛罗伦萨的恶魔"节目。
	九月二十七日。开始审判被怀疑是"佛罗伦萨的恶魔"的弗朗切斯科·卡拉曼德雷伊。
二〇〇八年	一月十六日。针对被控"滥用职权"的朱塔里和米尼尼的审讯，召开首次听证会。

主要人物

毛里齐奥·奇米诺总督察，佛罗伦萨警察缉捕队队长。

山德罗·费代里科总督察，凶杀案警探。

阿道夫·伊佐，检察官。

卡尔梅拉·德·努乔和乔瓦尼·福吉，一九八一年六月六日在阿里戈路
　　遇害。

毛罗·毛里医生，首席法医。

福斯科，毛罗·毛里的助手。

斯特凡尼亚·佩蒂尼和帕斯夸莱·真蒂尔科，一九七四年九月十四日在圣
　　洛伦佐镇附近遇害。

恩佐·斯帕莱蒂，被怀疑是"恶魔"而被捕的"偷窥者"。"恶魔"再次出
　　击时他在监狱里，因此之后被无罪释放。

法布里，另一个在此案中受到审问的"偷窥者"。

斯特凡诺·巴尔迪和苏珊娜·坎比，一九八一年十月二十二日在巴特兰田
　　地遇害。

加利梅塔·真蒂莱教授，妇科医生，被谣传为"恶魔"。

卡洛·圣安杰洛"医生"，冒牌法医，经常在夜里出没于墓地。

加利莱奥·巴比尼修士，方济各会修士，精神分析学家，帮助斯佩齐摆脱
　　此案造成的心理恐惧。

安东内拉·米廖里尼和保罗·马伊纳尔迪，一九八二年六月十九日在靠近
　　波皮亚诺城堡的蒙特斯佩托利遇害。

西尔维亚·黛拉·莫尼卡，参与此案的检察官，她在邮件里收到"恶魔
　　案"最后一个遇害者身上的器官。

斯特凡诺·梅莱，来自撒丁岛的移民，承认于一九六八年八月二十一日杀
　　死他的妻子及其情人，被判十四年有期徒刑。

巴尔巴拉·洛奇，斯特凡诺·梅莱的妻子，一九六八年八月二十一日与她
　　的情人在西格纳附近遇害。

安东尼奥·洛·比安科，西西里岛的砖匠，与巴尔巴拉·洛奇一起被杀。

纳塔利诺·梅莱，斯特凡诺·梅莱和巴尔巴拉·洛奇的儿子，母亲
　　遇害时他年仅六岁，案发时睡在汽车后座上，目睹母亲被杀。

巴尔巴里娜·芬奇，萨尔瓦托雷·芬奇在撒丁岛时的妻子，很可能是被丈
　　夫杀死，死于一九六一年一月十四日。

乔瓦尼·芬奇，芬奇三兄弟之一，在撒丁岛的时候强奸了他的亲妹妹，他
　　还曾是巴尔巴拉·洛奇的情人。

萨尔瓦托雷·芬奇，芬奇三兄弟的老二，一九六八年双重谋杀案的罪魁祸
　　首，巴尔巴拉·洛奇的情人，很可能拥有"恶魔"的手枪和子弹。他
　　保管的这把手枪和子弹也许于一九七四年被人偷走，四个月后"恶
　　魔"开始作案。因被怀疑是"恶魔"而被捕。

弗朗切斯科·芬奇，芬奇兄弟中年纪最小的一个，巴尔巴拉·洛奇的情
　　人，安东尼奥·芬奇的叔叔。因被怀疑是"恶魔"而被捕。

安东尼奥·芬奇，萨尔瓦托雷·芬奇的儿子，弗朗切斯科·芬奇的侄子，

在"恶魔"犯下焦戈利杀人案之后因私藏枪械而被捕。

钦齐亚·托里尼，电影人，拍摄了一部有关"佛罗伦萨的恶魔"案的电影。

霍斯特·迈尔和乌韦·吕施，两人死时都是二十四岁，一九八三年九月十日在焦戈利遇害。

皮耶罗·路易吉·维尼亚，二十世纪八十年代负责"恶魔案"的首席检察官，是他下令抓捕帕恰尼。维尼亚后来成为意大利强大的反黑手党警队的队长。

马里奥·罗泰拉，二十世纪八十年代"恶魔案"的预审法官，相信"恶魔"就是某个撒丁岛团伙，即受到调查的"撒丁小道"的成员。

乔瓦尼·梅莱和皮耶罗·穆奇亚里尼，斯特凡诺·梅莱的哥哥和姐夫，因被怀疑是"佛罗伦萨的恶魔"而被捕。

保罗·卡内萨，二十世纪八十年代参与调查"恶魔案"的检察官，如今是佛罗伦萨的公诉人（相当于美国的联邦检察官）。

皮亚·龙蒂尼和克劳迪奥·斯特凡纳奇，一九八四年七月二十九日在邻近维基奥的博斯切塔遇害。

罗伯托·科尔西尼王子，一九八四年八月十九日在他的庄园里被偷猎者杀害，人们谣传他就是"恶魔"。

纳迪娜·莫里奥特，三十六岁，让-米歇尔·克拉韦奇威利，二十五岁，一九八五年九月七日在斯科佩蒂空地里被"恶魔"杀害。

萨布里纳·卡尔米尼亚尼，一九八五年九月八日，周日，那天恰好是她十九岁的生日，她碰巧进入斯科佩蒂空地，看到两位法国游客遇害后的场景。

鲁杰罗·佩鲁吉尼，接手"反恶魔专案组"的总督察，起诉彼得罗·帕恰尼。他是托马斯·哈里斯的著作（以及电影）《汉尼拔》里虚构的里纳尔多·帕齐总督察的人物原型。

彼得罗·帕恰尼，托斯卡纳农民，被判为"佛罗伦萨的恶魔"，上诉之后被判无罪，然后又被要求重新接受审讯。他是所谓的"野餐朋友"的头目。

阿尔多·费齐，托斯卡纳地区最后一位民谣歌手，创作了一首有关彼得罗·帕恰尼的歌曲。

阿尔图罗·米诺利蒂，宪兵指挥官，认为在帕恰尼的花园里找到的那枚用来给帕恰尼定罪的子弹也许是警探预先放好的。

马里奥·万尼，外号"苹果核"，曾是圣卡夏诺小镇的邮差，被判为帕恰尼杀人行凶时的同犯。在对帕恰尼的审讯中，万尼说的"我们是野餐朋友"成为意大利语固定短语。

米凯莱·朱塔里，在佩鲁吉尼升迁到华盛顿之后接管"恶魔"调查工作。他成立了"连环命案调查组"(GIDES)。他一手策划了对斯佩齐的抓捕行动和对普雷斯顿的审讯。

阿尔法，第一个"秘密证人"，真名普奇，是一名智障男子。他作伪证，宣称曾亲眼看见帕恰尼参与过一次"恶魔"杀人案。

贝塔，第二个"秘密证人"，真名贾恩卡洛·洛蒂，外号"Katanga"(意指"黑鬼")。洛蒂作伪证，宣称曾在几次"恶魔"杀人案中协助过帕恰尼。

伽马，第三个"秘密证人"，真名吉里贝丽，是个老妓女，嗜酒如命，据传可以为了二十五分钱的酒接客卖淫。

德耳塔，第四个"秘密证人"，真名加利，皮条客。

洛伦佐·内西，连环杀人案目击者，多次突然回忆起几十年前发生的事情，在对帕恰尼进行第一次审讯的时候成为关键目击者。

弗朗切斯科·费里，上诉法庭的庭长，主持了对帕恰尼的上诉审判，宣布他无罪。他日后写了一本有关此案的书。

弗朗切斯科·因特罗纳教授，法医昆虫学家，在检查了法国游客尸体的照片后，表示从科学的角度他们不可能像警察坚称的那样是在周日晚上遇害的。

加布里埃拉·卡利齐，经营一家阴谋论网站，认为"红玫瑰会"是"恶魔凶杀案"背后的邪恶组织（该组织也应该对"九一一"事件负责）。她指控马里奥·斯佩齐是"佛罗伦萨的恶魔"。

弗朗切斯科·纳尔杜奇，佩鲁贾医生，一九八五年十月他的尸体被发现漂在特拉西梅诺湖上，人们传言他就是"佛罗伦萨的恶魔"。他显然是自杀，后来却被认定为他杀，斯佩齐被控参与了对他的谋杀。

乌戈·纳尔杜奇，弗朗切斯科的父亲，富有的佩鲁贾人，是共济会的重要成员，也因此受到警方的怀疑。

弗朗切斯卡·纳尔杜奇，死去的纳尔杜奇医生的妻子，路易莎·斯帕尼奥利时装公司的财产继承人。

弗朗切斯科·卡拉曼德雷伊，曾是圣卡夏诺的药剂师，被控是五宗"恶魔凶杀案"的幕后策划者。对他的审判开始于二〇〇七年九月二十七日。

费尔南多·扎卡里亚，曾干过警探，将斯佩齐介绍给路易吉·罗科，陪伴斯佩齐和普雷斯顿前往比比亚尼别墅。

路易吉·罗科，地痞流氓，有过犯罪前科，他告诉斯佩齐他认识安东尼奥·芬奇，并告诉斯佩齐如何前往据称是芬奇藏身处的房子，它位于比比亚尼别墅附近。

伊尼亚齐奥，据说是罗科的朋友，据传去过安东尼奥的藏身处，看到六个铁箱子，很可能还有点二二口径的贝雷塔手枪。

卡斯泰利警探，GIDES侦探，将一些法院文件交给普雷斯顿，在他接受审讯的时候也在场。

莫拉队长，警察队长，在普雷斯顿接受审讯的时候在场。

朱利亚诺·米尼尼，佩鲁贾的公诉人，意大利的公共检察官，职务类似美国联邦检察官或地方检察官。

玛丽娜·德·罗贝蒂斯，斯佩齐案中的预审法官，将"反恐法"用在斯佩齐的身上，阻止他被捕之后与律师见面。

亚历山德罗·特拉韦尔西，马里奥·斯佩齐的律师之一。

尼诺·菲拉斯托，马里奥·斯佩齐的律师之一。

温妮·龙蒂尼，"恶魔案"的受害者之一皮亚·龙蒂尼的母亲。

伦佐·龙蒂尼，皮亚·龙蒂尼的父亲。

序 言

　　一九六九年，就是人类登上月球那年，我在意大利度过了一个难以忘怀的夏天。那一年，我十三岁。我们一家人在托斯卡纳海岸边租了一幢坐落在地中海边石灰岩海岬上的别墅。是年夏天，我们兄弟三人在一处考古发掘地附近玩耍嬉戏，还在一小片海岸边上游泳戏水。海滩笼罩在一座名为"普契尼塔"的十五世纪城堡的阴影之中，音乐家普契尼就是在这里创作了《图兰朵》。我们在海滩上烤章鱼吃，戴着呼吸管在珊瑚礁间潜泳，在不断后退的海岸线上采集古罗马的马赛克碎片。在附近的一处鸡舍里，我无意间发现了一块古罗马双耳酒罐的碎片，看上去已有两千年的历史，上面印着"SES"标记和三叉戟的图像。考古学家告诉我，这个酒罐由塞斯提乌斯家族制作而成，他们是罗马共和国早期最富有的商贾家族之一。在一间乌烟瘴气的酒吧里，人们聚集在一台闪烁不停的老式黑白电视机前，我们亲眼见证了尼尔·阿姆斯特朗登上月球。那一刻，酒吧里爆发出一片欢呼声，渔民和码头工人兴奋地拥抱在一起，互相亲吻，热泪顺着饱经风霜的脸庞淌下，人们齐声高呼"Viva l'America! Viva l'America!"①

　　从那时起，我打定主意要在意大利定居。

长大以后，我成为一名记者，同时也是一名侦探悬疑小说家。一九九九年，我重返意大利，为《纽约客》杂志撰写一篇有关神秘艺术家马萨乔[2]的文章。他在佛罗伦萨的布兰卡奇礼拜堂创作了蔚为壮观的壁画，拉开了文艺复兴的序幕，不过他死时年仅二十七岁，据传是被人下毒致死。二月里一个阴冷的夜晚，我住在佛罗伦萨的一家酒店里，房间可以俯瞰阿尔诺河。我给妻子克里斯廷打去电话，将凌晨六点还在睡梦中的她叫醒，问她是否愿意搬来佛罗伦萨。她一口答应下来。翌日清晨，我便打电话给房产中介公司，开始寻觅合适的公寓。两天之后，我交付定金，租下了一幢十五世纪建造的宅邸的顶层。身为一名作家，我可以四海为家，那干吗不住在佛罗伦萨呢？

在二月一个寒冷的星期，我在佛罗伦萨街头漫步，开始构思等全家迁至意大利之后，我要创作的悬疑小说的情节。这部小说将以佛罗伦萨为背景，是有关马萨乔的一幅失踪名画的故事。

就这样，我们举家迁至意大利。我和克里斯廷，还有我们的孩子，五岁的艾萨克和六岁的阿利提亚，于二○○○年八月一日搬到佛罗伦萨。我们先是住在我租下的能够俯瞰圣神广场的那套公寓里，后来又迁至乡下，搬到佛罗伦萨南部群山之间一个名叫焦戈利的小镇上。我们租了一幢农家的石屋，位于一条泥土路的尽头，隐藏在一处山冈的侧面，四周尽是橄榄树。

我开始为我的下一部小说搜集素材。这将是一部侦探小说，所以我得先搞清楚意大利警方立案侦查的整个过程。一位意大利朋友向我推荐了

---

① 意大利语，美国万岁。
② Masaccio（1401—1428），意大利文艺复兴时期画家。

一名充满传奇色彩的托斯卡纳记者，名叫马里奥·斯佩齐，二十多年来他一直在《国民报》"案件（黑色故事）报道部"工作。《国民报》是一份在托斯卡纳和意大利中部地区发行的日报。别人告诉我："关于警察，他知道的比警察知道的都多。"

就这样，在圣神广场里奇咖啡馆一间无窗的房间里，我和马里奥·斯佩齐见了面。

斯佩齐是个老派的记者，干练机智，有些玩世不恭，对世界上的荒唐事洞若观火。人世间的事情，不管再怎么堕落不堪，他也不会感到吃惊。斯佩齐一头浓密的灰发显得有些蓬乱，坚毅而又略微扭曲的脸庞透着几分帅气，金边眼镜后面藏着一双机警的褐色眼睛。他身穿防水上衣，头顶鲍嘉①式软帽，活似雷蒙德·钱德勒②作品里的人物。他酷爱美国的蓝调音乐、黑色电影和菲利普·马洛。

女侍者端着一个托盘走了进来，上面放着两杯浓咖啡和两杯矿泉水。斯佩齐吐出一串长长的烟圈，把香烟撇到一旁，拿起咖啡一饮而尽，又点了一杯咖啡，接着将香烟放到嘴边又吞云吐雾起来。

我们开始闲聊，斯佩齐语速缓慢，为的是照顾我十分蹩脚的意大利语。我向他介绍了我的新书情节。书中有个主要人物是个意大利宪兵，我便向他请教意大利宪兵的工作情况。斯佩齐简要介绍了意大利宪兵与警察的区别，以及他们立案调查的程序，我边听边记笔记。他答应我将宪兵队里的一位上校介绍给我，那人是他的老朋友。最后，我们聊起了意大利，他随口问我住在哪里。

---

① Humphrey Bogart（1899—1957），美国著名电影演员，以饰演硬汉角色闻名。

② Raymond Chandler（1888—1959），美国推理小说作家，其写作风格对现代推理小说有深远影响，下文的菲利普·马洛是其作品中的主人公。

"一个名叫'焦戈利'的小镇。"

斯佩齐眉毛一挑。"焦戈利？那里我很熟。具体住哪儿？"

我随即告诉了他我家的住址。

"焦戈利……一个风景秀丽的历史名镇。那里有三处著名的地标。你应该知道吧？"

我并不知情。

他脸上浮出一丝笑容，兴致勃勃地说了起来。第一处是斯法恰塔别墅，他的一位先祖阿美利哥·韦斯普奇就曾居住于此。韦斯普奇是佛罗伦萨的航海家、制图师和探险家，是他最先意识到他的朋友克里斯托弗·哥伦布发现了新大陆，而不是印度某个不知名的海岸，并以自己的名字"阿美利哥"（Amerigo，拉丁文 Americus）命名了这个新世界。斯佩齐接着说道，第二处地标建筑还是一幢别墅，名叫"科拉齐别墅"，据说其正面由米开朗琪罗设计，查尔斯王子曾与戴安娜王妃在那里度过假，并创作了多幅著名的托斯卡纳风景水彩画。

"那第三个地标建筑呢？"

斯佩齐咧嘴笑道："这可是最有意思的一个。就在你家门口。"

"我家门外除了橄榄树之外别无他物。"

"说得没错。在那片橄榄树林里，发生了意大利史上最骇人听闻的凶杀案。他是意大利的'开膛手杰克'①，每一次作案都要连夺两命。"

作为一名悬疑小说作家，我多少有些惊愕，但更多的是好奇。

"我起的名字，"斯佩齐说，"我叫他 il Mostro di Firenze②。从一开始

---

① Jack the Ripper, 是一八八八年在伦敦怀特查珀尔区杀害至少五名妓女的凶手的绰号。他手段凶残，令人发指，身份一直是个谜团。

② 意大利语，佛罗伦萨的恶魔。

我便对这宗命案进行了跟踪报道。《国民报》的记者将我戏称为'恶魔专家'。"他咯咯笑了笑，有些洋洋得意，伴着一阵嘶嘶声，烟从齿间溢出。

"跟我聊聊这个'佛罗伦萨的恶魔'吧。"

"你没听说过他？"

"闻所未闻。"

"难道美国人不知道这宗著名的案件？"

"无人知晓。"

"这可真让我吃惊。听起来……那倒像是一宗美国式的案件。你们的联邦调查局也参与了此案的调查，就是那个'行为科学组'，托马斯·哈里斯让这个案子家喻户晓。我曾在一次审讯中见过托马斯·哈里斯，当时他正忙着在一本黄色便笺簿上记笔记。据说他的《汉尼拔》的灵感就是来自'佛罗伦萨的恶魔'。"

此时，我已经被深深吸引了："快给我讲讲这案子。"

斯佩齐喝下第二杯浓咖啡，又点上一根高卢烟，一番吞云吐雾之后继续讲了下去。随着案情渐入高潮，他随手从口袋里掏出一个笔记本和一支破旧的金笔，在本子上将案情的发展脉络用图像表示出来。他用铅笔快速而有力地在纸上标出一些箭头、圆圈、方块和点线，以表示各个嫌疑犯、连环命案、一系列抓捕行动和审判，以及多次以失败告终的调查之间错综复杂的关系。整个案件说来话长，他静静地讲述着，笔记本的白纸上渐渐布满了各种符号。

我认真地听着，起初有些吃惊，继而备感震惊。作为一名犯罪小说家，我自以为是这方面的行家。犯罪故事我听过很多，但随着"佛罗伦萨的恶魔"的故事慢慢展开，我意识到这宗案件非比寻常，完全不同于其他故事。毫不夸张地说，"佛罗伦萨的恶魔"也许是世界上犯罪侦探故事中最精彩的一个。

　　一九七四年至一九八五年间，有七对情侣共十四人在佛罗伦萨周围秀丽山峦间停车做爱时遇害。这些命案的调查成为意大利历史上耗时最长、花销最大的调查。有近十万名男子被调查，十多人被捕，其中多数人在"恶魔"再次发动攻击的时候被无罪释放。很多人的生活因为谣言和错误的指控而被毁。命案发生期间，处于成人年纪的那一代佛罗伦萨人表示，此事改变了这座城市和他们的生活。其间，意大利多人自杀，发生了掘墓和中毒事件，还有人邮寄尸块，在墓地举行通灵仪式，也不乏刑事诉讼、作伪证和狠毒的仇杀。整个调查过程就像是个恶性肿瘤，在时间和空间上不断扩散，迅速蔓延到其他城市，引发新的调查，不断有新的法官、警察和检察官被牵扯其中，更多人受到猜疑，更多人被捕，更多人的生活被毁。

　　这是意大利现代史上耗时最久的追捕，时至今日这个"佛罗伦萨的恶魔"仍未归案。二〇〇〇年我来到意大利的时候，这起案件依然悬而未决，"恶魔"很可能仍然逍遥法外。

　　在这次会面之后，我和斯佩齐很快成为好朋友，受他的影响我也对这宗案件产生了浓厚的兴趣。二〇〇一年春天，我和斯佩齐一道开始寻找真相，追查真正的凶手。本书讲述的就是我们调查的过程，以及最终与我们认为是"佛罗伦萨的恶魔"的那个男子相遇的经历。

　　其间，我和斯佩齐也深陷其中。我被指控为案犯的同谋，协助栽赃嫁祸，制造伪证，妨碍司法，并被威胁倘若再次踏上意大利国土便会立即被逮捕；斯佩齐的境遇更糟：他本人被指控就是"佛罗伦萨的恶魔"。

　　以下就是斯佩齐的自述。

第一部
马里奥·斯佩齐的故事

第一章

　　一九八一年六月七日清晨，明媚的晨光洒向意大利的佛罗伦萨，天空清澈明朗。这是一个宁静的星期天，天空湛蓝无比。在阳光的照耀下，山谷间的松柏散发出阵阵怡人的清香，伴着微风飘向佛罗伦萨。马里奥·斯佩齐端坐于他在《国民报》报社的办公桌后，一边抽烟一边读报，身为记者的他已在此供职多年。这时，一名记者走到他面前。此人专门负责报道犯罪新闻，是报社里的传奇人物，二十年来一直负责有关黑手党的报道，却没有因此丧命。

　　他一屁股坐上斯佩齐的桌角。"今早我有个小小的约会，"他说，"她长得还不错，结过婚……"

　　"跟你年纪相仿吧？"斯佩齐说，"在周日上午做礼拜之前见面？这可有些过分啊！"

　　"过分？马里奥，我可是西西里人！"他拍着胸脯说，"我来自众神诞生之地。话不多说，我希望你今早能替我值一下班，到警察总局转转，看有没有事情发生。我已经打过电话，一切正常。"他后面那句话令斯佩齐永生难忘，"俗话说得好，周日上午的佛罗伦萨一切太平。"

斯佩齐欠了一下身，握住他的手。"既然教父下令，那我悉听尊便。亲吻您的手，罗萨里奥阁下。"

斯佩齐在报社里无所事事，打发了半天的时间。几个星期里，那一天是最容易令人感到倦怠和乏味的日子。也许正是如此，负责报道刑事案件的记者常会产生一种莫名的焦虑——可能有事情发生，他应该抢先报道。斯佩齐尽职尽责，不敢有丝毫懈怠，立即钻进他的雪铁龙，驱车半英里来到警察总局。总局位于佛罗伦萨老城区，是一幢破败的古建筑，其前身是一座修道院。警官的办公室面积不大，由修道士的小屋改造而成。他两步并作一步上了楼，快步来到缉捕队长官办公室的门口。办公室门开着，传出警长毛里齐奥·奇米诺急躁的声音，高亢的声音在大厅里回响，斯佩齐的心不由悬了起来。

真的有事发生了！

斯佩齐发现这位身着衬衫的警长坐在桌后，电话夹在下巴和肩膀之间，浑身大汗淋漓。不知何处传来警察对讲机刺耳的声音，屋里还有几名警察，用方言骂骂咧咧。

奇米诺一眼瞥见了站在门口的斯佩齐，猛地转身对着他。"我的老天爷，马里奥，你这么早就来了？可不要给我添乱，我只知道一共有两个人。"

斯佩齐装作什么都知道的样子。"好的。我不会烦你的。告诉我他们的具体位置就行。"

"阿里戈路，那个鬼地方的确切位置嘛……我想应该是在斯堪第奇。"

斯佩齐飞步下楼，在一楼公用电话亭里给总编打了电话。斯佩齐碰巧知道阿里戈路的位置，因为他的一位朋友在这条曲折的乡村小路的尽头拥有一幢豪宅，房子与此路同名，叫"阿里戈别墅"。

"火速赶到那里，"总编说，"我们马上派个摄影记者过去。"

斯佩齐离开警察总局，驾车飞速穿过市区冷清的中世纪街道，驶向佛罗伦萨的山脉。周日下午一点，佛罗伦萨人礼拜结束回到家中，围坐在餐桌旁准备享用一周里最神圣的一顿午饭。在意大利，家庭聚餐被视为一项十分神圣的活动。阿里戈路沿着一座陡峭的山丘蜿蜒而上，最终通向那幢别墅，沿途经过葡萄园、松树林和古老的橄榄树林。在接近郁郁葱葱的瓦利卡亚山脉山顶的时候，视野也随之开阔起来，整个佛罗伦萨市尽收眼底，更远处则是雄伟的亚平宁山脉。

斯佩齐一眼瞅见当地宪兵指挥官的警车，便将车停在旁边。周遭一片静寂，奇米诺及他的警队尚未赶到，法医也还在路上。斯佩齐与驻守现场的宪兵很熟，所以在他向宪兵点头致意并从他身旁经过的时候，并未被那人拦住。斯佩齐沿着橄榄林里一条狭窄的泥路，径直来到一棵孤零零的古松下。他看到了不远处的犯罪现场，那里无人把守，还未封锁起来。

斯佩齐后来告诉我，当时的情景令他毕生难忘。托斯卡纳的农村笼罩在深蓝色的天空下。附近的一道斜坡上矗立着一座中世纪的城堡，四周种满了松树。极目远眺，透过初夏的雾霾，他能隐约看到大教堂的陶土穹顶在佛罗伦萨市上空耸立，那是文艺复兴的鲜活代表。车里的男孩似乎在驾驶座上睡着了，脑袋靠着侧窗，双眼紧闭，表情自然，面容安详。只有太阳穴上的一个小黑点，以及碎裂得像一张蛛网的车窗玻璃上的洞眼表明，这里就是犯罪现场。

草丛中有一个草编手提包，倒置在地上，袋口完全打开，似乎是有人乱翻之后，随手扔在一边。

他听到有人在草丛里唰唰移动的脚步声，那位宪兵指挥官已经来到他的身后。

　　"那个女的呢?"斯佩齐问他。

　　指挥官动了动下巴示意汽车后面。女孩的尸体位于远处一道狭窄堤岸旁的野花丛中。她也是被枪打死的，赤条条地仰卧在地上，颈上挂着一条金链，项链一头垂在她微微开启的双唇之间。她有一双蓝眼睛，似乎是在诧异地望着斯佩齐。一切都显得极不自然，一切静止不动，没有打斗或慌乱的迹象，活像博物馆里的人体布景。但有一处景象却令人毛骨悚然：遇害女孩腹部下面的阴部不见了!

　　斯佩齐转过身，发现警察已经站在身后。那人似乎明白斯佩齐眼神里的疑问。

　　"那天晚上……来了一些动物……剩下都是灼热的太阳干的。"

　　斯佩齐从口袋里摸出一根高卢烟，在松树的阴影中点着。他站在两个受害者中间的位置，静静地吸着烟，脑子里重现了整个犯罪过程。两人显然是在车里做爱的时候遭人伏击；他们很可能是在"阿纳斯塔西亚"迪斯科舞厅跳完舞之后来到这里，舞厅位于山脚，是年轻人常去的地方。(警察后来证实情况确实如此。)事发当晚，新月如钩。凶手暗中悄悄逼近猎物；也许他已经观察两人做爱有一段时间，在他们毫无防备的时候痛下毒手。这是一次低风险的犯罪行为，是懦夫的行径，近距离将限制在车里狭小空间的两人开枪打死，他们死前甚至都不知道周围到底发生了什么。

　　第一颗子弹射穿车窗将男孩打死，他可能什么都不知道便一命呜呼。她死得更惨，她应该已经知道了一切。杀了她之后，凶手将她从车里一路拖到堤岸的底部，因为斯佩齐看到草地上有斑斑血迹。这个地方开阔得出奇，就在与马路平行的小路旁，山上有多处地方都能望到这里。

斯佩齐的沉思被总督察山德罗·费代里科和一位名叫阿道夫·伊佐的检察官的到来打断，随行的还有法医队。费代里科具有罗马人式的好脾气，带着一种不太令人生厌的冷漠态度。而伊佐则立刻行动起来，他的出现活像弹簧反弹一样突然。他跳出巡逻车，一个箭步冲向斯佩齐。"你在这里干什么，先生？"他气势汹汹地问道。

"工作。"

"你必须马上离开，不得停留半刻。"

"好的，好的……"斯佩齐什么都看到了。他将钢笔和笔记本收起，上了车，原路返回警察总局。在奇米诺办公室外面的走廊上，斯佩齐碰上一位他熟识的警官，他们时常彼此关照。警官从口袋里摸出一张照片给斯佩齐看。"这个你要不要？"

那是两个受害者生前的照片。照片里两人坐在一堵石墙上，相拥在一起。

斯佩齐接过照片。"我们复印一下，下午还你。"

他点了点头。

奇米诺将两个受害者的名字告诉了斯佩齐：女的名叫卡尔梅拉·德·努乔，二十一岁，在佛罗伦萨的古驰①时装店工作；男的名叫乔瓦尼·福吉，三十岁，在当地电力公司供职。两人已经订婚，婚期在即。一名休假的警察周日上午在乡间小路散步的时候发现了这两具尸体，时间为上午十点半。作案时间应该是午夜前不久。警方找到一个勉强可算作目击者的人，是个农民，住在马路对面。他当时听到停泊在田野里的一辆车

---

① Gucci，意大利时尚品牌。

里传出约翰·列侬的《想象》。歌放到一半,戛然而止。他没有听到枪声,但从留在犯罪现场的弹壳来判断,罪犯使用的肯定是点二二口径的手枪和温彻斯特H系列子弹。奇米诺说两个受害者历史清白,生前并无树敌,只有一人存有嫌疑,那就是卡尔梅拉在与乔瓦尼约会之后分手的前男友。

"真是太恐怖了,"斯佩齐说,"我从未在这里见过类似的事情发生……也没想过那些动物竟会干出那种事……"

"什么动物?"奇米诺突然打断。

"那些动物晚上来了……搞得血肉模糊……在那女孩双腿之间。"

奇米诺盯着他。"怎么可能是动物!是那个杀手干的!"

斯佩齐不由得不寒而栗。"那个杀手?他怎么干的,用刀子捅她?"

奇米诺语气平淡地进行了回答,像是在竭力排解心中的恐惧。"不,他没有捅她。他将她的阴道完全割下……然后带走。"

斯佩齐一下子没有反应过来。"他将她的阴道带走了?去哪儿了呢?"话一出口,他便意识到这个问题太愚蠢了。

"他把阴道割下来,逃之夭夭。"

第二章

翌日，周一上午十一点，斯佩齐驱车前往佛罗伦萨市郊的卡雷吉区。树荫下的温度高达华氏一百零五度，空气湿热难忍，感觉就像洗热水澡一样。烟雾如同枢衣一般笼罩在佛罗伦萨上空。他沿着一条崎岖不平的小路驶向一幢黄色的大楼。这幢破败的别墅如今已是一幢医院综合建筑的一部分，墙上大片的石膏已经脱落。

法医办公室的接待区是一个洞穴般的房间，一张巨大的大理石桌子占据了大部分空间。桌上摆着一台电脑，电脑上面裹着白色床单，看起来活像一具尸体。除了电脑之外，桌子上别无他物。桌后墙上的凹处摆着一尊人体解剖学领域泰斗的半身青铜雕塑，"他"蓄着胡须，冷冰冰地望着斯佩齐。

一段大理石楼梯连通二楼和地下室。斯佩齐下了楼梯。

楼梯通向一条地下通道，嗡嗡作响的荧光灯将通道照亮，里面有一排门，两边的墙上铺着瓷砖。最后一扇门敞开着，里面传来骨锯刺耳的尖啸声。一股黑色液体从门口汩汩而出，淌进大厅里，顺着排水沟流走。

斯佩齐走了进去。

"瞧瞧是谁来了！"法医的助手福斯科叫道。他闭上双眼，张开双臂，援引但丁的话："鲜有人会来此觅我……"

"你好，福斯科，"斯佩齐说，"这是谁啊？"他迅速用下巴示意躺在专供实验室助手使用的锌合金轮床上一具摊着四肢的死尸。环形的骨锯刚刚将其头盖骨打开。轮床上，死尸惨白的脸部旁边放着一个空咖啡杯，以及刚刚吃过的奶油蛋卷留下的一些碎屑。

"这个家伙？他可是个才华横溢的学者，是'秕糠学会'的著名教授。但你能看出来，今晚有一件事让我十分失望，令我心情低落。我刚刚打开这个头盖骨，知道我发现了什么吗？他的智慧都哪儿去了呢？哼！里面跟我昨天打开的阿尔巴尼亚妓女的头颅没什么两样！也许这位教授自以为比她优秀，但我将他们的头骨打开之后，却发现两人完全一样！两人最后的命运也都一样，不是都躺在我的轮床上了？他干吗要呕心沥血出版那么多书呢？哼！记者，听我的没错：吃吃喝喝，及时行乐。"

这时，门口传来一个彬彬有礼的声音，福斯科顿时安静了下来。"下午好，斯佩齐先生。"说话的人是毛罗·毛里，就是法医本人，他看起来更像个英国乡村绅士：浅蓝色的眼睛，一头时髦的灰色长发，米色羊毛衫和灯芯绒裤子。"何不到我楼上的办公室坐下一叙？那里更适合交谈。"

毛罗·毛里的书房是个狭长的房间，摆满了有关犯罪学和法医病理学的书籍和杂志。他没有打开房间的窗户，为的是避开酷热，仅仅开启了书桌上一盏小巧的台灯，办公室里光线暗淡，近乎昏暗。

斯佩齐坐了下来，拿出一盒高卢牌香烟，递给毛里一支，但毛里轻轻摇头表示谢绝，斯佩齐自己点了一支。

毛里从容不迫地说道："那个杀手用的是刀具之类的利器。凶器中间有一处凹口或锯齿，有可能是个缺口。这也许是某种特殊类型的刀具。我觉得有可能是一把潜水刀，但我不敢打保票。那人三刀便将那个器官切了下来。第一刀是顺时针切的，从十一点钟位置切到六点钟位置；第二刀是逆时针的，还是从十一点钟位置切到六点钟位置；第三刀则是从上往下割下了那个器官。此刀锋利无比，此人下手干净利落。"

"就像杰克。"

"你说什么？"

"开膛手杰克。"

"说得没错。开膛手杰克。也不完全如此……跟他不是很像。这个凶手不是外科医生，也不是一介屠夫。他不需要通晓解剖知识。警探总是向我询问：'这次手术干得好不好？''干得好'是什么意思？有谁做过这种手术？干出这种事的人肯定手脚麻利，此人用的也许是他工作中使用的某种工具。那个女孩不是古琦店的皮革女工吗？她不是用过皮匠的专用刀具吗？她的父亲不也是个皮革工人吗？没准杀手就是她圈子里的人……此人刀法绝非等闲之辈——说不定是个猎人或动物标本剥制师……最重要的是，他意志坚定，胆识过人。虽说是对一具死尸下手，但毕竟女孩死去没多久。"

"毛里医生，"斯佩齐问，"您是否想过他会如何处理那个……生殖器？"

"我真希望你不要问我这个问题。"

周一下午热得如烤炉一般，一切都显得灰白，案情似乎不会再有任何进展，《国民报》的执行主编办公室里召开了一次大型工作会议。参加会议的有发行人、总编、新闻部主任、几位记者，还有斯佩齐。《国民报》是唯一一家掌握了毁尸案具体细节的报社，而其他日报还毫不知情。这将是一则爆炸性的独家新闻。执行主编表示，此次罪案的细节必须登上头版头条。总编表示反对，认为那些细节太刺激人的神经。斯佩齐大声读出他的笔记，希望能化解这次争执，一个负责犯罪报道的年轻记者突然打断。

"抱歉打断你，"他说，"我突然想起一件事。五六年前好像也发生过一起类似的杀人案。"

执行主编一下子跳了起来。"快要出报了，你才告诉我们这个！你是不是要等到报纸印刷之后再给我'马后炮'？"

记者吓得有些不知所措，没有意识到执行主编的暴怒不过是虚张声势。"对不起，先生，我刚刚想起此事。您是否还记得圣洛伦佐镇附近发生的那一起双重凶杀案？"他停顿了一下，等待回答。圣洛伦佐是佛罗伦萨北面三十公里外群山上的一个城镇。

"还不快往下说！"总编大叫。

"在圣洛伦佐，曾有一对年轻男女被杀。两人也是在一辆车里做爱的时候遇害的。您是否还记得，那个杀手是用一根树枝插进她的那个……阴道？"

"我隐约有些印象。你刚才是不是睡着了？还不快将有关那次谋杀案的文件拿给我。马上写一份报告给我，说明两者间的相似点和不同点……赶快去做！怎么还傻坐在这里？"

会议中断了，斯佩齐回到他的办公桌前开始写他造访法医办公室的见闻。动笔之前，斯佩齐先是重温了关于圣洛伦佐那起命案的报道。这两起案子竟然有着惊人的相似之处。两名受害者——十八岁的斯特凡尼亚·佩蒂尼和十九岁的帕斯夸莱·真蒂尔科于一九七四年九月十四日晚双双遇害。那也是个月黑风高的周六夜晚，两人也已经订婚。凶手将女孩的手提包翻了个底朝天，钱物撒了一地，就像斯佩齐在草地上看到的草编手提包一样。两个受害者当晚也在迪斯科舞厅里待过，舞厅位于圣洛伦佐，名叫"青少年俱乐部"。

那次命案中的弹壳已找到，文档中写明凶手用的是温彻斯特H系列的点二二口径子弹，与发生在阿里戈的谋杀案中的弹壳完全一样。这一细节看起来并不起眼，因为那些子弹是在意大利出售的最普通的点二二口径子弹。

圣洛伦佐案的凶手并没有切下女孩的性器官，而是将女孩从车中拖出，在她的身上十分巧妙地捅了九十七刀，主要是在她的乳房和阴部周围。案发现场位于一个葡萄园旁，凶手用一根木头似的老葡萄藤刺穿了她的身体。这两起命案中，没有任何对受害者进行性侵犯的迹象。

斯佩齐撰写了头版新闻，而另一位记者则负责介绍发生在一九七四年的那起谋杀案。

两天之后，警方做出了反应。读了这篇文章，警察将一九七四年那起命案中收集的弹壳与此案中收集的弹壳进行了比较。除左轮手枪之外，大多数手枪开火之后都会将弹壳弹出；如果射击者不有意带走的话，弹壳一般都会留在现场。警察局实验室给出了最终的报告：这两起命案中凶手使用了同一把手枪。这是一把点二二口径的贝雷塔"长来复"手枪，专门用于"目标射击"，不配消音器。关键的一点是：此枪的撞针有一处小小的瑕疵，会在弹壳边留下清楚的痕迹，与指纹一样独一无二。

《国民报》报道了这起新闻之后，引起了不小的轰动。这意味着，一个连环杀手正潜伏在佛罗伦萨的群山之间。

随后展开的调查使另一个光怪陆离的世界浮出了水面，当地鲜有人知道在佛罗伦萨周边秀美的群山中竟然存在这样一群人。在意大利，多数年轻人婚前都是跟父母同住一个屋檐下，而多数意大利人都较晚结婚。因此，在车里做爱是意大利人热衷的一种消遣活动。据说，如今每三个佛罗伦萨人中就有一人是在车里怀上的。每逢周末的夜晚，佛罗伦萨周边的山上到处是成双作对的年轻人。他们将车子停在阴凉的小道和岔道旁、橄榄树林中以及农田里。

调查人员发现，有许多窥淫狂潜伏在乡郊野外窥视这些男女。在当地，这些窥淫狂被称作"印第安人"，因为他们潜伏在黑暗中。有些人还配有精密的电子装置，例如"吸盘扩音器"和"夜视照相机"。这些"印第安人"将群山分成了几片区域，每片区域都受到一组人或某个"部落"控制。他们控制着偷窥情侣做爱的最佳地点，能够最大限度地获得快感。有一些地点颇受欢迎，或是因为那里可以进行近距离观察，或是因为在那里比较容易找到"好车"。"好车"能够满足你想看到的一切东西。"好车"同样也可以是赚钱的工具，有时候"好车"当场即被"交易"。在这个非法的交易地点，"印第安人"常常手里抓着一大把钞票离开，将他的偷窥地点转让给别人观看高潮部分。阔绰的"印第安人"常会聘请"导游"带他们去最佳的地点，以最大限度地减小风险。

还有一些胆大之徒将目标锁定在那些"印第安人"身上，他们可谓"亚文化"中的"亚文化"群体。这些人晚上潜入山中，不是为了偷看情侣，而是秘密监视"印第安人"，细心地将他们的车型、车牌号码和其他明显的细节一并记下，随后对这些"印第安人"敲诈勒索，威胁将他们晚上不可告人的活动通知他们的妻子、家人和雇主。有时会发生这种事情：
"印第安人"正看得兴起的时候，却因为附近照相机的闪光灯而停止偷窥。
第二天便会有人打来电话："还记得昨晚树林里那次闪光吗？照片照得效
果不错，你看起来很精神，就算是你的表侄也能认出来！顺便说一下，坏
消息是这张照片正待价而沽……"

没多久，调查人员找到一个在这起命案发生的时候潜伏在阿里戈路
的"印第安人"。他名叫恩佐·斯帕莱蒂，是个救护车司机。

斯帕莱蒂与妻子等家人住在佛罗伦萨城外一个名叫"特博内"的村
庄里。整座村庄由一排呈圆形排列的石屋组成，中间是一片开阔的广场，
样子极像美国西部片里的牛仔镇。他的邻居并不喜欢他。据说，他平素喜
欢装腔作势，自以为卓尔不群。据说，他的孩子还上舞蹈课，就好像他们
是贵族的子嗣一般。全镇人都知道他有窥淫癖。命案发生六天后，警察将
这个救护车司机带走了。当时，没有人相信他会是杀人凶手，都认为他不
过是个重要的目击证人。

斯帕莱蒂被带到警察总局接受审问。他身量不高，蓄着浓密的小胡
子，长得贼眉鼠眼，有个大鼻子，下巴像个门把手一样凸出来，还有一张
括约肌一般的小嘴巴，样子就像是一个藏有不可告人秘密的人。而且，在
回答警察提问的时候，他显得颇为自负，竭力逃避，还公然挑衅，这让警
方对他产生了更深的怀疑。他说，那晚他离开家里是想去找个符合他口味
的"妓女"。他声称自己在佛罗伦萨的伦卡诺酒店开车接了个妓女，酒店
与美国领事馆相邻。据他说，她是个那不勒斯的年轻女孩，身穿红色连衣
短裙。女孩上了他的"金牛"汽车，他将她带到那两个年轻人遇害地点附
近的一片森林里。尽情欢爱之后，斯帕莱蒂将这个小个子红衣妓女送回两
人碰头的地方，把她送下车，然后离开。

整个经过近乎是天方夜谭。首先，很难相信一个妓女会主动上陌生人的车，还同意让他驱车二十公里到一片穷乡僻壤的阴暗森林里。审讯他的警察指出他陈述中的多处漏洞，但斯帕莱蒂却丝毫不肯让步。连续审讯了六个小时之后，斯帕莱蒂终于支撑不住。这位救护车司机虽然还是那样骄傲自大，但他终于承认了一个大家都已知道的事实：他确实是个窥淫狂，在六月六日那个星期六晚上离开家，将他的红色"金牛"车停在离案发现场不远的地方。"但那又怎样？"他接着说道，"我又不是那晚唯一在那里偷窥的人，当时有一大帮子人在场。"他还表示，他知道那辆铜色的菲亚特是乔瓦尼和卡尔梅拉的车，因为那车经常去那儿，完全可以算作是"好车"。他不止一次偷窥过他们。他可以肯定，案发当晚还有其他人潜伏在周围。他跟其中一人在那里待了很久，那人可以为他作证。他向警察招供了那人的名字：法布里。

几小时之后，警察开车将法布里从市中心带到警察总局，看他是否能证实在谋杀案发生时斯帕莱蒂不在现场。法布里并未予以确认，却表示在案发前后近一个半小时里，他并没有与斯帕莱蒂在一起。"当然，"法布里告诉探员，"我和斯帕莱蒂那天都见到了对方。跟往常一样，我们在迪亚沃罗酒馆见了面。"这家酒馆是"印第安人"出外享乐之前，聚集在一起做生意和交换信息的地方。法布里补充说，当晚深夜他再次看到斯帕莱蒂，大概是十一点左右，当时斯帕莱蒂沿着阿里戈路下山的时候停下了车。因此，在警探推算的命案发生时间内，斯帕莱蒂一定从与案发地点相距不过十米的地方经过。

还有更多的证据。斯帕莱蒂坚称，在与法布里打过招呼之后，他便转回家中。而他的妻子却说，她上床睡觉的时候已经凌晨两点，而她的丈夫却仍然未归。

警官又一次追问斯帕莱蒂：在午夜时分至凌晨两点之间，你在哪里？斯帕莱蒂答不上来。

警察将斯帕莱蒂关押在佛罗伦萨大名鼎鼎的 Le Murate（囚禁者）监狱里，并控之以 reticenza（沉默罪），这是伪证罪的一种形式。当地政府仍不相信他就是杀人凶手，但他们知道他一定隐瞒着什么不可告人的重要信息。在监狱里蹲几天没准会让他最终松口。

犯罪现场侦察员对斯帕莱蒂的汽车和家里进行了仔细的彻底搜查。他们在他的车里发现了一把削笔刀，在存放手套的箱子里找到一种名叫 scacciacani（吓狗枪）的廉价手枪，里面上满了空包弹，专门用来吓唬狗的，斯帕莱蒂是通过一份色情杂志背面的一则广告购买的。警察没发现任何血迹。

他们还对斯帕莱蒂的妻子进行了审问。她比丈夫年轻很多，身材肥大，是一个诚实朴素的乡村女孩，她承认早已知道丈夫是个窥淫狂。她哭诉道："他向我多次许诺洗手不干，但没多久他就又重蹈覆辙。没错，六月六日晚上，他像往常一样说要出去'随便看看'。"她不知道丈夫具体何时回的家，只知道是凌晨两点以后。她随后坚决表示，她的丈夫肯定是清白的，他绝不会犯下如此可怕的罪行，因为"他胆小怕事，工作的时候亦是如此，如果发生交通事故，他都不想离开救护车看一眼"。

七月中旬，警方最终控告斯帕莱蒂就是凶手。

率先报道恶魔案的斯佩齐继续为《国民报》报道此案。他发表的文章充满了怀疑精神，对判处斯帕莱蒂有罪的控告指出了很多漏洞，其中一条便是，没有证据表明他与此案有直接联系。斯帕莱蒂与一九七四年发生在圣洛伦佐的第一起命案之间也毫无关联。

一九八一年十月二十四日，斯帕莱蒂在他的牢房里翻开报纸，一行大字标题一定让他长舒了一口气。

杀手又回来了
一对年轻情侣在农田遭残忍杀害

"恶魔"再次作案，这恰恰证明了这个有偷窥欲的救护车司机是清白无辜的。

第三章

许多国家都出现过连环杀手。他们通过"否定"的方式来确定他们的文化，他们不是通过提升社会价值观成为时代的典范，而是将那些价值观的软肋暴露无遗。英国出了个"开膛手杰克"，他出生在浓雾笼罩的狄更斯式的伦敦，他对常被社会忽视的下层阶级犯下了一连串残忍的罪行——专杀那些在怀特查珀尔的贫民窟里苟活的妓女。波士顿出了个"波士顿杀人王"，这位温文尔雅、相貌堂堂的杀手潜伏在波士顿的高级社区，专门奸杀上年纪的女性，并将她们的尸体摆出各种猥琐的造型。德国出了个"杜塞尔多夫恶魔"，他似乎昭示了希特勒即将到来：他惨无人道，不分男女老幼，都是他的猎物。他嗜血如命，在死刑前夜，他把即将对他实施的斩首称作"结束所有乐事的乐事"。每一个杀手都以其特有的方式展示了他的时代和国家的阴暗面。

如今，意大利出了个"佛罗伦萨的恶魔"。

一直以来，佛罗伦萨都是个充满了矛盾的城市。在某个温暖的春日傍晚，落日的余晖将河边的宏伟宫殿涂上了一层金色，整座城市如同世界上最优美典雅的城邦；但是临近十一月底，连续两个月的阴雨天之后，佛罗伦萨古老的宫殿显得一片灰白，潮气逼人；狭窄的鹅卵石街道弥漫着下水道和狗粪的臭气，街道两旁耸立着阴森的石墙和高悬的屋顶，挡住了已然微弱的光线。横跨阿尔诺河的桥上流动着黑伞，以挡住这无休无止的雨水。夏日里美丽动人的阿尔诺河此时却变成褐色油腻的汹涌洪水，裹挟着折断的树干和树枝，有时还夹杂着动物的死尸，最终堆积在由阿玛纳蒂①设计的塔门下。

在佛罗伦萨，崇高和恐怖能够共存：萨伏那洛拉②的"虚荣的篝火"和波提切利的《维纳斯的诞生》，列奥纳多·达·芬奇的笔记本和尼科洛·马基雅维里的《君主论》，但丁的《神曲·地狱篇》和薄伽丘的《十日谈》。在佛罗伦萨的主要广场——市政广场上，摆放着古罗马和文艺复兴时期的雕塑，其中一些是佛罗伦萨最著名的雕塑。这是一些令人不寒而栗的艺术作品，向公众展示了凶杀、强奸和肢解的场面，在这方面世界上任何一个城市都要甘拜下风。其中最引人注目的是出自切利尼③之手的那尊著名的青铜雕塑，展示了珀尔修斯得意地将美杜莎被斩断的头颅高举空中，如同网络视频中播出的圣战一样，鲜血顺着她的颈部流淌，她的身体被他踩在脚下。在珀尔修斯的后面，摆放着其他表现谋杀、暴力和残害的雕塑——本书的封面④就是选自其中一尊雕塑，即由詹博洛尼亚⑤创作的《劫持萨宾妇女》。环形的城墙内和城外的绞刑架上曾发生

① Bartolomeo Ammanati（1511—1592），意大利建筑家、雕塑家。
② Girolamo Savonarola（1452—1498），意大利多明我会宣道士、改革家和殉教者。
③ Benvenuto Cellini（1500—1571），意大利佛罗伦萨金匠、雕刻家。
④ 指英文版封面。
⑤ Giambologna（1529—1608），意大利雕塑家，擅长大理石和青铜雕塑。

过历史上最优雅和最凶残的罪行，从难以察觉的投毒到大庭广众惨不忍睹的肢解、酷刑和火刑。几个世纪以来，佛罗伦萨的势力已经扩张到托斯卡纳其他地区，这一切是通过残忍的杀戮和血腥的战争实现的。

佛罗伦萨是公元五十九年在尤利乌斯·恺撒的旨意下兴建而成的，建城的目的是让他手下的士兵在这里安心养老。这里被命名为"Florentia"，意指"繁荣之城"。约公元二五〇年，一位名叫米尼亚托的亚美尼亚王子在罗马朝圣之后，到佛罗伦萨城外的一座山中安顿下来，在一处山洞里过着隐士般的生活。他常从山洞出发，向佛罗伦萨城里的异教徒布道。德西乌斯皇帝在其统治期间，大肆对基督教徒进行迫害。米尼亚托因此被捕并在城市广场斩首示众。传说他从地上捡起自己的头颅，重新置于双肩之上，走回山洞里高贵地死去。如今，意大利最漂亮的罗马式教堂就坐落于此，名叫"圣米尼亚托教堂"，从那里可以俯瞰整座城市以及远方的山脉。

一三〇二年，佛罗伦萨将但丁驱逐出境，此举终未得到世人的原谅。作为报复，但丁将一些赫赫有名的佛罗伦萨人打入地狱，让他们备受酷刑。

十四世纪，佛罗伦萨因羊毛织物贸易和银行业而兴旺发达，在世纪末成为欧洲五大城市之一。随着十五世纪的到来，佛罗伦萨天才辈出，这在人类历史上并不多见。这一段历史被后人称作"文艺复兴"，象征漫长黑暗的中世纪之后人性的"复苏"。从一四〇一年马萨乔的出生到一六四二年伽利略的逝世，佛罗伦萨人为艺术、建筑、音乐、天文、数学以及航海带来了变革，催生了现代世界。佛罗伦萨人发明了信用证，从而创造出现代银行体系。佛罗伦萨的金币一面是佛罗伦萨的百合花，另一面则是身着硬毛衬衣的施洗者约翰像，它也成了整个欧洲通行的货币。这座内陆城市流淌着一条不可通航的河流，却培育出一大批杰出的航海家，他们勇于探索并绘制出"新大陆"的地图，其中一位航海家还将其命名为"美洲"。

此外，佛罗伦萨还发明了"现代世界"这个观念。随着文艺复兴的到来，佛罗伦萨人挣脱了"中世纪精神"的羁绊。在中世纪的观念里，"上帝"是宇宙的中心，人类在世间的存在不过是绚烂的来生之前一段短暂的阴暗旅程。"文艺复兴"则将"人类"置于宇宙的中心，宣扬尘世的生活就是人类的头等大事。西方文明的进程就此改变。

佛罗伦萨的文艺复兴主要是由佛罗伦萨大家族美第奇资助的。在佛罗伦萨富可敌国的银行家乔瓦尼·迪比奇·德·美第奇的领导下，整个家族于一四三四年声名鹊起。美第奇家族通过资助、联盟和影响力等各种巧妙的手段，在幕后操控着佛罗伦萨。尽管美第奇是个重商的家族，但从一开始他们就不惜重金，将大笔的钱投在艺术上。乔瓦尼的曾孙"伟大的洛伦佐"就是"文艺复兴者"一词的完美体现。洛伦佐从小天赋异禀，在能花钱得到的世上最好的教育熏陶下，成长为一个卓有成就的骑士、驯鹰师、猎人和赛马饲养员。"伟大的洛伦佐"的早期画像展现给世人的是一位感情丰富的年轻男子，额头满是皱纹，长着一个尼克松式的大鼻子，一头直发。一四六九年，即他的父亲去世那年，年仅二十岁的他一跃成为佛罗伦萨的领袖。他将一大批优秀人才招致麾下，例如列奥纳多·达·芬奇、桑德罗·波提切利、菲利皮诺·里皮①、米开朗琪罗和哲学家皮科·德拉·米兰多拉②。

洛伦佐带领佛罗伦萨进入一个黄金时代。但即使在文艺复兴的鼎盛

---

① Filippino Lippi（1457—1504），文艺复兴鼎盛时期的画家，师从波提切利。

② Pico della Mirandola（1463—1494），文艺复兴时期意大利哲学家，其著作《论人的尊严》被称为"文艺复兴时代的宣言"。

时期，这座充满悖论和矛盾的城市也是美丽与鲜血融为一体，文明与野蛮相互共存。一四七八年，与美第奇敌对的银行家族——帕齐家族策动政变以推翻美第奇的统治。"帕齐"这个名字本意为"疯子"，是为了纪念一位先祖，在第一次十字军东征的时候，他以近乎愚蠢的勇气成为第一位翻过耶路撒冷墙的人。帕齐家族因有两名成员被但丁打入地狱而广为人知，在但丁的笔下，其中一人"像狗一样咧嘴傻笑"。

四月里一个宁静的周日，"伟大的洛伦佐"及其胞弟朱利亚诺正在大教堂参加弥撒中的"食圣饼"仪式。在两人最猝不及防的时候，一群帕齐家族的杀手向他俩发起了攻击。他们杀死了朱利亚诺，洛伦佐身上多处被刺却侥幸逃脱。他将自己锁在圣器收藏室里。闻听资助他们的大家族遇袭，佛罗伦萨人无不义愤填膺，一大群咆哮的民众聚集起来找那些阴谋家算账。其中一个主要阴谋家雅各布·德·帕齐被人们从韦奇奥宫的窗口吊死，然后人们剥去他的衣服，在地上拖着游街示众，最后扔进阿尔诺河里。虽然遇到这一挫折，但帕齐家族并未一蹶不振，没多久便培养出世界著名的修女玛丽亚·马达莱娜·德·帕齐。她在祷告时若是感受到上帝的恩宠，便会口喘粗气，呻吟着表示狂喜，见此情景人们无不为之震惊。二十世纪还出现过一个虚构的"帕齐"。作家托马斯·哈里斯在小说《汉尼拔》中塑造了一个名叫"帕齐"的主要人物，他是一位佛罗伦萨的警察局局长，因破解"佛罗伦萨的恶魔"案而毁誉参半。

"伟大的洛伦佐"于一四九二年文艺复兴的高潮时期辞世，由此带来了佛罗伦萨历史上一段著名的血腥时期。当时，一个名叫萨伏那洛拉的多明我会修道士住在圣马可修道院，在洛伦佐弥留之际看望了他，后来却公开布道反对美第奇家族。萨伏那洛拉相貌古怪，身穿棕色带兜帽的修道士长袍，个性迷人，举止粗鲁，笨拙而粗壮，长着鹰钩鼻和一双拉斯普廷①般的眼睛。在圣马可修道院，他激情洋溢地进行布道，对文艺复兴带来的堕落大张挞伐，宣称最后审判日已经来到，详细描述了他对未来的展望和他与上帝的直接对话。

他的布道激起了佛罗伦萨普通人的共鸣。佛罗伦萨百姓对文艺复兴及其赞助人的奢靡消费和巨大财富很不以为然，因为他们被剥夺了享用财富的权利。梅毒的暴发使得人们越发义愤填膺。这场梅毒是从新大陆带回来的，在佛罗伦萨市肆虐成灾。这种疾病欧洲人闻所未闻，其来势凶猛，是我们现代人根本无法想象的。染上此病的人身体布满了化脓的疱，面部皮肤也开始松弛脱落。受害者常会突发精神错乱，直至死神仁慈地将他们带走。一五〇〇年即将来到，一些人觉得这个完美的整数标志着最后的审判日到来。在这样一个背景下，萨伏那洛拉找到了能够接受他观点的听众。

一四九四年，法国的查理八世率军侵略托斯卡纳。"不幸的"皮耶罗从他的父亲洛伦佐手里继承了对佛罗伦萨的统治权，他是个傲慢却又无能的国王。他甚至没有打过一场像样的战争，便缴械投降，并以极不公平的条件将佛罗伦萨市拱手送给查理。此举激怒了佛罗伦萨市民，他们将美第奇家族赶走，并将他们的宫殿洗劫一空。萨伏那洛拉拥有大量的追随者，他趁机利用了这一权力真空，宣布佛罗伦萨是个"基督教共和国"，并自封为领袖。不久，他将"鸡奸"这一老于世故的佛罗伦萨人基本接受的普遍活动列为非法，犯禁者可判死罪。罪犯以及共犯将在市政广场中央被施以火刑，或吊死在城门外。

---

① Rasputin（1869—1916），俄国西伯利亚农民"神医"，因医治王子的病而成为沙皇尼古拉二世和皇后亚历山德拉的宠臣。

这个圣马可疯狂的修道士尽情地在佛罗伦萨普通百姓间煽动宗教热情。他大肆斥责文艺复兴的堕落、极端以及人本主义的精神。在他统治的几年里，策动了著名的"虚荣的篝火"。他派手下的走狗挨家挨户地搜罗他认为不道德的物品，例如镜子、异教经书、化妆品、世俗的音乐和乐器、棋盘、纸牌、书籍、精良布匹以及世俗画。所有这一切统统堆放在市政广场，然后付之一炬。画家波提切利屈从于萨伏那洛拉的法令，将自己很多画作都扔进了篝火中；一些米开朗琪罗的作品也可能被烧毁，此外还有很多价值连城的佛罗伦萨杰作都化为灰烬。

在萨伏那洛拉的统治之下，佛罗伦萨陷入了经济衰退。他一直宣称的"最后的审判日"终究没有来到。上帝并未因新出现的虔诚而降福于这座城市，恰恰相反，上帝似乎已经将其遗弃。普通人，特别是年轻人和无业游民开始公然反抗他的法令。一四九七年，一群年轻男子在萨伏那洛拉进行布道时策动暴乱；这场暴乱引发了其他更多的暴乱，最终演化成整个城市的反抗：酒馆重新开张，赌博也再次兴起，舞曲和音乐再一次在佛罗伦萨蜿蜒的街道上鸣响。

萨伏那洛拉的权力逐渐式微，他的布道因而变得更加疯狂，充满了诅咒。但他犯下了一个致命的错误，不该将批评的矛头转向教会。罗马教皇将他逐出教会，下令逮捕他并处以极刑。一群自发组织的暴民攻击了圣马可修道院，砸烂了房门，杀死了萨伏那洛拉手下的一些修道士，将他从修道院里拖了出去。他被控多项罪名，其中一条就是"宗教错误"。在拷问架上被折磨了几个星期之后，他被人用铁链绑在市政广场的一个十字架上，那里正是他发起"虚荣的篝火"的地方。他被活活烧死。大火连续燃烧了几个小时，人们随后将他的残骸剁成碎片，再用燃烧的刷子不停进行搅拌，直到没有一块骨头碎片能够做成用来敬奉的遗骨为止。他的骨灰随即被扔进包容一切又毁灭一切的阿尔诺河里。

"文艺复兴"又一次开始了。佛罗伦萨的鲜血和美丽继续共存。但世上没有什么东西能够永世长存。几个世纪以来，佛罗伦萨逐渐失去了欧洲顶尖城市的地位。佛罗伦萨停滞不前，逐渐衰退。拥有显赫历史的佛罗伦萨已经变得默默无闻，而意大利其他城市却异军突起，声名远扬，诸如罗马、那不勒斯和米兰。

如今的佛罗伦萨人是有名的封闭保守，在其他意大利人眼里，他们拘谨、傲慢、社会等级意识强烈，出奇地刻板和因循守旧。他们也理性、准时、勤奋。在内心深处，佛罗伦萨人认为他们要比其他意大利人更为开化。他们曾向全世界奉献了美好的一切，这已经足够。现在，他们可以关上房门，待在家里，不用向任何人负责。

"佛罗伦萨的恶魔"出现之后，佛罗伦萨人对这几起命案的反应是怀疑、痛苦、恐惧，还有一种病态的迷恋。令他们无法接受的一点是，他们秀美无比的城市——文艺复兴的代表和西方文明的摇篮，竟然还藏匿着如此可怕的"恶魔"。

最重要的一点，最令他们难以接受的是，凶手可能就隐藏在他们中间。

第四章

一九八一年十月二十二日，周四傍晚，天下着雨，冷得有些反常。人们已经计划好第二天进行一场大罢工——届时所有的商店、公司和学校将统统关闭以抗议政府的经济政策。整个夜晚因此充满了节日的气氛。斯特凡诺·巴尔迪拜访了女朋友苏珊娜·坎比的家，与她及其父母共进晚餐，饭后带着她看了场电影。然后，他们开车来到佛罗伦萨西面的巴特兰田地，斯特凡诺对这一带非常熟悉，因为他从小就是在这里玩耍长大的。

白天，常有退休老人来到巴特兰田地，在这里种种蔬菜，吸吸新鲜空气，闲聊中打发时间。而夜幕降临之后，不断会有年轻情侣驱车来到这里，寻找一片幽静亲密的空间。当然随之而来的还有偷窥者。

巴特兰田地正中央有一条小路，尽头是一片葡萄园。斯特凡诺和苏珊娜将车停在这里。他们的面前升起卡尔瓦纳山脉巨大的黑乎乎的轮廓，而身后则隐约传来高速公路上隆隆的汽车声。那一夜，群星和新月被乌云笼罩，大地一片漆黑。

翌日中午十一点，一对年迈的夫妇去地里给他们的蔬菜浇水时发现了犯罪现场。那辆黑色的大众高尔夫汽车横在路中央，左车门紧闭，窗户上是斑斑裂纹，而右车门则敞开着——与前两次的双重凶杀案布局如出一辙。

警察前脚到案发现场，斯佩齐后脚便赶到。这一次警察和宪兵又没用带子将现场四周封锁起来。在场的人中有记者、警察、检察官、法医，大家都在走来走去，随意讲一些并不好笑的笑话，试图驱赶内心的恐惧，却不起任何作用。

没多久，斯佩齐便认出了宪兵队中他熟识的一位上校。那人穿着一件整洁的灰色皮夹克，衣服一直扣到脖颈以抵御秋日的寒气，嘴里不停地抽着美国烟。上校手里拿着一块石头，是他在犯罪现场二十米外的地方找到的。石头形若一个被截去顶端的金字塔，侧边有三英寸长，为花岗岩质地。斯佩齐认出这是个门掣，托斯卡纳的农村老房子里随处可见，在炎热的夏天常用来撑开房门，保持屋内通风良好。

上校手里把玩着那块石头，走到斯佩齐面前："这个门掣是我在现场找到的唯一有价值的东西。我只找到这件物证，所以要带回去。也许他就是用它砸开了车窗。"

二十年后，就是这个在田地里不经意间拾到的不起眼的门掣成为新一轮古怪调查的中心。

"没别的了吗，上校？"斯佩齐问，"就没发现脚印什么的？地面可是又湿又软。"

"在那排与泥路垂直的葡萄藤旁的地面上，我们发现了一个胶皮长靴留下的脚印，是那种尚蒂伊图案，恰好就在高尔夫汽车的右边。我们已经将其记录在案。但咱们都明白，谁都有可能留下那个脚印……就像这块石头一样。"

斯佩齐因为坚持一名记者应当事事由自己亲眼观察而非听信旁人二手信息的原则，极不情愿地前去查看女死者。与前几次的命案一样，她的尸体被拖出车子十米开外，扔在草丛里，双臂交叉，在一片令人惊讶的暴露的地方被挖去部分器官。

法医毛罗·毛里对两具尸体进行了检查，得出的结论是，与上次凶杀案一样，凶手用类似"潜水刀"的锯齿状利刃割下了阴部。他表示，跟往常一样，没发现强奸或对身体性侵犯的迹象，现场也没有精子的痕迹。缉捕队在地上找到九颗温彻斯特 H 系列连发枪的弹壳，还在车内找到两颗子弹。检查的结果是，这些子弹都是由前两宗命案中使用的同一把手枪射出来的，撞针在弹壳边上留下了独特的痕迹。

斯佩齐询问了缉捕队队长一个显然不合常理的问题：一把点二二口径贝雷塔手枪的弹匣只能装九枚子弹，而现场却出现了十一枚弹壳。队长解释说，懂行的射击手能将第十颗子弹塞进弹匣中，再加上枪膛里预先塞进的一颗子弹，这样九连发的贝雷塔枪就能射出十一颗子弹了。

案发翌日，恩佐·斯帕莱蒂被无罪释放。

人们对这起新杀人案的反应，用"歇斯底里"这个词来形容，可谓毫不为过。警察局和宪兵队收到了大量的匿名信和署名信，他们只能一一进行跟踪调查。许多内科医生、外科医生、妇科医生甚至还有神父，连同很多父亲、女婿、情人和情敌都一起受到指控。在此之前，意大利人一直认为连环凶杀是一种北欧现象——英国、德国和斯堪的纳维亚都出现过连环杀手——当然还少不了美国，美国的暴力事件似乎都会被放大十倍。但是，意大利从未发生过这种事情。

年轻一代无不人人自危。夜幕下的乡村已经无人问津。取而代之的是佛罗伦萨某些阴暗的街道，特别是圣米尼亚托基督教堂周围，挤满了汽车，一辆挨着一辆，车窗上贴着报纸或毛巾，车内则是年轻的情侣。

　　几起凶杀案之后，斯佩齐马不停蹄地工作了一个月，在《国民报》上一口气发表了五十七篇稿子。斯佩齐几乎总是能拿到独家消息，总是第一个搞到具有轰动效应的新闻，《国民报》的发行量一下子飙升到历史最高水平。许多记者纷纷跟在他后面，希望知道他的信息究竟来自何处。

　　多年以来，斯佩齐摸索出许多从警方和检察官那里套出情报的"非常"手段。每天上午，他都会去法院和检察院转一圈，打听是否发生了什么新鲜事。他会在法庭的走廊上转转，与律师和警察随便聊聊，希冀挖出些新闻线索。他还会打电话给法医的助手福斯科，问他有没有最新的情报。有时候他也会打给在消防队中的眼线，因为有的犯罪现场需要消防队来寻找尸体。

　　斯佩齐最可靠的消息来源是一个矮小的男人，他在法院大楼内部任职，貌不惊人，从事一些微不足道的工作，其他记者根本不会把他放在眼里。他负责打扫卫生，整理记录着"受到调查"的人的姓名以及调查原因的卷宗。斯佩齐免费将《国民报》赠送给这个不起眼的小职员，他为此甚感骄傲，作为报答他允许斯佩齐翻阅这些文书。为了不让跟在屁股后面的记者知道这个最重要的信息源，斯佩齐会一直等到下午一点半，那些记者那时会聚集在法院前面，然后回家吃午饭。斯佩齐则趁机溜进一条小巷，穿过一些曲里拐弯的小路，从后门进入法庭，与他的秘密朋友见面。

　　在斯佩齐收集到几条显然具有轰动效应的信息之后，他会造访检察官的办公室，假装自己已经知道一切。负责此案的检察官急于知道他究竟了解多少，所以愿意与他交流。通过巧妙的避而不答、虚张声势和声东击西的技巧，斯佩齐能够证实他之前所获信息的真假，并还原整个事情的经过；而检察官最担心的事情便随之发生：这位记者知道了一切。

　　穿梭于法庭的年轻辩护律师是最后一个必不可少的消息来源。年轻律师都巴望自己的名字能够登上报纸，因为这关系到他们的前程。当斯佩齐需要查看一份重要的文件，例如审判记录或判决报告的时候，他会要求某个年轻律师帮他找来，暗示对方会对其进行正面的报道。如果那人犹豫不决，而这份文件又十分重要，斯佩齐便会威胁这个可怜的家伙："这次你若不帮我，我有本事让你的名字至少一年内不出现在报纸上。"这完全是虚张声势，斯佩齐可没这么大的能耐，但对于一个涉世未深的年轻律师而言，这一可怕的前景已经足够了。被吓过之后，律师有时允许斯佩齐将调查的整套文件带回家中，他当晚将其复印备份，翌日再还给那个律师。

　　在对这个"恶魔"调查的过程中，他的消息总是源源不断。即使案情没有新的进展，斯佩齐总是能从人们的传言、阴谋论和围绕此案的歇斯底里中找到素材。

　　关于此案，涌现出大量不可思议的流言蜚语和耸人听闻的阴谋论，许多都跟医生这个职业有关，斯佩齐对所有这些传闻都一一进行了报道。《国民报》上一行不合时宜的标题为这股愈演愈烈的狂热煽风点火："那个死神医生又回来了！"写这个标题的人意在甩出一种有轰动效应的暗喻，但许多读者却按照字面意思加以理解，有关"凶手肯定是个医生"的传言随之变得更加泛滥。许多医生发现自己一下子成为众矢之的，变成恶毒传闻和秘密搜查的目标。

　　警察收到的匿名信中有一些写得十分详细，令他们觉得有必要对某些医生的诊所进行调查和突击搜查。他们暗中查访，避免产生更多的谣言，但在佛罗伦萨这样一座小城市里，每一次调查似乎都会成为公共事件，使人们更加歇斯底里地相信凶手是个医生。这个"恶魔"的特征在公众的心里逐渐清晰起来：他是个富有教养的人，来自上层阶级，最重要的是他是个外科医生。法医不是断定对卡尔梅拉和苏珊娜的身体进行切割的凶手具有"高超的能力"吗？不是说那人行凶时用的很可能是一把手术刀吗？再加上凶手本人的冷血和精心策划的凶案本身，无不表明凶手具有高智商，受过良好的教育。还有传言说凶手一定是个贵族。佛罗伦萨人一直都对当地的贵族存有疑心，以至于早期的佛罗伦萨共和国禁止贵族担任公职。

巴特兰田地谋杀案发生一周后，警察局、《国民报》和检察院接到了不计其数的电话。有一位著名妇科医生，名叫加利梅塔·真蒂莱，他的同事、朋友和上司都要求证实一件已经闹得满城风雨而报纸和警察却拒绝承认的事情：他因被怀疑是"凶手"而被捕。真蒂莱是托斯卡纳最优秀的妇科医生之一，在菲耶索莱附近的玫瑰别墅诊所担任主任医师。传言说，他的妻子在冰箱里发现了他从被害者身上割下的战利品，塞在了干酪和芝麻菜之间。整个传闻源起于有人告诉警方，真蒂莱将手枪和受害者的残骸藏匿在一个银行的贵重物品保管箱内；警方随即秘密地对那个箱子进行了搜查，却一无所获，而银行职员却开始搬弄是非，最终谣言传了出去。检察官竭尽全力否定传言的真实性，但最终还是传得满城风雨，很多人聚集在那个医生家门前，局势一度混乱，还是在警察的介入下人群才最终散去。检察长甚至亲自上电视澄清这则谣言，并表示将对那些散布谣言者追究刑事责任。

是年十一月末，斯佩齐荣获一项新闻工作奖，但与此案无关。他受邀到乌尔比诺领取该奖——一公斤产自乌尔比诺的优质白松露菌。总编同意他去领奖，但前提是他必须从乌尔比诺发回一则报道。由于远离了消息来源，又没有新的素材，他只好动笔讲述一些臭名昭著的连环杀手的历史，从"开膛手杰克"一口气写到"杜塞尔多夫恶魔"。在文章最后，他写道，佛罗伦萨现在有了自己的"恶魔"。在块菌的香气中，他赋予这个杀手一个名字，那就是 il Mostro di Firenze——"佛罗伦萨的恶魔"。

第五章

　　斯佩齐成为《国民报》全职报道"佛罗伦萨的恶魔"的记者。"佛罗伦萨的恶魔"案为这位年轻记者提供的大量珍贵素材，也被充分加以利用。不管可能性多么微弱，警方仍不放过任何一条线索。他们挖掘出数十个诡异事件和古怪人物。对人性弱点洞若观火的斯佩齐也没放过任何一次机会，为《国民报》撰写了多篇稿件，而其他记者却对那些怪人怪事熟视无睹。经他写就的文章具有极高的娱乐性，尽管其中许多都是一些荒诞不经的事情，但都是真人真事。斯佩齐的文章凭借其洗练的文笔和耸人听闻的内容而声名鹊起，许多读者早上喝完浓咖啡之后还不忍放下手中的报纸。

　　一天，他从一位巡警那里得知，警探们对一个冒充法医的怪人进行审问后将其释放。斯佩齐觉得此事颇为有趣，便跟进调查此人。此君是卡洛·圣安杰洛"医生"，一个三十六岁的佛罗伦萨人，相貌堂堂，与妻子分居，喜欢独处，外出时总是一袭黑装，戴着墨镜，左手紧握医生的工具袋。他的名片上写着：

卡洛·圣安杰洛医生，教授

法医

佛罗伦萨病理医学院

比萨病理医学院法医系

他从不离身的袋子里装着一些医学工具，几把磨得异常锋利的闪闪发亮的解剖刀。圣安杰洛医生居无定所，情愿在佛罗伦萨周边小镇上的酒店或民宅借宿。选择酒店的时候，圣安杰洛总选附近建有小型公墓的酒店。如果从酒店房间能望到一些墓碑的话，那就再好不过了。圣安杰洛医生的面孔，以及戴着厚厚墨镜的样子，已经为佛罗伦萨最负盛名的殡仪馆"OFISA"的员工所熟悉，他常常在那里逗留很久，仿佛是在做一件极为重要的事情。这位戴墨镜的医生平时给病人看看病，开开药方，还兼职开了家心理分析诊所。

唯一的问题是，卡洛·圣安杰洛医生不是法医，也不是病理学家。他甚至都算不上是个"医生"，尽管他似乎已经给活人做过手术，至少有一个人曾目睹过。

佛罗伦萨南部的高速公路上发生了一起严重车祸，当时有人想起附近一家酒店里住着他这位医生，此事令圣安杰洛露出了真面目。圣安杰洛医生被请去进行急救，大家都惊讶地听到他恰恰就是对"佛罗伦萨的恶魔"的最新受害者苏珊娜·坎比和斯特凡诺·巴尔迪进行尸检的法医。酒店的几位职员说，在圣安杰洛医生骄傲地打开他的袋子，将他的行医工具展示给他们看的时候，他就是这样亲口对他们讲的。

圣安杰洛的奇谈怪论很快传到宪兵队那里，他们旋即查出圣安杰洛根本就不是医生。他们了解到，他十分钟情于小型公墓和停尸房，更令他们警觉的是，他十分迷恋解剖刀。宪兵迅速将圣安杰洛逮捕并进行审讯。

这个冒牌法医大方地承认自己喜欢撒谎，喜欢夸夸其谈，但他无法解释自己为何喜欢夜里到墓地去。他的女友说，与他做爱进行到高潮阶段的时候，他会停下来吃下几片安眠药，并解释说这是唯一能让他抵制诱惑，不离开他做爱的床到墓碑那里转转的办法；但他对此予以否认，认为这是恶意中伤。

认为圣安杰洛医生就是"佛罗伦萨的恶魔"的猜疑很快即被推翻。因为每一次双重杀人案发生当晚，他所居住的宾馆员工都能证明他不在犯罪现场。证人证实，圣安杰洛医生习惯早睡早起，常在八点半至九点之间便已经就寝，为的是早上三点公墓给他打电话的时候能够起床。"我知道我做的都是一些荒诞不经的事情，"圣安杰洛对质问他的地方法官说，"有时候，我都觉得自己有些疯狂。"

这篇有关圣安杰洛的报道不过是斯佩齐作为《国民报》官方"恶魔专家"撰写的众多饶有趣味的文章之一。他报道过许多通灵者、塔罗牌占卜师、透视师、地卜者和水晶球占卜师，他们纷纷向警察提供帮助，一些人甚至就受雇于警方，继而又遭解聘。他们的"占卜"记录常常成为证据，受到警方的确认并最终存档备案。在佛罗伦萨中产阶层家中的客厅里，家庭聚会即将结束的时候，有时主人和客人会围坐在一张三条腿的桌子四周，桌上倒置着一个小玻璃杯，众人向"恶魔"的某位受害者发问，以得到他或她神秘的回答。占卜结果会寄到《国民报》的斯佩齐和警方那里，或者在对之笃信的人中疯狂流传。除了正式的专案调查之外，对未知世界的调查也在进行中，斯佩齐饶有兴致地将其报道给读者：比如他曾报道过参加在墓地举行的朗诵会和降神会的经历，与会的透视师试图跟死者进行交流。

"佛罗伦萨的恶魔"案惊动了整座城市，似乎还唤醒了圣马可那位阴险的僧侣——萨伏那洛拉早已消亡的灵魂，以及他对文艺复兴时代的堕落所发出的振聋发聩的抨击声。有人利用"恶魔案"再次大张挞伐佛罗伦萨及其道德和精神的堕落，还有中产阶级的贪婪和物质主义。某个社论记者曾如此写道："'恶魔'是这座城市小业主们活生生的代表，他深陷自恋式的放纵，作恶之人包括这里的牧师、政治掮客、自我膨胀的教授、政客，以及很多自命不凡的文人……'恶魔'是个可鄙的中产阶级的复仇者，潜藏在资产阶级堂皇的外表后面。他不过是个品位低下的家伙。"

还有人认定"恶魔"就是个僧侣或神父。有人在写给《国民报》的一封信中表示，在案发现场找到的弹壳陈旧并已褪色，"因为在修道院里，一把旧手枪以及几颗子弹可能就隐藏在某个早已被人遗忘的阴暗角落里"。寄信人接着又指出一件已经引发佛罗伦萨人广泛讨论的事情：凶手很可能是个萨伏那洛拉式的神父，因为年轻人的通奸和堕落而将上帝的怒火施加到他们身上。他指出，"恶魔"将木头似的葡萄藤插入受害者体内，可能是想传达《圣经》里的讯息，不由令人想起基督的那句话，"不结果子的藤蔓，他就剪去"。

警方也不敢对这个"萨伏那洛拉理论"有丝毫大意，开始悄悄地调查某些具有古怪习惯的神父。有几位妓女表示她们不时会接待一位有怪癖的神父。此人对妓女花钱大方，却不跟她们进行正常的性交，而是要求为她们剃掉阴毛。警察对这一线索产生了兴趣，猜测此人一定喜欢用剃刀在那个部位做这种事情。这些妓女随即将他的名字和地址报给了警方。

一个干冷的周日早晨，一小组身着便衣的警察和宪兵，在两个治安官的带领下，进入一座古老的乡村教堂。教堂矗立在佛罗伦萨西南部秀美群山之上的柏树林中。一行人来到圣器收藏室，那个神父正披上长袍，拿起祭坛布准备做弥撒。警察向他出示了搜查证，说明来意，表示要对教堂、空地、忏悔室、圣坛、圣骨匣和神龛进行搜查。

神父备感震惊，一阵晕眩几乎栽倒在地。他当即承认自己有在晚上为女性剃除毛发的癖好，但他发毒誓说自己绝不是那个"恶魔"。他说他明白警察为何要搜查此地，但央求警察不要声张他们此行的目的，在他做完弥撒之后再进行搜查。

警察同意神父在他的教徒面前进行弥撒仪式，警察和探员也加入信徒中间，一直等到整个弥撒仪式结束，神情和动作如同城里人到农村感受弥撒活动一样。他们密切注视着那个神父，唯恐仪式过程中他带着一些关键线索逃之夭夭。

等教徒鱼贯而出之后，警察开始了搜索。但是警探带走的只有神父的剃刀，他很快被排除了嫌疑。

第六章

尽管斯佩齐因报道"恶魔案"而使自己的职业生涯取得了巨大的成功，但并非事事顺心。一桩桩罪案的残忍景象深深地折磨着他的内心。他晚上开始做噩梦，总是担心他美丽的佛兰芒妻子米丽娅姆和宝贝女儿埃莱奥诺拉的人身安危。斯佩齐一家住在一栋由古老修道院改建而成的房子里，坐落在能够俯瞰佛罗伦萨的山峰上，地处"恶魔"经常出没的乡村的中心地带。报道此案令他心里冒出很多关于善恶、上帝和人性等无法回答却又令人苦恼的问题。

米丽娅姆劝丈夫寻求他人的帮助，他最终答应了。作为一名虔诚的天主教徒，斯佩齐没有去找心理医生，而是求助于一名僧侣。此人住在一所破败的十一世纪的方济各会修道院里，他在自己的房间内开设了一家精神病诊所。他名叫加利莱奥·巴比尼，身材矮小，戴着一副可乐瓶底般厚的眼镜，透过镜片炯炯有神的黑眼睛好似又大了一圈。一身褐色的僧侣服，里面裹着破旧的羽绒衫，即使在夏天，他也总是一副冷酷的神情。他的样子像是来自中世纪，不过他是个训练有素的心理分析师，拥有佛罗伦萨大学的博士学位。

加利莱奥修士将心理分析学与神秘的基督教义结合在一起，对遭受巨大心理创伤的人提出忠告，帮助他们恢复健康。他的治疗方法不算温和，为了追求真理他不达目的誓不罢休。他对人类心灵的阴暗面有着近乎超自然的洞察力。在报道"恶魔案"的过程中，斯佩齐会定期找他治疗。他告诉我加利莱奥修士拯救了他的心智，也很可能拯救了他的一生。

巴特兰田地案发生当晚，一对夫妇驾车穿过该区域一处拥挤的路口的时候，恰好从一辆红色的阿尔法·罗密欧车旁驶过。路口在一条狭窄的马路上，马路两旁筑有石墙，这样的马路在佛罗伦萨的农村已是司空见惯。两辆车子因车辆拥堵而艰难前行，这对夫妇清楚地看到另一辆车里的人。他们告诉警察，司机是名男子，显得惊恐不安，面部肌肉因为异常焦虑而扭曲变形。他们对负责制作嫌疑犯画像的警察描述了那人的相貌。根据两人的描述，警察画出一个面相凶煞之人的头像。整个面孔粗犷怪异：额头上有一道道深深的伤疤，长着一双恶毒的大眼睛，鹰钩鼻，薄薄的嘴唇，嘴巴如伤口一般绷得很紧。

由于担心佛罗伦萨人会一下子人心惶惶，变得歇斯底里，检察院决定先不公开这张画像，避免发生政治迫害。

巴特兰田地谋杀案发生已经一年过去，而调查工作毫无进展。随着一九八二年夏季的临近，整座城市陷入一种恐慌不安的情绪。就像是安排好了一样，一九八二年六月十九日，该年夏天第一个不见月光的周六，"恶魔"又一次在佛罗伦萨南部基安蒂乡村的中心地带行凶。两位受害者分别是安东内拉·米廖里尼和保罗·马伊纳尔迪。两人都是二十出头，已经互定终身。他们整日腻在一起，因而被朋友们戏称是"Vinavyl"，这是意大利一款十分常见的超强力胶水的牌子。

这对情侣来自蒙特斯佩托利，一座因盛产红酒和白松露菌而闻名遐迩的小镇，四周群山环抱，几座高大的城堡点缀其间。那天傍晚，两人与很多年轻人一起在波波罗广场参加盛大聚会。在这温暖怡人的周末，他们一边听着冰激凌亭子里高声放出的流行歌曲，一边喝着可乐、吃着冰激凌。

随后，尽管安东内拉多次提及可怕的"佛罗伦萨的恶魔"，但保罗还是说服她随他开车到乡村去兜风。他们驶进了托斯卡纳天鹅绒般的夜色之中。在进入托斯卡纳山间的时候，他们选择了一条与川流不息的道路平行的马路。他们穿过了波皮亚诺城堡巨大的钝锯齿状的大门。城堡已有九百年的历史，主人是古恰尔迪尼伯爵家族。然后他们驶进一条死胡同里。蟋蟀在暖风中高声鸣叫，夜空中星光熠熠生辉，路旁高耸着芬芳的植被，宛如两道阴暗的高墙，为来此幽会的情侣提供荫庇。

那一刻，安东内拉和保罗身处几乎可称作"佛罗伦萨的恶魔"连环杀人案"地形图"的中心位置。

我在此重现随后发生的罪恶细节。两人欢爱之后，安东内拉爬回后座，重新穿上衣服。保罗显然已经察觉到杀手就潜伏在车外。他猛踩油门，急速倒车想要驶离这条封死的小路。"恶魔"吓了一跳，立即向车里开火，击中了男孩的左肩。女孩此时已吓得魂不附体，双臂紧紧搂住男友的头部，她手表的钩子后来被发现缠在他的头发里。汽车倒着驶出了小路，如离弦之箭一般穿过主干道，一头栽进对面的沟里。保罗拼命将车往前开，想要脱离险境，但汽车后轮死死地陷在沟里，原地空转。

"恶魔"站在马路对面，暴露在车前灯射出的强光之中。他冷静地用他的贝雷塔手枪瞄准，弹无虚发，依次打灭了两个车前灯。路边的两枚弹壳显示了他瞄准开枪的具体位置。他穿过马路，打开车门，朝两个受害者的头部各开一枪。他用力将男孩从车里拽出，然后钻进司机的座位，试图将汽车驶离水沟，但车卡得太紧，他只好作罢。他没像往常一样切割尸体，而是逃向路旁的一道山坡，将车钥匙扔到距离汽车三百英尺的地方。在钥匙附近，警探还找到一个标有"脑复康"（吡拉西坦）的空药瓶。这是一种用作"营养补充剂"的非处方药，据说可以提高记忆力，增强大脑功能。药物的来源无法确认。

在周六夜晚一条车水马龙的大街旁作案，"恶魔"承担着巨大的风险，他是以超人的冷静救了自己。警方后来发现，案发前后一小时内，至少有六辆车从路旁驶过。距离马路一公里处，有两人在慢跑，尽情享受凉爽的夜风。在波皮亚诺城堡的岔路口还有一对情侣将车泊在路边，在车内开着灯聊天。

后来一辆过路车停了下来，车主以为发生了一起交通事故。医生赶到的时候，女孩已经香消玉殒。男孩当时尚能呼吸，送到医院仍然神志不清，最终不治身亡。

次日清晨，负责此案的检察官西尔维亚·黛拉·莫尼卡打电话将马里奥·斯佩齐等几位记者召集到她的办公室里。"你们一定要帮我一把，"她说，"我希望你们能在报道中透露那个男性受害人被带到医院的时候仍然活着，可能说了一些有用的东西。这也许是在浪费时间，但没准能吓坏凶手，迫使其做出错误的举动，谁知道会发生什么呢？"

在场的记者照她的意思报道了此案，但没有激起任何反应，至少最初是这样的。

同一天，在一场争论不休的长会之后，负责该案的执法官们决定发布巴特兰田地杀人案之后所画的嫌疑犯肖像。六月三十日，这一未知嫌疑犯的凶残面容出现在意大利各地报纸的头版，此外还有对那辆红色阿尔法·罗密欧的详细描述。

公众的反应令警察有些不知所措。警察局、宪兵队、检察院和当地报社收到了潮水般的邮件，接到了不计其数的电话。许多人将那张残忍邪恶的面孔与商场或情场的对手，或是邻居、医生和屠夫联系在一起。"'恶魔'是产科学教授、前妇科医学系主任，供职的医院是……"人们常会如此告发。另一种典型的控告则是针对邻居："他的第一任妻子弃他而去，后来又有两个女友离开了他，现在与母亲住在一起。"警察和宪兵努力追踪每一条线索，忙得焦头烂额。

许多人发现自己一下子成为怀疑的对象和监视的目标。嫌疑犯肖像颁布当天，一大群人气势汹汹地聚在佛罗伦萨的"罗马门"附近一家屠宰场门前，许多人手里紧紧攥着登载肖像的报纸。当有人加入人群的时候，他会先去屠宰场亲眼察看，然后折回到人群中在门前徘徊。这家屠宰店只好闭门谢客一周。

同一天，一家"红马"匹萨饼店的店主也成为怀疑的目标，因为他的长相跟那张肖像有种惊人的相似。一群男孩戏弄了他一番。他们拿着肖像走进匹萨饼店，煞有介事地拿他跟肖像进行比较，然后他们仿佛是受到惊吓，迅速逃离该店。翌日，午餐之后，该店店主割喉自杀。

警察曾接到三十二个电话，一致表示佛罗伦萨古老的圣弗雷迪亚诺区的某位出租车司机就是那个"恶魔"。一位警察局长决定亲自查明此人的背景。他打电话给出租车公司，假装让那位司机接他去警察总局。到达目的地之后，他的手下迅速包围了出租车，命令司机下车。当出租车司机从车里走出来的时候，在场的警察无不大吃一惊，因为此人与那张肖像极为相似，简直就像是他的照片。警察局长将司机带进办公室，令他吃惊的是，此人竟长舒了一口气。"你若不将我带到这里，"他说，"等我下班，也会亲自登门的。那张肖像一公布出来，简直是糟糕透顶。我什么都没干，车开了一半，顾客却突然说要下车。"随后的调查很快确认，这个出租车司机不可能犯下那些罪行，这种相似纯属巧合。

一大群人参加了两个受害者保罗和安东内拉的葬礼。佛罗伦萨的大主教——贝内利红衣主教主持了布道仪式，葬礼也随之成为对现代世界的控诉。他字正腔圆地说道："在这些悲惨的日子里，关于'恶魔'、疯狂和罄竹难书的罪恶等话题，人们已经谈了很多；但我们非常清楚这种疯狂绝非源自虚无。这种疯狂是对丧失价值观的世界和毫无理性的社会的猛烈抨击。这种疯狂每一天都会对人类精神带来更大的伤害。"红衣主教最后说道："今天下午，我们齐聚于此，默默地见证了人类美好品质遭遇的一次惨败。"

这对已经订婚的情侣被埋在了一起，他们生前同拍的唯一一张照片放置在两人的坟墓之间。

在佛罗伦萨宪兵总部收到的大量指控、信件和电话中，有一封怪异的信件十分显眼。信封里只有一篇从早前一份《国民报》上剪下的已经泛黄的文章，报道的是一桩已被人淡忘的谋杀案，受害者在泊于佛罗伦萨乡间的汽车里做爱时被人杀害。凶手用贝雷塔手枪的温彻斯特H系列子弹将他们杀死，警方在案发现场找到了弹壳。有人在这张剪报上写了"再看一眼这宗命案"几个字。剪报最令人胆战心惊的是这份报纸的日期：一九六八年八月二十三日。

也就是说，十四年前，"恶魔"就已经开始作案。

第七章

从前那起命案现场找到的弹壳本应该扔掉，但由于一个意外的官僚主义错误，那些弹壳仍然存放在积满灰尘的案件档案的尼龙袋里。

每一颗子弹的边沿都带有"佛罗伦萨的恶魔"的手枪的独特印记。

警方又迅速重新调查这桩旧案，但他们随即感到大惑不解：一九六八年的双重谋杀案早已侦破。此案的前因后果一目了然。一名男子对自己的罪行供认不讳，被判为杀死两位遇害者的凶手。此人不可能是"佛罗伦萨的恶魔"，因为"恶魔"第一次行凶时他尚未出狱；而出狱后他住在一家过渡教习所①内，在修女的监视之下生活，身体十分虚弱，行走都有些困难。他绝不可能犯下任何一桩"恶魔案"；他的招供也不会有误，他对该案的细节描述得清楚而准确，只有一个亲历现场的人才能知道得这么详细。

表面上看，一九六八年谋杀案的经过似乎简单、卑鄙，甚至有些陈腐乏味。已婚的巴尔巴拉·洛奇与一个西西里的砖匠发生婚外情。一夜，看完电影之后，两人将车停在静谧的小路上，尽情欢爱。巴尔巴拉的醋坛子丈夫埋伏在附近，在两人做爱的过程中，开枪将他们打死。丈夫名叫斯特凡诺·梅莱，是一名来自撒丁岛的移民，几小时之后他被警方带走。"石蜡手套测试"证明他不久前拿着手枪开过火，他只好招供，声称自己是妒火中烧，一气之下杀死了妻子和她的情人。鉴于他"意志薄弱"，他被免除死罪，改判有期徒刑十四年。

此案已结。

凶手行凶时使用的手枪一直下落不明。梅莱当时声称将其扔进附近的一条灌溉渠里。案发当晚，警方对这条灌溉渠以及整片区域进行了彻底的搜查，却没发现手枪的踪影。当时，没人对这把失踪的手枪有过更多的关注。

警方迅速赶到维罗纳附近梅莱居住的那个教习所内。他们马不停蹄地对他进行了审讯。他们最想知道的是，梅莱杀人之后是如何处理那把枪的。梅莱说话语无伦次，已经近乎痴呆。他的话总是自相矛盾，再加上一副警觉而又紧张的样子，总让人觉得他在隐瞒什么。警方无法从他嘴里得到任何有价值的线索。不管心里藏有什么秘密，他都绝口不提，看样子他是打算把秘密带到坟墓里。

斯特凡诺·梅莱被安置在阿迪杰河畔一幢丑陋的白房子里，位于浪漫维罗纳城外的一片平原上。他与其他刑满出狱的人住在一起。他们获释之后没地方去，没有家人，很难找到谋生的手段。这一慈善机构由一位神父

---

① halfway house，一种提供给那些刚离开诸如精神病医院、监狱等机构的人的临时住所，以帮助他们调整心态，适应外部世界。

经营管理。除了其他要紧的事情之外，他突然发现自己还要保护这位矮小的撒丁岛人免受一大群疯狂记者的骚扰。每一位精力充沛的意大利记者都想采访梅莱，这位神父下定决心将他们拒之门外。

作为《国民报》的"恶魔"专家，斯佩齐不像其他记者那样轻易气馁。一天，他与一位纪录片摄制者赶到那里，宣称要为这家管理有方的过渡教习所拍摄一部纪录片。在对神父进行一番吹捧并对其他同住者假装进行采访之后，他们最终与斯特凡诺·梅莱面对面坐在了一起。

见到他的第一眼就令人泄气：这位撒丁岛人虽还不至于老态龙钟，但他在房间里踱步的时候，僵硬的双腿颤悠悠地迈着小碎步，仿佛随时都有倒下的危险。对他而言，简单如挪一挪椅子的动作都要付出超过常人的努力。他面无表情地微微一笑，脸部肌肉僵在那里，露出一口烂牙。很难将他与十五年前冷静利落地杀死两人的冷血杀手联系到一起。

一开始，采访进行得异常困难。梅莱显得小心谨慎，疑虑重重。渐渐地，他放松了警惕，跟两个"制片人"热乎起来，似乎很高兴找到两个可以听他倾诉的富有同情心的听众。他邀请两人来到他的房间，并向他们展示了他的儿子纳塔利诺和他的missus①（他如此称呼他遇害的妻子巴尔巴拉）的旧照片。

但只要斯佩齐提及一九六八年那起陈年旧案，梅莱就变得含糊其辞起来。他的回答十分冗长，不着边际，想到什么就说什么，似乎不可能从他这里获得任何线索。

采访即将结束的时候，他说了一句十分奇怪的话。"他们需要想出那把手枪在哪里，否则还会有更多的人被害……他们会继续杀人……他们还

---

① 意大利文，太太。

会继续下去的……"

斯佩齐离开的时候，梅莱送给他一份礼物：一张明信片，图片是一幢位于维罗纳的房子及其阳台，据说是罗密欧向朱丽叶表达爱意的地方。"拿着，"梅莱说，"我是'情侣杀手'，这一对是世界上最著名的情侣。"

他们还会继续下去的……只是在离开那里之后，斯佩齐才觉得这个"复数人称代词"有些奇怪。梅莱反复地提到"他们"，好似在说杀人"恶魔"不止一个。他为何认为存在多个"恶魔"呢？这似乎在暗示，在他的妻子及其情人被杀的时候，现场不止梅莱一人。他还有帮凶。梅莱显然相信这些帮凶还在继续谋杀情侣。

斯佩齐意识到这一点，警察同样也意识到了：一九六八年谋杀案并不是某个人一时冲动而犯下的罪恶，而应该是多人伙同作案，是团伙杀人案。犯罪现场不止梅莱一人：他还有帮凶。

难道这些帮凶中某个人或更多的人还在继续行凶，成为"佛罗伦萨的恶魔"？

警察开始着手调查，在那个可怕的夜晚梅莱身边还会有谁。这一阶段的调查深入到梅莱所属的这个古怪而又暴力的撒丁岛团伙。这个团伙被称作Pista Sarda——"撒丁小道"。

第八章

对"撒丁小道"的调查揭开了意大利历史上一个几乎快被人遗忘的奇怪角落——二十世纪六十年代撒丁人大举迁至意大利大陆。许多移民最终将家安置在托斯卡纳区，从此永久地改变了托斯卡纳的特征。

要追溯六十年代初的意大利，可并不只是四十五年的历程那么简单。那时的意大利完全是另外一副样子，一个今天已经完全消失的世界。

一八七一年，意大利实现统一，成为一个主权国家。它由一些公国和封地拼凑而成，几片古老的土地被人硬生生地合并为一个新的国度。当时，意大利居民讲大约六百种语言和方言。新成立的意大利选定佛罗伦萨方言为"意大利官方语"，而当时只有百分之二的意大利人能说这种语言。（佛罗伦萨方言之所以能击败罗马方言和那不勒斯方言脱颖而出，是因为它是但丁的语言。）直到一九六○年，仍有超过一半的意大利人不会讲标准的意大利语。当时，这个国家一穷二白，孤立无援，深受二战巨大的创伤，尚未完全恢复元气；人民也饱受饥馑和疟疾的困扰。没有几个意大利人家里装有自来水，或拥有汽车，甚至连用电都十分困难。现代意大利伟大的工业和经济奇迹才刚刚开始。

一九六〇年，意大利全国最穷最落后的地方是撒丁岛的内陆山区，那里日照充足但土地贫瘠。

多年以后，岛上出现了翡翠海岸①，拥有多家港口和游艇俱乐部，还有很多富有的阿拉伯人和高尔夫球场以及价值百万的海景别墅。固步自封的文化使当地人抛弃了大海。撒丁人过去一直都对大海心存恐惧，因为几个世纪以来大海带给他们的只有死亡、掳掠和强奸。"海上来的是强盗。"撒丁岛的谚语如是说。曾有带着比萨的基督教十字架的船只从海上驶来，船员们大肆砍伐撒丁岛上的森林来组建海军；曾有阿拉伯海盗的黑色帆船从海上驶来，掳走了女人和孩子。传说几个世纪前，这里还曾发生过一次强烈的海啸，将撒丁岛海边的城镇摧毁，迫使当地居民永久地迁居到深山之中。

负责调查Pista Sarda——"撒丁小道"的警察和宪兵又一次重新回到那些大山里，重新回到维拉奇德罗镇，那里是许多与梅莱相关的撒丁人的家乡。

一九六〇年，几乎没有哪个撒丁人会讲意大利语，大多数人都讲他们自己的劳古多罗方言，它被认为是罗曼诸语中最古老、保存最完好的语言。撒丁人按照自己的方式生活，对"意大利人"（他们如此称呼意大利大陆居民）颁布的任何法律都熟视无睹。他们遵循他们自己的一套不成文的法律——巴巴吉亚法典。该法典诞生于古代维拉奇德罗镇周围名叫"巴巴吉亚"的这片撒丁岛中心区域，是欧洲最野蛮、最荒无人烟的区

---

① Costa Smeralda, 撒丁岛东北部的海岸，是世界著名的海滨度假胜地。

域之一。

巴巴吉亚法典的核心是被称作balente——"江湖匪盗"的一群人。他们诡计多端，老谋深算，手段高超，胆识过人。依照巴巴吉亚法典，对其他部落进行盗窃，尤其是掳掠牲口，是值得称颂的行为，因为除了只赚不赔这个原因外，这还被看作英雄般的壮举，是"江湖匪盗"应有的行为。通过偷盗，盗贼展示出他的机智以及对敌人的优势，这是敌人不能照顾好自己的财产和家畜而付出的应有代价。如此类推，绑架甚至谋杀也都成为正当行为。"江湖匪盗"应该受到世人的畏惧和尊敬。

撒丁人，特别是大部分时间都过着与世隔绝、居无定所的日子的牧羊人，无不对意大利国充满鄙视，视其为"占领国"。牧羊人若是违犯了"外国人"（即意大利人）施加的法律，按照"江湖匪盗"的法典，他不会因坐牢而感到羞耻，而会成为"逃犯"，加入生活在山上的其他逃犯和匪帮，偷袭其他部落。就算是个逃犯，他也可以继续在他的城镇秘密地生活。他会获得保护，受人欢迎，还会被人崇拜。作为回报，这些土匪会将一部分战利品分给当地人，绝不会将掠来的财物送还回去。在撒丁人眼中，土匪是在英勇地反抗外来压迫者，捍卫他的权利以及整个城镇的荣誉。土匪也因此被赋予神秘的色彩，成为集浪漫情怀与勇敢精神于一身的英雄。

正是在这一集团式的环境里，警方步步深入，紧紧追寻着"撒丁小道"迂回曲折的历史，揭开了西西里岛根深蒂固的"拒绝作证"理念背后的秘密传统。

即使按照撒丁人的标准看来，维拉奇德罗镇也是与世隔绝的。尽管十分贫困落后，但该镇风景优美，坐落于高原之上，四周为陡峭的山峰环抱，列尼河纵贯整个城镇。村外的橡木林里时有小鹿出没，红色花岗岩峭壁上空有雄鹰盘旋。村外的斯彭杜拉大瀑布是撒丁岛一大自然奇观,诗人加布里埃尔·邓南遮[①]一八八二年造访该岛时曾在此获得灵感。这位诗人惊讶地望着一系列瀑布淌过巨石的时候,瞥见了一名当地居民:

> 葱绿山谷间有一警惕的牧羊人,
>> 他身披动物外皮,
> 泰然立于陡峭的石灰石峭壁上,
> 宛如青铜色的牧神,岿然不动。

撒丁岛其他地方却将维拉奇德罗镇视为"邪恶的地方",正如一句老话所言,这里是"布满阴影和女巫的领土"。大家都说维拉奇德罗的女巫身着拖地长衫,以遮掩她们的尾巴。

维拉奇德罗镇还是某个芬奇家族的故乡。

芬奇家里有兄弟三人。老大乔瓦尼因强奸妹妹而备受村人冷落;老三弗朗切斯科性情残暴,因擅长使刀而小有名气,他能在最短的时间将一头羊杀死、剥皮,并取出内脏。

排行老二的名叫萨尔瓦托雷。他娶了一个名叫巴尔巴里娜(意指"小巴尔巴拉")的少女,巴尔巴里娜为他产下一子,取名"安东尼奥"。一夜,巴尔巴里娜被人发现死在床上,警方判定她是自杀,死于"煤气中毒"。但在维拉奇德罗,有关这起所谓的"自杀事件"的传言十分恶毒。

---

① Gabriele D'Annunzio (1863—1938),意大利诗人、小说家,主要作品有诗集《新歌》、小说《死的胜利》等。

据传，煤气罐打开之后，有人将安东尼奥从他母亲的床上移开，保住了他的性命，撇下巴尔巴里娜一人受死。村里多数人都认为是萨尔瓦托雷杀死了她。

巴尔巴里娜之死是压垮芬奇三兄弟的最后一根稻草。维拉奇德罗镇联合起来反对他们，无奈之下他们只得离开。一九六一年晴朗的一天，他们登上了驶往意大利大陆的渡船，与其他人一道离开了撒丁岛。他们来到托斯卡纳区开始新生活。

在大海另一端，另一个"巴尔巴拉"正在等着他们。

第九章

芬奇三兄弟抵达里窝那码头的时候，他们与大部分迁徙到托斯卡纳的撒丁人不大一样。下了渡船，撒丁人一般都会紧紧攥住他们的纸板箱，一脸茫然，这是第一次离开他们的小山村，身上几乎一文不名。与之相反，芬奇兄弟却显得自信沉着，适应能力强，出奇地老练。

兄弟三人中，萨尔瓦托雷和弗朗切斯科将在"佛罗伦萨的恶魔"案中扮演重要角色。他们相貌上有几分相似：个子不高，身体粗壮，相貌堂堂，乌黑的卷发，傲慢粗糙的脸上有一双躁动不安的眼睛。两人都聪明过人，与他们有限的知识水平十分不符。虽然外表相似，但性格上却有着天壤之别。萨尔瓦托雷沉默寡言，善于沉思，含蓄内向，喜欢跟人讲道理，带有传统的谦谦君子之风。他戴着一副眼镜，活像是一位讲授拉丁文的教授。弗朗切斯科年纪最小，性格外向，傲慢自大，具有狂妄自大的大男子主义，是两人中真正的"匪盗"。

很自然，他们都讨厌对方。

来到托斯卡纳，萨尔瓦托雷找了份砖匠的差事。而弗朗切斯科大多数时间都在佛罗伦萨城外的酒吧里度过。那个酒吧是撒丁岛的罪犯集聚的场所，是三个臭名昭著的撒丁岛歹徒的秘密总部，他们将撒丁岛上一项古老的行当带到了托斯卡纳：绑架勒索赎金。在某种程度上，正是这三个撒丁人掀起了六十年代末和七十年代困扰托斯卡纳的绑架风潮。有一次，赎金迟迟未付，他们便对被绑架的伯爵痛下毒手，杀人灭口，然后拿尸体去喂猪——托马斯·哈里斯在他的小说《汉尼拔》里对这一细节进行了详细的描述。就我们所知，弗朗切斯科·芬奇从未参与过此类绑架事件。他主要干些拦路抢劫和偷鸡摸狗的勾当，还从事另一个古老的撒丁岛传统行当：偷盗牲口。

萨尔瓦托雷在撒丁人梅莱一家居住的破房子里租了个房间，斯特凡诺·梅莱与他的父亲、兄弟姐妹以及妻子巴尔巴拉·洛奇住在一起。（在意大利，女性婚后传统上仍保有娘家姓。）巴尔巴拉·洛奇身材曼妙，眼睛又黑又大，有着扁扁的鼻子和线条优美的厚嘴唇。她喜欢穿紧身红裙，这能将她婀娜的身材展现得淋漓尽致。她生在撒丁岛一个穷困潦倒的家庭，在十几岁的时候，家人把她嫁给斯特凡诺·梅莱。其实他的家境也非常一般，他比她年长很多，而且还是个傻子。当梅莱家举家迁至托斯卡纳，她也跟了过去。

一到托斯卡纳，年轻而富有活力的巴尔巴拉便开始败坏梅莱家的名声。她常从婆家那里偷钱，然后到城里找男人寻快活，倒贴他们钱，偷偷摸摸地把他们带回梅莱家里。斯特凡诺·梅莱拿她根本没辙。

为了阻止她夜出寻欢，梅莱家的一家之长——斯特凡诺的爸爸在一楼窗户上装上铁条，试图将她锁在家里。但这不起任何作用。巴尔巴拉很快又勾搭上了他们的房客萨尔瓦托雷·芬奇。

巴尔巴拉的丈夫斯特凡诺·梅莱非但没有阻止妻子红杏出墙，反而纵容他们。萨尔瓦托雷·芬奇后来证实："他一点儿都不妒忌。在我寻找住处的时候，是他邀我住在他们家里。'来跟我们住一起！'他当时说，'我们有一间空置的房间。''多少钱？''房租随便给。'我于是搬进梅莱家里。他随即带我去见他躺在床上的妻子。然后，他催我带她去看电影。他说他不在乎这件事；有时候他会找他的牌友打牌，让我独自和她待在一起。"

有一次，斯特凡诺开着摩托车撞上一辆汽车，他静静地躺在医院里休养了几个月。翌年，巴尔巴拉给他生了个儿子，起名叫纳塔利诺，但稍有一点儿常识的人都明白，纳塔利诺的生身父亲的身份令人怀疑。

斯特凡诺的父亲对这种败坏家风的事情忍无可忍，毅然决然地将儿子和媳妇扫地出门，一同离开的还有萨尔瓦托雷。斯特凡诺和巴尔巴拉在佛罗伦萨西面工人阶层聚集的郊区租了一间小屋，她在那里继续与萨尔瓦托雷约会。她的丈夫斯特凡诺十分配合，而且乐此不疲。

"你问她哪里吸引人？"萨尔瓦托雷后来谈及巴尔巴拉，"做爱的时候，她根本不是个木头疙瘩。她知道游戏规则，她懂得如何令人销魂。"

一九六八年夏天，巴尔巴拉离开萨尔瓦托雷，又勾搭上了他的弟弟弗朗切斯科，这个孔武有力的江湖匪盗。巴尔巴拉与弗朗切斯科在一起，成为这个歹徒的情妇，常常出没于撒丁人的酒吧，与一帮恶棍说笑调情，扭动着她的屁股，穿得活像是个荡妇。有一次，她做得有些过火，至少超过了弗朗切斯科的容忍限度。他一把抓住她的头发，把她扯到街上，撕开她那身令人厌恶的衣服，让她只穿着衬裙和丝袜站在瞠目结舌的人群里。

一九六八年八月初，她又另结新欢：安东尼奥·洛·比安科，一个来自西西里岛的砖匠。他人高马大，肌肉发达，一头黑发。他也已经结婚成家，但这并没有阻止他向弗朗切斯科发起挑战。"巴尔巴拉？"据说他曾发过话，"我要在一周内睡了她。"他果然做到了。

现在，两个芬奇兄弟萨尔瓦托雷和弗朗切斯科有理由感到生气和羞辱。此外，巴尔巴拉刚从斯特凡诺那里偷走六十万里拉，这是他在那场车祸中获得的赔偿金。芬奇兄弟和梅莱家族担心她会把钱送给洛·比安科。他们决定把钱夺回来。

巴尔巴拉·洛奇的人生也随之谱写到了最后一个乐章。

一九六八年八月二十一日，她生命的最后一天到来了。若干年后，对那起罪案详细的描述和记录向我们展示了到底发生了什么。巴尔巴拉与新欢安东尼奥·洛·比安科一道去电影院观看最新的日本恐怖电影。随行的还有她六岁的儿子纳塔利诺。看完电影，母子俩乘坐洛·比安科的白色阿尔法·罗密欧离开了影院。汽车驶出城外，拐入一条狭窄的泥路，路上还经过了一处公墓。他们开了几百英尺，停在一片竹林旁，这是两人常去鬼混的地方。

枪手及其同犯早已埋伏在竹林里。他们耐心地等待巴尔巴拉两腿横跨于洛·比安科身上，与他发生关系。车的左后窗是开着的，因为那是个温暖的夜晚。枪手悄无声息地一步步逼近汽车，将手中的那把点二二口径的贝雷塔枪伸进车里，然后瞄准。手枪悬在纳塔利诺头上几英尺高的地方，他当时正在后座上醋睡。几乎是近距离平射——因为现场有火药烟晕——他一共开了七枪：四枪打中了比安科，三枪打中了巴尔巴拉。每一颗子弹都射得精准，枪枪击中要害，两人当场毙命。纳塔利诺被第一声枪响惊醒，眼前闪过一道道黄色的亮光。

手枪的弹盒里还剩下一发子弹。枪手将手枪递给斯特凡诺·梅莱，让他射出最后一枪。梅莱接过枪，双手颤颤巍巍地瞄准妻子的尸体，扣动了扳机。尽管近在咫尺，但他还是射偏了，击中了她的胳膊。但不管如何，他的妻子已经丧命，最后一枪达到了目的：斯特凡诺的手上留下了火药，当时仍然流行的"石蜡手套测试"肯定会查得一清二楚。傻乎乎的梅莱成了替罪羊。有人在汽车仪表板上的盒子里翻找那笔失踪的六十万里拉，但一无所获。（警方后来找到了那笔钱，它藏在车内另一处。）

剩下的问题就是如何处置那个孩子——纳塔利诺。不能将他撇在车里与他丧命的母亲留在一起。母亲被杀之后，他看到他的父亲拿着枪，大喊道："就是这把枪杀了妈妈！"梅莱将手枪扔在地上，抱起儿子，放在肩膀上，大步离开。他哼唱着《夕阳》这首歌安慰孩子。走出两公里半之后，斯特凡诺把他放在一家陌生人的门前，摁响门铃，然后消失不见了。房主身体探出窗口，发现一个惊恐不安的小男孩站在前门的灯光下。"妈妈和叔叔死在车里了！"小男孩声音颤抖地尖声大叫。

第十章

在一九六八年那起双重杀人案发生的时候，警方在调查中找到许多线索，查明两人系被一个犯罪团伙所杀，但这些线索无人理睬，未受重视。

警察当时详细地审问了年仅六岁的纳塔利诺——这起凶案的唯一目击者。他的供词前后矛盾，令人费解。他承认父亲当时在场。审讯中，纳塔利诺说："我在竹林里看到了萨尔瓦托雷。"他随即又改口说那人不是萨尔瓦托雷，而是弗朗切斯科，然后他承认是他的父亲教他说是弗朗切斯科。他描述了案发现场另一个男子的"影子"，含糊不清地提到一个"皮耶罗叔叔"当时也在场。此人"头发从右边分开，是在晚上工作"——可以断定，此人一定是他的姑父皮耶罗·穆奇亚里尼，他是个面包师。然后他又说他记不起任何事情。

一位宪兵队的军官被纳塔利诺矛盾不断的供词搞得不耐烦，便恐吓他说："如果你再不讲真话，我可要把你送回到你死去的母亲那里。"

调查人员觉得他们从男孩那里得到的唯一可靠的信息是，他看到他的父亲手里拿着枪出现在犯罪现场。作为一个被戴绿帽子的丈夫，他是具有犯罪动机的绝佳人选。当晚，他们将斯特凡诺·梅莱抓了起来，迅速将他思念家乡这个毫无根据的辩解推翻。"石蜡手套测试"显示，他右手的大拇指和食指之间带有微量的硝酸盐粉末的痕迹，这基本上可以断定此人最近开过枪。测试之后，梅莱虽是个傻子，但也意识到继续矢口否认是毫无意义的，他只好承认他当时在犯罪现场。也许他已经明白过来：他遭人陷害了。

梅莱小心谨慎而又提心吊胆地告诉宪兵队调查人员，萨尔瓦托雷·芬奇才是真正的杀人凶手。"有一天，"他说，"他告诉我他有一把手枪……就是他，他爱我的妻子，是个醋坛子。在她离开他之后，正是他扬言要杀了她，他不止一次说过这样的话。一天，我催他还钱，你知道他当时怎么说的吗？'我会为你杀死你的妻子，'他亲口跟我说，'这样我们债务两清。'他确实是这样说的！"

但后来，梅莱很快又取消了对萨尔瓦托雷·芬奇的指控，将杀人案的责任全部揽在自己身上。至于那把枪的下落，他从未给过一个令人满意的答复。"我把枪扔进灌溉渠里了。"他如是说道。但是那天晚上对灌溉渠以及周边地区进行的搜索一无所获。

宪兵并不相信他的供词。一切都似乎不合情理：一个在房间里都没有方向感的男人怎么可能不开车就找到距离他家几公里外的犯罪现场，并随后伏击一对情侣，连续朝他们开了七枪。在警察逼迫他招供的时候，斯特凡诺又一次对萨尔瓦托雷进行指控："他是唯一有车的人。"

宪兵决定让这两人当面对质，看会发生什么事情。宪兵找到萨尔瓦托雷，把他带到宪兵队的营房里。当时在场的人说，他们永远也不会忘记两人的这次碰面。

　　萨尔瓦托雷走进房间，顿时变成了"江湖匪盗"，一副狂妄自大的样子。他停下脚步，一言不发恶狠狠地瞪着梅莱。梅莱顿时痛哭流涕，一下子跪倒在萨尔瓦托雷的脚边，抽泣道："原谅我！请原谅我吧！"芬奇一言不发，转身离开。他对斯特凡诺·梅莱有着一种神秘的控制力，能迫使他"拒绝作证"。他的力量如此之大，以至于梅莱宁可冒着坐一辈子牢的危险，也不愿向他发起挑战。梅莱立刻撤销了"萨尔瓦托雷是凶手"的指控，再一次将矛头指向萨尔瓦托雷的弟弟弗朗切斯科。但是在严密审问之下，梅莱最终又坚持声称他自己是凶手。

　　直到此刻，警方和预审法官（监视这次调查的法官）方才感到满意。不管还有什么可疑的细枝末节，此案已经基本告破：他们掌握了那个被冤枉丈夫的招供，还有法医的证据和他儿子的证词。梅莱是唯一被指控犯有谋杀罪的人。

　　在巡回法庭进行审讯的时候，萨尔瓦托雷·芬奇被带到法庭作证，然后发生了奇怪的一幕。在他借用手势陈述证词的时候，他的手指吸引了法官的注意。他的一根手指上戴着一枚订婚戒指。

　　"那是什么戒指？"法官问道。

　　"是巴尔巴拉的订婚戒指，"回答的时候他并未看着法官，而是又恶狠狠地瞪了梅莱一眼，"是她送给我的。"

　　梅莱被判为这起命案的唯一凶手，判处有期徒刑十四年。

　　一九八二年，警方开始拟定可能参与了一九六八年谋杀案的同犯名单。列在名单上的有芬奇两兄弟萨尔瓦托雷和弗朗切斯科，还有皮耶罗·穆奇亚里尼，以及纳塔利诺提及的那团"黑影"。

警方相信,那把手枪绝不会像斯特凡诺说的那样被遗弃在灌溉渠里。在命案中用过的枪通常都不会被随意出售、送人或扔掉。警察认为,梅莱的某个同犯一定将此枪带回了家中,小心掩藏起来。六年之后,那把手枪与原来那盒子弹又重出江湖,成为"佛罗伦萨的恶魔"的枪。警方发现,找到那把枪的下落,便是破解"佛罗伦萨的恶魔"案的关键。

　　对"撒丁小道"的调查先是把目标锁定在弗朗切斯科·芬奇身上,因为他是"江湖匪盗",傲慢自大,还有过作奸犯科的记录。他生性暴力,曾暴打过他的女友,还经常与土匪混在一起。另一方面,萨尔瓦托雷似乎安静许多,他总是努力工作,不沾惹是非。他没有任何犯罪记录。对于不了解连环杀手的托斯卡纳警方而言,弗朗切斯科·芬奇似乎是不二的选择。

　　警察开始努力挖掘对弗朗切斯科不利的证据。他们确定,每一宗命案发生的时候,他都在距离犯罪现场不远的地方。在抢劫、盗窃家畜,以及与女性发生越轨行为期间,弗朗切斯科总是居无定所,行踪不定。例如,一九七四年圣洛伦佐镇双重杀人案发生的时候,他们认为弗朗切斯科就在案发现场附近,因为他与一个嫉妒心强的丈夫发生了争斗,他最喜欢的侄子安东尼奥,即萨尔瓦托雷·芬奇的儿子,也卷入其中。蒙特斯佩托利命案发生之时,弗朗切斯科也在附近,他当时是去看望安东尼奥,后者碰巧住在距离案发现场六公里远的一座小镇里。

　　然而,对弗朗切斯科最为不利的证据是在很久之后才被发现的。七月中旬,托斯卡纳南海岸小镇上的宪兵向佛罗伦萨警方报告,六月二十一日,他们在树林里发现一辆汽车,车上铺满了树枝。宪兵前去查看牌照,发现牌照属于弗朗切斯科·芬奇。

这一条证据似乎意义非凡：六月二十一日碰巧就是斯佩齐和其他记者报道那条（假）新闻的那一天，新闻里说蒙特斯佩托利命案中的一个受害者也许有一段时间尚有生命，甚至能够讲话。也许这条新闻还是吓着了"恶魔"，迫使他将自己的车藏起来。

宪兵队将芬奇抓起来，要求他解释清楚。他解释说此事跟一个女人和她的醋坛子丈夫有关，但听起来毫无道理，另外这也没有解释清楚他为何要把车藏起来。

蒙特斯佩托利案发生两个月之后，即一九八二年八月，弗朗切斯科·芬奇被捕。当时，参与调查"恶魔案"的预审法官对新闻媒体说："现在的危险是一场新的谋杀案随时都可能发生，甚至比过去的案件还要惊心动魄。事实上，'恶魔'很可能希望通过犯罪行动再次表明他是这一系列谋杀案的'始作俑者'。"逮捕了嫌疑犯之后，法官发表这样的言论，着实有些奇怪，但这表示警方对是否抓到"恶魔"这一点持有高度的不确定性。

秋冬季节随之降临，没有再发生新的命案。弗朗切斯科·芬奇仍然被警方拘禁。但是，佛罗伦萨人却仍然躁动不安：弗朗切斯科看起来不像是他们想象中那个出身贵族的高智商的"恶魔"，他更像是个可鄙的皮条客、会讨女人欢心的大男人。

整个佛罗伦萨充满恐惧地等待着温暖夏季的到来，那是"恶魔"钟爱的季节。

第十一章

　　一九八二年的秋天和冬天，马里奥·斯佩齐完成了一本有关"佛罗伦萨的恶魔"案的书，名字就叫《佛罗伦萨的恶魔》，于翌年五月出版。该书介绍了从一九六八年谋杀案到蒙特斯佩托利双重杀人案等几起凶杀案。人们纷纷迫不及待地购买阅读，对即将到来的夏季可能会发生的事情心生恐惧。但随着夏天怡人的夜色降临佛罗伦萨的青山，没有再发生新的谋杀案。佛罗伦萨人开始希望，也许警察真的抓住了那个"恶魔"。

　　除了写书和发表有关"恶魔案"的文章之外，那年夏天斯佩齐还写了一篇文章，宣传一位名叫钦齐亚·托里尼的年轻电影人。她拍摄了一部精彩的纪录短片，讲述了阿尔诺河上最后一位摆渡船夫贝尔托的生活——这个干瘦的老人会讲故事、传奇和古老的托斯卡纳谚语逗乘客开心。托里尼对斯佩齐的文章十分满意，并饶有兴致地阅读了他那本有关"恶魔"的书。她打电话给斯佩齐，提出想要拍摄一部有关"佛罗伦萨的恶魔"的电影，斯佩齐邀她到他的寓所吃饭。由于斯佩齐白天要忙于记者的工作，所以安排在晚饭见面——即使按照意大利人的标准，这顿饭吃得还是太晚。

晚饭安排在一九八三年九月十日，托里尼驱车行驶在通向斯佩齐寓所的陡峭山坡上。可以想象，作为一名电影工作者，托里尼不乏生动的想象力。她后来回忆，路旁的大树活像是骷髅的双手，在风中扭动抓挠，树叶沙沙作响。她不禁怀疑自己是否丧失理智，竟然会在一个月黑风高的周六夜晚驱车行驶在佛罗伦萨群山的中心，去跟一个人谈论在月黑风高的周六夜晚佛罗伦萨群山里犯下的耸人听闻的罪行。在一条曲折山路的拐弯处，她的老菲亚特127的前灯照到这条狭窄的山路中央一团白色物体。那个"物体"伸展开来，变得巨大无比。"它"脱离了柏油路，无声无息地升腾起来，活像是一条肮脏的被单随风飘了起来。定睛一看，原来是只巨大的白色猫头鹰。托里尼不由心下一紧，因为与从前的罗马人一样，意大利人也相信，夜里遇到猫头鹰并不是什么好兆头。她差一点就扭头回家。

她将车停在改建成公寓楼的古老修道院铁门外面的小停车场里，摁响了门铃。斯佩齐将他公寓的绿色房门一打开，她内心焦虑不安的感觉顿时消失了。他的家温暖怡人，还有几分古怪，一张称作"仿云石"的十七世纪赌博桌现在改用为咖啡桌，墙上挂着老照片和图画，角落里还有一个壁炉。餐桌已经在阳台上摆放妥当，置于白色遮阳篷的下面，在阳台上放眼望去，能看到黑暗群山间的点点灯光。托里尼暗笑自己开车的时候心里竟会冒出如此荒唐的恐惧感，她很快便将这种感觉抛之脑后。

他们晚上大部分时间都在谈论拍摄"佛罗伦萨的恶魔"案电影的可能性。

"我觉得这事有点难，"斯佩齐说，"这个故事缺少一个核心角色——凶手。警方关押的那个弗朗切斯科·芬奇正在等待审讯，他只不过是受到指控，我十分怀疑警察是否抓到真凶。这是个没有结尾的谋杀谜案。"

托里尼认为这不是问题。"关键人物并不是那个凶手，而是佛罗伦萨这座城市本身——这个城市发现有个'恶魔'藏匿其中。"

斯佩齐解释了他为何认为弗朗切斯科·芬奇不是'恶魔'。"他们指控他的证据不过是他是被杀女人的情夫，他打过他的那些女友，他还是个骗子。在我看来，这些因素反倒有利于他。"

"此话怎讲？"托里尼问。

"他喜欢女人，他也广受女性的青睐，这足以让我相信他不是'恶魔'。他打过女人，但他不会杀死女人。而那个'恶魔'却是在毁灭女人。他恨女人，因为他想占有她们却无能为力。他的这种苦闷正是毁灭他的诱因，因此他只能以唯一一种方式占有她们的身体，那就是盗取最能体现她们女性特征的器官。"

"如此说来，"托里尼说，"那就意味着'恶魔'患有阳痿症。你是否这样认为？"

"差不多吧。"

"对于命案中仪式性质的因素以及对受害者尸体的精心摆放，您作何理解？例如，'恶魔'用葡萄藤的粗枝插进阴道里，这令人想起圣约翰的话——不结果子的藤蔓，他就剪去。凶手是在惩罚搞婚外恋的情侣吗？"

斯佩齐将嘴里的烟气吐向天花板，笑道："那都是一派胡言。你知道他为何用一根老葡萄藤？看一下犯罪现场的照片，你会看到罪犯的车恰恰停在葡萄园旁边！他只不过顺手抓起最近的粗藤而已。在我看来，用粗藤侵犯女性的身体似乎证实了他并不是超人。他没有强奸他的受害者，兴许他根本没有这种能力。"

接近午夜时分，斯佩齐翻开了他的书，朗声读起最后一页。"许多警探认为'佛罗伦萨的恶魔'案已经告破。但如果在与朋友聚会的晚宴即将结束的时候，你问我怎么想的话，我会实话跟你说：周日清晨家里响起第一声电话铃的时候，我都会忐忑不安。如果前一天周六晚上新月如钩的话，更是如此。"

马里奥放下手中的书，阳台上陷入一片寂静。

就在这时，响起了电话铃声。

打来电话的是当地宪兵队的一名上校，是斯佩齐的老熟人。"马里奥，他们在加卢佐上方的焦戈利，刚刚发现有两个人在一辆大众野营车里遇害。是不是'恶魔'干的？我不清楚。两名死者都是男的。但如果我是你，我肯定会去那里看一看。"

第十二章

为了前往焦戈利，斯佩齐和托里尼沿着雄伟的拉切托萨修道院后面的一条陡峭山路前行。此路被称作"沃特雷纳路"，是欧洲最古老的道路之一，三千年前由伊特鲁里亚人建造而成。在山顶，沃特雷纳路绕了个小弯，然后径直沿着山脊向前延伸。山路右侧随即显现出另一条山路——焦戈利路，这条狭窄的道路在两道长满青苔的石墙之间延伸。小路右边的石墙将斯法恰塔别墅围了起来，别墅属于贵族家族马尔泰利。"Sfacciata"（斯法恰塔）在意大利语中意指"厚颜无耻"或"放肆无礼"，这一神秘的称呼至少可以追溯到五百年前，当时这栋别墅属于赋予美洲大陆名字的那个男子。

焦戈利路的左侧那堵墙将一大片橄榄树林围了起来。距离焦戈利路开端五十米的墙上有一处缺口，几乎位于斯法恰塔别墅的正对面。那处缺口不小，可以将农具从缺口处伸到橄榄树林里。缺口后面是一处平地，站在那里可以俯瞰佛罗伦萨南部群山，山间零星点缀着古城堡、塔楼、教堂和别墅。几百米之外，在最近一座山的顶端，伫立着一座著名的罗马式塔楼，名叫"焦戈利的圣亚历山德罗"。邻近的一座山上耸立着一幢优雅别致的十六世纪别墅，名叫"科拉齐"，别墅有一半掩藏在一片柏树林和金松的后面。别墅属于马尔基家族，其中一名后嗣借助通婚成为弗雷斯科巴尔迪侯爵夫人。作为查尔斯王子和戴安娜王妃的私交，她在科拉齐成婚之后不久便盛宴款待了这一对皇室夫妇。

在这一片美不胜收的景色远处，焦戈利路蜿蜒而下，穿过乡村和小农庄，最终延伸到山谷里一大片佛罗伦萨工人阶层居住的市郊居民区内。到了晚上，这片灰色的市郊居民区活像一条闪闪发亮的毛毯。

很难在托斯卡纳区找到一个比这儿更漂亮的地方。

后来，佛罗伦萨市在这个地方竖起了一个标牌，牌子上用德语、英语、法语和意大利语写着："晚上七点至早上七点，禁止停车。为了安全的原因，禁止露营。"但一切为时已晚。一九八三年九月十日的那天晚上，这里还没有任何标志，有人已经在那里露营了。

斯佩齐和托里尼赶到现场的时候，发现参与"恶魔"调查的全部人员都在场，其中有检察官西尔维亚·黛拉·莫尼卡和资深检察官皮耶罗·路易吉·维尼亚，后者英俊的脸庞显得近乎绝望，脸颊消瘦，脸色灰白。法医毛罗·毛里的蓝眼睛闪闪发亮，正在检查两具死尸。总督察山德罗·费代里科也在现场，踱来踱去，神情高度紧张，惴惴不安。

警车顶部的聚光灯在现场投下一束光怪陆离的光，人们围着配有德国牌照的天蓝色大众野营车站成半圆形，聚光灯投下长长的阴影。了无生气的灯光进一步凸显了丑陋的犯罪现场：这辆破旧老式野营车身上的刮痕，警探脸上的道道皱纹，橄榄树螺旋桨般的树枝在黑色天空的映衬下森然逼近。在野营车的左侧，前方是一片斜坡式的田地，向黑暗中几幢石屋延伸，二十年后那里成为我和家人的临时住所。

他们到达的时候，野营车的左车门开着，车里传出电影《银翼杀手》的音乐尾声。这首曲子已经播放了一整天，因为车里的录音机具有循环播放功能。山德罗·费代里科走上前来，摊开手掌，向我们展示两枚点二二口径的弹壳。弹壳基部还是"恶魔"的手枪留下的那道明确无误的痕迹。

"恶魔"再次出击，受害者数量现在已经升至十名。弗朗切斯科·芬奇仍在狱中，不可能是这起命案的罪魁祸首。

"他这次为何要袭击两个男人呢？"斯佩齐问。

"瞧一瞧野营车的内部。"费代里科头一扭说道。

斯佩齐向车子走去。从车旁经过的时候，他注意到车门侧窗较高的部分，在一片薄薄的透明玻璃那里，有几个弹孔。要看清车内的情况，斯佩齐得踮起脚尖。要想瞄准目标，杀手必须要比斯佩齐高大一些，至少得五英尺十英寸高。他还注意到野营车的金属侧边上也有一些弹孔。

敞开的车门周围站着几个人，有便衣警察、宪兵、犯罪现场警探；浸满露水的草地上，到处都是他们的脚印，掩盖了杀手留下的任何痕迹。斯佩齐心里暗想，这又是一个被破坏的犯罪现场的例子。

但就在向车内张望之前，斯佩齐的目光被车外一些散落在地面上的东西吸引住了：这是从一本名叫《金色同性恋》的纸张光滑的情色杂志上撕下的一些纸片。

一道微弱的灯光射进汽车内部。汽车前排的两个座位都是空的，后面有一张年轻男子的脸，蓄着稀疏的胡须，眼睛呆滞无光，仰面朝天躺在双层坐垫上，双脚对着汽车的后部。第二具尸体位于汽车后面的角落里。那人仍然蜷缩着身体，似乎恨不得自己能施展缩身术。他吓得身体僵硬，双手紧握，脸上垂着一绺金色的长发。金发上染有血迹，颜色发黑，已经凝结成块。

"你不觉得他看起来像个女孩吗?"山德罗·费代里科的声音传来,吓了斯佩齐一跳。

"起初,我们也搞错了。但那人的的确确是个男人。似乎我们这位'恶魔'朋友也犯了同样的错误。你能否想象,发现这一点的时候他会作何感想?"

九月十二日,星期一,各家报纸纷纷大肆炒作这条新闻:

佛罗伦萨恐怖事件
"恶魔"随意选择受害者

两位受害者名叫霍斯特·迈尔和乌韦·吕施,都是二十四岁,结伴在意大利游玩,九月八日将他们的大众野营车停在这个地方。九月十日晚七点钟左右,他们近乎赤裸的尸体被人发现。

截至此时,弗朗切斯科·芬奇已经入狱十三个月,公众已经相信他就是"佛罗伦萨的恶魔"。就像恩佐·斯帕莱蒂一样,"恶魔"本人再次证明了被告的无辜。

"佛罗伦萨的恶魔"此时已经成为国际新闻。伦敦的《泰晤士报》出版星期日特刊,专门报道了此案。澳大利亚等国家的摄制组也纷纷赶来采访。

"尽管已有十二[①]人遇害,但我们仅仅知道'恶魔'仍然逍遥法外,

---

① 当时,许多人将一九六八年的双重杀人案视为"恶魔"犯下的第一起谋杀案,所以总计有十二位受害者,而不是十位。——原注

他的点二二口径的贝雷塔手枪还会再次杀人。"《国民报》如是报道。

此时,"恶魔"再次杀人,而芬奇又在狱中,警方似乎应该很快就会将他释放。但随着时间一天天过去,弗朗切斯科·芬奇仍然没有出狱。警探怀疑这起双重命案是经过事先策划完成的。警方推测,也许与芬奇关系亲密的人想要证明他不可能是杀手。焦戈利一案不合常规,临阵磨枪,与众不同。令人感到奇怪的是,"恶魔"竟然会犯下如此严重的错误,因为警方认为他一定会先偷窥情侣做爱,然后再下杀手。另外,他这一次作案选择了周五晚上而不是周六晚上,这也不符合他的作案习惯。

一位新的预审法官在此案发生不久之前抵达佛罗伦萨,负责"恶魔案"的调查工作。他的名字是马里奥·罗泰拉。他在公众场合的初次讲话便令公众不寒而栗。他是这样说的:"我们从未认为所谓的'佛罗伦萨的恶魔'就是弗朗切斯科·芬奇。对一九六八年谋杀案之后的一系列罪行而言,他不过是个嫌疑犯。"他随后的一句话引起了不小的轰动:"他不是唯一的嫌疑犯。"

一位名叫西尔维亚·黛拉·莫尼卡的检察官的话则引起了更多的困惑和猜测。她说:"芬奇不是'恶魔'。但他也不是清白的。"

第十三章

  焦戈利谋杀案发生几天之后，检察官办公室里召开了一次气氛紧张的高级会议。办公室位于圣佛罗伦萨广场的巴洛克式宫殿二层。（宫殿是佛罗伦萨十七世纪留下的为数不多的高大建筑之一，被佛罗伦萨人斥为"新建筑"。）众人聚集在皮耶罗·路易吉·维尼亚的小办公室里，会议的气氛紧张得像滨海沼泽的浓雾。维尼亚习惯于将香烟一分为二，两截放在一起抽，幻想自己这样抽得更少。西尔维亚·黛拉·莫尼卡当时也在场。她身材娇小，一头金发，她呼出的烟雾萦绕四周；在场的还有宪兵队的上校，随身带着两盒他最爱的万宝路；总督察山德罗·费代里科，他嘴里叼着一根干瘪的托斯卡纳牌雪茄，不时吸上两口；一位助理检察官一刻不停地抽着焦油高卢烟；房间里唯一不抽烟的人是阿道夫·伊佐，他只能被动地吸二手烟，也已经对此习以为常。

  费代里科和宪兵上校对焦戈利谋杀案进行了重现。他们利用图表和流程图展示了案件的全过程。杀手如何隔着小窗户射死一名男子，然后如何从车子一侧开火杀死蜷缩在角落里的另一名男子。"恶魔"随后上了车，又朝他们开了几枪，发现自己犯了个错误，一气之下捡起一本同性恋杂志，用力将其撕成碎片，将纸片撒落在车外，然后扬长而去。

检察官维尼亚表达了他的观点：这次犯罪不同寻常，是毫无预谋临时发生的。简而言之，这不是"恶魔"所为，而是另有其人，目的是要证明弗朗切斯科·芬奇的无辜。警探纷纷怀疑芬奇的侄子安东尼奥是此案的真凶，他企图将敬爱的叔叔从狱中救出来。（您也许还记得，安东尼奥就是在撒丁岛上瓦斯事件中被救出的那个婴儿。）与其他家人不同的是，安东尼奥是唯一高大得足以瞄准野营车窗户顶部玻璃的嫌疑犯。

一个冷酷而周密的计划开始悄然实施。在焦戈利凶杀案发生的十天之后，一则简短又似乎毫无关联的新闻出现在一份报纸上不起眼的地方，报道弗朗切斯科·芬奇的侄子安东尼奥·芬奇因非法持有枪械被捕。安东尼奥和弗朗切斯科关系密切，两人合伙参与过许多秘密活动和胆大妄为的行动。安东尼奥·芬奇被捕标志着警探正在扩大他们对"撒丁小道"的调查。负责"恶魔案"的预审法官马里奥·罗泰拉和首席检察官西尔维亚·黛拉·莫尼卡相信，弗朗切斯科和安东尼奥知道"佛罗伦萨的恶魔"的身份。事实上，他们相信这个撒丁岛团伙肯定知道这个可怕的秘密。"佛罗伦萨的恶魔"是他们中的一员，大家都知道他的身份。

两人都被关在佛罗伦萨的囚禁者监狱里，警方因此可以对他们使反间计，也许两人关系会就此破裂。两个嫌疑犯被关在不同的地方，警察巧妙地编造了一些谣言在狱中散播，以引起他们相互猜忌，进而相互攻讦。对他俩的审讯计划开始实施，目的是给另一个人产生错觉：对方已经供认不讳。这是对他俩使的离间计：一方对另一方进行了严厉的指控，另一方只有乖乖说出对方的罪行才能拯救自己。

这并没有发挥作用。两个人都没有招供。一天下午,在囚禁者监狱古老的审讯房里,首席检察官皮耶罗·路易吉·维尼亚已经等得不耐烦了。他决定对弗朗切斯科·芬奇严厉施压。维尼亚英俊潇洒、风度翩翩、温文尔雅,侧面看上去像只老鹰。他在职业生涯中曾制服过黑手党头目、杀人犯、绑匪、敲诈犯和大毒枭。但他不是这个矮小的撒丁岛人的对手。

半小时的时间里,检察官维尼亚对芬奇进行了严密审问。他以缜密的逻辑编造出一整套线索、证据和推论,证明芬奇有罪。然后突然,他使出一招好莱坞大片里常用的手段,猛地把脸凑到距离这个撒丁岛人蓄着胡须的黝黑面孔不到一英寸的地方,高声尖叫,口水喷了他一脸:

"快给我招,芬奇!你就是'恶魔'!"

弗朗切斯科·芬奇仍然不为所动。他露出微笑,黝黑的眼睛闪闪发亮。他沉着地低声反问了一个问题。那个问题似乎与此案毫无关系。"十分抱歉,长官,如果你希望我给你答案,请先告诉我桌子上那个是什么东西,如果你愿意的话。"他随手示意了一下维尼亚的一包香烟。

为了跟上芬奇的思路,维尼亚回答:"很显然,这是一包香烟。"

"对不起,那里面不是空的吗?"

维尼亚点头称是。

"那样的话,"芬奇说道,"那就不是一包香烟。应该说,它曾是一包香烟,现在不过是一个烟盒而已。我现在能否再向你提一个请求?请抓住烟盒,将它挤扁。"

为了搞清楚芬奇葫芦里到底卖的是什么药,维尼亚抓起烟盒,捏成一团。

"你看!"弗朗切斯科说,露出两排白牙,"现在它连个烟盒都不是了。长官，你的证据就像这个东西。你可以挤压和毁损证据以满足你青睐的理论，但不管怎样性质都是一样的：凭空臆断永远都不是证据。"

芬奇的侄子安东尼奥一样聪明过人。他不仅奋力反驳警方的审讯，而且在指控他非法持有枪械的时候，还充当起律师，为自己辩护。他指出那些枪支并非在他的家中找到，发现地点与他的家尚有一定距离，没有证据能够将他与那些枪械联系在一起。他怀疑是有人想栽赃嫁祸，将他关入牢中，这样警方便可以在审讯的时候迫使他与其叔叔互相攻讦。

他当庭就赢了官司，被无罪释放。

第十四章

随着时间的推移，要证明监禁弗朗切斯科·芬奇合情合理变得愈加困难。随着他的侄子被宣判无罪，以及几轮审讯都无功而返，放他出狱也不过是个时间问题了。

苦于案情毫无进展，预审法官马里奥·罗泰拉决定亲自出马，对斯特凡诺·梅莱进行审讯，为从他那里获取信息做最后的努力。在去维罗纳市之前，罗泰拉做足了准备。一个沉甸甸的文件夹里装着他从一九六八年谋杀案的相关审讯中搜集的大量证词，其中包括小纳塔利诺和他的父亲斯特凡诺·梅莱、梅莱的哥哥和三个姐姐以及一个姐夫的证词。他也搜集了近来对参与此案的各色人等的审讯中有力的证词。他相信，一九六八年命案是一宗团伙谋杀案，参与该案的每个人都知道是谁把枪带回了家中，他们也因此知道"佛罗伦萨的恶魔"的真实身份。罗泰拉下定决心打破沉默的僵局。

这次新的审讯发生在一九八四年一月十六日。罗泰拉向梅莱质问弗朗切斯科·芬奇是否参与了那起谋杀案。梅莱回答说："没有。一九六八年八月二十一日，弗朗切斯科·芬奇并未与我在一起。我指控过他，只是因为他是我老婆的情人，我要报复他，仅此而已。"

"那你告诉我：那晚到底都有谁跟你在一起？"

"我已经记不清楚。"

显而易见，他是在故意撒谎。某个人——也许就是"恶魔"——牢牢将他控制在手心里。这是为何呢？是什么秘密使得梅莱甘心坐牢？

罗泰拉回到佛罗伦萨。新闻媒体认为他的任务已宣告失败。事实上，在他的文件夹里有一张手写的纸片，污秽不堪，已经反复折叠过几百次——这是他在斯特凡诺·梅莱的钱包里找到的。他认为这张纸片具有至关重要的意义。

一九八四年一月二十五日，罗泰拉放出消息，他将在次日上午十点半在他的办公室里召开一场重要的记者招待会。二十六日，他的办公室里挤满了记者和摄影师，大多数人都相信他们会听到释放弗朗切斯科·芬奇的通知。

罗泰拉为他们准备了一个惊人的消息。"在佛罗伦萨省公诉人的准许下，"他拿腔捏调地读道，"预审法官已将两名参与了被认为是弗朗切斯科·芬奇犯下的罪案的人捉拿归案。"

这场具有轰动效应的记者招待会结束后两个小时，《国民报》第一个以号外的形式发布了新闻。新闻标题占据了整个头版的位置：

抓捕归案！

"恶魔"是两个人！

报纸上半版，在占九栏位置的标题下面，并排附有两张照片，刊登所谓的"双恶魔"面孔供公众参考：斯特凡诺的哥哥乔瓦尼·梅莱和他的姐夫皮耶罗·穆奇亚里尼。

大多数佛罗伦萨人看到这两张照片都会有些将信将疑。这两个嫌疑犯看上去呆头呆脑，与人们想象的诡计多端、聪明过人的"恶魔"完全不符。

他俩受到怀疑的原因很快流传开来。在对梅莱的审讯即将结束的时候，罗泰拉搜查了此人的钱包，发现钱包褶皱处藏着一张纸片，像是辅助记忆的东西，或是就他如何回答审讯官提出的问题所列的要点。这是由他的哥哥乔瓦尼·梅莱所写的，两年前交给他，当时的新闻纷纷将已被人遗忘的一九六八年命案与"佛罗伦萨的恶魔"联系在一起。纸条上的笔迹柔弱迟疑，像是小学二年级学生的字迹，字母一半大写，一半潦草不清，满是单词拼写错误，这是混淆了意大利语和撒丁语导致的结果。

纳塔利诺的报告
关于皮耶托叔叔

服刑之后
你才可以提那个名字

射出的子弹的弹道轨迹测试
如何给出证据

当罗泰拉拿着纸片质问梅莱的时候，他"坦白"了一个事实：他在一九六八年命案中的两个共犯是他的哥哥乔瓦尼和皮耶罗·穆奇亚里尼，而且是后者开了致命的那几枪。他转而又说："不对，那人应该是我哥哥，我记不清楚了，都是十七年前的事情了。"

罗泰拉法官连续几天仔细斟酌这几个谜一般的词句。一番冥思苦想之后，他相信自己终于找到了答案。一九六八年命案发生之后，起初对六岁的纳塔利诺进行审讯的时候，小男孩提到一个"彼得罗或皮耶罗叔叔"当时在犯罪现场。纳塔利诺给出的细节表明，这人就是他的面包师姑父皮耶罗·穆奇亚里尼。但是巴尔巴拉·洛奇有个名叫"彼得罗"的哥哥，罗泰拉认为纸条是想让探员误以为纳塔利诺提及的是那个舅舅。换句话说，纸条是要警告斯特凡诺在受到审问时应该回答："服刑之后我才会讲真话。至于纳塔利诺的皮耶托叔叔在犯罪现场的证词，我只能说当时跟我在一起的是我妻子的哥哥彼得罗，此人就是他所指的那个'皮耶托'。子弹弹道测试可以证明他就是杀手。"

换言之，纸条是要告诉斯特凡诺将对他妹夫皮耶罗·穆奇亚里尼的怀疑转移到他亡妻的哥哥彼得罗身上。罗泰拉因此相信，除了纸条的作者乔瓦尼·梅莱之外，皮耶罗·穆奇亚里尼也肯定是有罪的。否则干吗要转移警方的怀疑呢？最终得出的结论是：他们两人都是"恶魔"。

如果这一逻辑难以令你信服，别人也都有同感。除马里奥·罗泰拉之外，几乎没有人表示能参透这一令人费解的推论。

罗泰拉下令对乔瓦尼的房子和汽车进行搜查。警方发现了一把解剖刀、一些奇形怪状的用于加工皮革的刀具、一卷放在他的汽车后备厢里的绳子、一摞色情杂志、记录月亮盈亏的可疑笔记，以及一瓶香喷喷的洗手液。警探还从乔瓦尼前女友那里收集到一些证据，她揭露他平素淫荡下流，具有一些反常的性习惯；他的阳根出奇地粗大，很难进行正常的性生活。

所有这些都令人怀疑。

"老恶魔"弗朗切斯科·芬奇仍然身陷囹圄。他不再被认为是"恶魔",但罗泰拉相信他仍然有所隐瞒。算上另外两个"新恶魔",此时这个撒丁岛团伙中已有三个成员关在监狱之中。检察官又一次采用古老的反间计,审讯官不断散播谣言、挑拨离间,希望能从撒丁岛人"拒绝作证"这堵密不透风的墙上找到一丝裂缝。

恰恰相反,他们却在自己的调查中暴露出一个裂口。

第十五章

　　此时，参与调查"恶魔案"的检察官数量已经增加到将近六个，其中最高效、最具领袖气质的是皮耶罗·路易吉·维尼亚。这些检察官的作用更像是美国的助理检察官。他们对调查进行指导，对证据的收集和分析进行监控，推测犯罪动机，制定起诉罪犯的策略。在意大利司法体系中，这些检察官各自为政，每个人负责案件的一个部分——具体来说，发生命案时，他们随时待命。（这些检察官通过轮流值班来分配工作量，每个人负责值班时发生的案件。）另外，还有一位检察官带有pubblico ministero（公诉人）的威严头衔；这位检察官（通常也是法官）代表着国家的利益，在法庭上对案件进行申辩。随着案情的发展和调查工作的展开，公诉人在"恶魔案"中的人选几度发生变化，因为随着更多案件的发生，更多的检察官加入了这起案子中。

　　对所有检察官、警察和宪兵进行监视的是giudice istruttore（指导法官），更恰当的说法是"预审法官"。在"恶魔案"中，预审法官就是马里奥·罗泰拉。预审法官的职责是监督警方、检察官和公诉人的行动,确保一切都能依法进行,有足够的证据支持。为了使整个司法体系正常运转,检察官、公诉人以及预审法官基本上要在调查的大方向上达成一致。

在"恶魔案"中,首席检察官维尼亚和预审法官罗泰拉性格迥异。很难再找到两个如此不合拍的人了。在破案的巨大压力之下,他们必然会意见相左。

维尼亚在佛罗伦萨法院二楼狭长走廊的一排房间里办公,这里在过去几个世纪一直都是修道士的房间。现在这些房间改建成为检察官办公室。在这个古老的大厅里,记者一直都十分受人欢迎。他们常常不请自来,与检察官们插科打诨,检察官也把他们视作朋友。维尼亚本人带有一些神秘色彩。他以一种简单的方法遏止了托斯卡纳区的绑架风潮:如果有人惨遭绑架,国家便立刻冻结受害者家庭的银行账户,阻止赎金的支付。维尼亚拒绝配备保镖,跟普通公民一样,还将自己的名字列在电话簿中,标记在门铃上,表现出对恶势力的蔑视,这一点深受意大利人敬佩。新闻媒体津津乐道于他简练的语言、珠玑妙语和不加修饰的俏皮话。他的穿着打扮与普通佛罗伦萨人并无两样,身着剪裁大方的西装,佩戴整洁的领带。在一个十分看重美丽外表的国家里,他五官端正,帅气十足,有着充满生气的蓝眼睛和可掬的笑容。他手下的检察官同样魅力十足。保罗·卡内萨为人坦诚,口齿伶俐。西尔维亚·黛拉·莫尼卡则活力四射,充满魅力,她常常将她以前的案子讲给记者听,逗他们开心。造访法庭二楼的记者离开的时候,随身携带的笔记本常常已经密密麻麻地写满新闻线索和清晰有力的引言。

三楼同样有一排修道士的房间,但是气氛却完全两样。马里奥·罗泰拉就在这里办公。他来自意大利南部,很容易令佛罗伦萨人对他产生怀疑。老式小胡子和厚厚的黑框眼镜让他看起来不像法官，更像是个菜贩子。他温文尔雅，足智多谋，有些学究气，不招人喜欢。在回答记者提问的时候，他喜欢长篇大论，却言之无物。他喜欢用复杂的辞藻，喜欢从法律文书中引经据典，他的话常常令普通读者不知所云，甚至对记者而言也是晦涩难懂。当记者离开罗泰拉办公室的时候，笔记本上不会记满能够写进文章里的趣闻和引言，而是一大堆专业词汇，很难进行语言的重组和简化。

在乔瓦尼·梅莱和皮耶罗·穆奇亚里尼因"双恶魔"的罪名被捕之后，斯佩齐记录下了他与罗泰拉的一次典型对话。

"你有什么证据吗？"斯佩齐问罗泰拉。

"是的。"罗泰拉言简意赅地答道。

斯佩齐又将问题推进了一步，想要给自己的报道找个标题。"你将两个男子关起来，这两人是否真的就是'恶魔'呢？"

"'恶魔'并不只是一个概念，而是某个在世的人，他反复按照第一次谋杀案那样杀人。"罗泰拉答道。

"斯特凡诺·梅莱的证词是否就是定论？"

"梅莱的话很重要。有一些确凿无疑的信息。我们手上不只有一条重要证据，而是五条，只有将这两个受到控诉的人送到审判他们的法庭的时候，我才会将这些证据公之于众。"

他这种迂回曲折的措辞几乎要逼疯斯佩齐和其他记者。

马里奥·罗泰拉只有一次说过一句平实易懂的话。"我至少可以告诉你一件事：佛罗伦萨人现在可以不用担心了。"在案情进展并不顺利的时候，他立刻遭到楼下一位检察官的反驳，此人向新闻媒体宣称，不管他们从楼上听到何种言论，"我诚恳地请求年轻的朋友换一种方式来保持健康，千万不要在晚上到荒郊野外呼吸新鲜空气"。

公众和媒体并不认可这个新的"双恶魔"理论。随着一九八四年夏季的临近，佛罗伦萨又充满了紧张气氛。佛罗伦萨周边群山上蛛网似的小路一到夜晚便空无一人。对于人们不断升级的紧张情绪，市政府聘请的一位年轻顾问提议建立"爱情村庄"。这些风景优美的地方周围都是花园，可以确保私密性，在那里提供特殊的服务，四周用栅栏围住，并配备警卫把守。这一想法立刻激起了人们极大的反感，有人回应佛罗伦萨不妨开几家妓院。这位顾问为自己申辩道："建立'爱情村庄'是为了确保我们每个人都享有自由快乐的性生活。"

随着一九八四年初夏的临近，佛罗伦萨人焦虑不安起来。此时，"佛罗伦萨的恶魔"已经吸引了全世界的目光：多家报纸和电视台都发布了有关此案的特别报道，其中就包括伦敦的《星期日泰晤士报》和东京的《朝日新闻》。其他国家对此案的兴趣不仅仅是连环杀人案本身，人们更迷恋"恶魔案"的中心角色——佛罗伦萨市。对世界上多数人而言，佛罗伦萨不是一个凡夫俗子居住的真实存在的地方；它是一座巨大的博物馆，在那里诗人和艺术家借助许多圣母像歌颂过女性柔美的身体，借助骄傲的大卫像歌颂过男人健美的躯体；那里还充满了典雅的宫殿、山间的别墅、花园、桥梁，此外还是购物和美食的天堂。佛罗伦萨不应该充满污迹、犯罪、嘈杂的街区、污浊的空气、涂鸦和毒贩——更不用说连环杀手了。"恶魔"的存在揭示了佛罗伦萨不是旅游手册上所宣传的那座神奇的文艺复兴城市，佛罗伦萨已经成为带有悲剧色彩的肮脏的现代都市。

随着一九八四年夏天慢慢过去，佛罗伦萨人几乎难以承受内心的焦虑。极少有佛罗伦萨人相信"恶魔"已经被关在牢中。马里奥·斯佩齐查了查日历，注意到那年夏天只有一个周六晚上没有月亮：七月二十八日到二十九日的那个晚上。距离那个周末还有几天，斯佩齐与总督察山德罗·费代里科在警察局总部不期而遇。聊了一会儿之后，他说："山德罗，恐怕本周日我们会看到大家都出现在乡村。"

费代里科用手指做了个"魔鬼之角"的手势，想要驱凶辟邪。

二十九日，即周日，终于来到，一切都十分平静。三十日，星期一大清早，天还未放亮，斯佩齐家里的电话突然响了起来。

第十六章

这是一个美好的清晨，天空清新明朗，似乎是众神对人间的恩赐。斯佩齐发现自己身处一片鲜花和药草遍地的田园诗般的田地里，位于艺术家乔托①出生地维基奥城外，佛罗伦萨东北四十公里以外的地方。

皮亚·龙蒂尼和克劳迪奥·斯特凡纳奇，这两个新受害者的尸体在拂晓之前被朋友们发现。找了他们一晚上之后，朋友们在一条草木丛生的小路尽头发现了他们。她年方十九，而他也不过刚刚年满二十。案发现场距离圣洛伦佐镇的田地还不到八公里，一九七四年"恶魔"便是在那片田地开始作案的。

克劳迪奥仍然还在车里，车停在一座名叫"博斯切塔"的草木丛生的山丘一侧。皮亚被拖到离车几十米外的空地上，那里毫无遮蔽，与一幢农舍相距还不到二百米。与其他女性受害者一样，她也遭受了同样的切割。但这一次，凶手手段更为残忍。他"撕下"了她左边的乳房——"割下"这个词已不足以用来描述当时的惨象。两人遇害的时间是由一个证人提供的：一位农夫在晚上九点四十分听到几声枪响，他当时还以为是一辆小摩托车发生了逆火。

这桩新的罪行发生之时，所有三个"恶魔"嫌疑犯——弗朗切斯科·芬奇、皮耶罗·穆奇亚里尼和乔瓦尼·梅莱都还在狱中。

这起双重杀人案引起了人们的恐惧和困惑，人们纷纷对警方进行猛烈的指责。此案又一次登上了欧洲各国报纸的头版头条。杀手不断地增加受害者的数量，而警察只不过逮捕了一些嫌疑犯，"恶魔"再次出击再一次证明了他们的无辜。但是，马里奥·罗泰拉拒绝释放三个在押疑犯。他确信，他们参与了一九六八年那场命案，因此知道"恶魔"的身份。

调查此案的警察和检察官陷入了恐慌之中。维尼亚向公众央求："无论是谁知道线索，一定要说出来。肯定有人知道一切，但出于某种原因不愿说出来。具有这种变态行径的人至少会在家里留下一些线索或迹象。"

又有数以万计的匿名信如潮水般涌来，一些信是用杂志上剪下的字母拼成的，它们将警察总局的文件架塞得满满当当，写信人声称"恶魔"是他们的邻居、亲戚、具有古怪性习惯的朋友、当地的牧师或家庭医生。妇科医生又一次发现自己成为众矢之的。

有些指控信上签有名字，有些甚至为知名的知识分子所写，他们提出了令人费解的理论，夹杂着一些旁征博引的文学引语和拉丁文。

在维基奥双重命案发生之后，"佛罗伦萨的恶魔"已不再仅仅是个罪犯：他已幻化成为一面阴暗的镜子，反映了佛罗伦萨城的"本我"——它最阴暗的幻觉、最奇异的想法、最耸人听闻的态度和偏见。许多指控表示，连环杀人案的背后有一个秘密或邪恶的教派。对犯罪学和连环杀

---

① Giotto di Bondone（1267—1337），意大利文艺复兴初期画家、雕塑家和建筑师。

手毫不了解的众多教授和自封的专家，在参加电视节目和接受报纸采访的时候，纷纷各抒己见。某位"专家"随声附和了一个普遍存在的观点："恶魔"可能是英国人。"这桩罪案具有典型的英国特色，或者邻国德国特点。"还有人对这个观点大加渲染，在给报纸的信里写道："想象一下伦敦。那样一个城市。弥漫着浓雾的夜晚。一个典型的伦敦市民，突然从黑暗中跳了出来，偷袭一对年轻的情侣。想象一下那种暴力、荒淫、无能为力、折磨……"

类似的建议总是不断涌现："你可以轻松地跟踪、找到并且逮捕那个杀手；你所要做的就是到正确的地方寻找：在屠宰场和医院里，因为很明显我们的敌人是个屠夫、外科医生或者护士。"

还有人认为："他肯定是个单身汉，年约四十，与母亲住在一起，母亲知道他的'秘密'，他的神父也借助忏悔对他有所了解，因为他经常去教堂。"

还有女权主义的诠释："'恶魔'是女性，是个名副其实的泼妇，祖籍英国，在佛罗伦萨一所学校教书为生，那里的学生年龄最大不超过十三岁。"

数以千计自封的私家侦探从意大利各地涌入佛罗伦萨，许多人的口袋里已经装有破解那些罪案的答案；有些侦探将自己武装到牙齿，夜晚在佛罗伦萨的群山间秘密行动，寻找"恶魔"或拿着手枪摆好姿势拍摄可怖的照片，然后登在报纸上。

有些人出现在警察总局，声称自己就是"恶魔"。有人甚至成功闯入佛罗伦萨救护服务的无线电频道，高声宣称："我就是'恶魔'，我会再次出击的。"

许多佛罗伦萨人对大量涌现的邪恶行为、阴谋论，以及"恶魔"命案在佛罗伦萨同乡中引发的古老的疯狂行为而备感震惊。"我从未想过佛罗伦萨竟然有如此怪异的人。"保罗·卡内萨，一个参与调查此案的检察官说道。

"我们真正恐惧的是，"总督察山德罗·费代里科忿忿地说，"在这一大堆疯狂寄来的匿名信中，肯定有我们需要的线索，但我们肯定会错过。"

许多匿名信直接写给马里奥·斯佩齐，《国民报》的"恶魔专家"。其中一封用大写字母拼成的信十分扎眼。不知为何，这封信令斯佩齐感到不寒而栗。在他看来，只有这封信还有几分可信。

"我离你很近，但你永远抓不到我，除非我选择如此。最后的数字还未达到。十六并不多。我不恨任何人，但我要活下去必须这样做。鲜血和眼泪即将流淌。你们虽然十分努力，但仍然一筹莫展。你们把一切都搞错了。这对你们真不妙。我不会再犯任何错误，但警察则恰恰相反。在我内心深处，将永远都是黑夜。我为他们而哭泣。请期待我的下次行动。"

信中提到十六个受害者令人不解，因为当时维基奥附近的双重杀人案使遇害人数达到十二（如果算上一九六八年命案的话是十四人）。写此信的人似乎又是一个病态的幻想家。但是有人想起来，之前的那一年，在卢卡市，还有一对恋人在他们的车里遇害。凶手用的枪并不是点二二口径的贝雷塔，遇害的人也并未受到摧残。该案从未被正式看作"佛罗伦萨的恶魔"所为，但直到今天此案仍然悬而未决。

佛罗伦萨城中谣言四起，而一起事件使公众舆论明朗化。一九八四年八月十九日下午，维基奥命案发生将近三个星期之后，罗伯托·科尔西尼王子在他家族的斯卡佩瑞亚城堡四周的大森林里神秘失踪了，那里与维基奥相距十二公里。罗伯托王子是托斯卡纳现存最后一道贵族血脉的子嗣，他来自一个古老富有的家族。科尔西尼家族为世界培养出罗马教皇克莱门特七世，而且在佛罗伦萨的阿尔诺河畔建造了一座宏伟壮观的宫殿。在科尔西尼宫殿内，该家族保留了教皇登基时用的那个奢华的房间，里面饰有价值连城的文艺复兴和巴洛克艺术珍品。尽管科尔西尼家族在后期手头十分拮据——严重到科尔西尼宫殿大部分房间都通不上电，但是几个世纪以来家族积累了大片地产。罗伯托的祖父内里王子就曾吹嘘过，他可以骑马从佛罗伦萨赶到罗马——将近三百公里——一路上都不会离开自己的土地。

罗伯托王子是个直率而又沉默的人，不喜社交，也不愿意羁绊于贵族的繁杂义务之中。他喜欢住在科尔西尼家族位于农村的城堡，只与几个密友见见面。他一生未婚，似乎也没有什么红颜知己。在熟悉他的人眼中，他被亲昵地称为"大熊"，因为他秉性暴戾，喜欢离群索居的生活方式。在其他人看来，他是一个行为古怪的人。

一九八四年八月十九日，星期日，约下午四点钟，罗伯托王子撇下造访他城堡的德国朋友，独自一人进入周围的森林。他没带武器，不过随身带了一副夜用望远镜。直到晚上九点他都迟迟未归，他的朋友紧张起来，立刻打电话给科尔西尼的亲戚，还通知了附近圣洛伦佐镇上的宪兵队。宪兵和他的朋友在森林里寻觅了大半个晚上。搜寻工作暂停时，依然没有发现任何罗伯托王子的踪迹。

等到黎明，对这片广袤领土的搜查又重新开始。他的一位朋友看到一根树枝上满是鲜血。此人推开树枝进入一片峡谷，旁边是一条轰鸣的小溪，他在那里发现了王子破损的眼镜。前方不远处的草地上染有血迹。他在小溪岸边肥沃的土地上发现了王子的夜用望远镜。几英尺以外，他又发现一只被猎枪打死的野鸡。接着，他找到了死去的王子本人。他面部朝下，下半身浸在水中，脑袋在水流的冲力下，卡在裂开的岩石中间。

此人将尸体翻了过来：罗伯托王子的脸部因为被人用猎枪近距离射击而变得血肉模糊。

流言蜚语迅速在佛罗伦萨传开。一位行为乖张的王子神秘遇害，再加上独自一人住在位于几桩"恶魔"命案发生的区域内一座阴森的古堡里，这一切让许多人对一点笃信无疑：罗伯托·科尔西尼王子就是"佛罗伦萨的恶魔"。

调查人员和新闻媒体都未表示王子遇害与"佛罗伦萨的恶魔"有任何关系。公众将这种"沉默"理解为此人有罪的进一步证据：一个像科尔西尼这样强势有力的家族肯定会不惜一切代价保护家族的名声。这样说来，因为罗伯托王子就是"恶魔"，他的死使他永远都无法接受审讯，也因而不会败坏家族的名声，这对科尔西尼家族而言岂不是好事一桩？

两天之后，又一件神秘事件赋予了谣言新的活力。有人非法闯入科尔西尼城堡，却没有拿走任何东西。没有人能够理解盗贼为何要闯入一个满是调查凶案的警察的地方。传言说，非法闯入宫殿的人并非盗贼，而是受雇取走城堡里一些重要、也许非常可怕的物品，阻止警察找到它们。

四天后，杀死王子的凶手被捉拿归案，并坦白认罪，但流言蜚语却毫无平息之势，而是愈演愈烈。凶手是个年轻的偷猎者，他长期在科尔西尼家族的领地里偷猎野鸡。在他刚刚猎获一只飞鸟之后，罗伯托王子窥见了他，并追了上去。偷猎者说，他本想打伤罗伯托王子的双腿，摆脱他的追赶，没承想王子看到猎枪对准他，出于自卫的本能急忙蹲下躲避，结果脸部却被子弹击中。

公众认为这很荒唐。没有人会为这一点猎物而杀死一个人。这个故事毫无可信度——这反而进一步证明了科尔西尼家族是想隐瞒事实。而且，这个偷猎者的故事并不能解释两天后神秘人闯入城堡的事件。

从佛罗伦萨贵族的豪华府邸到工人阶层饭馆里的闲言碎语，一个复杂而又"真实"的故事流传开来。罗伯托·科尔西尼就是"佛罗伦萨的恶魔"。他的家族发现了事情真相，竭尽所能想要掩盖它。但是其他某个人——没人知道是谁——也发现了这一可怕的秘密。此人并未将此事举报给警察，而是秘而不宣，对罗伯托王子进行敲诈，定期勒索大笔钱财作为封口费。八月十九日，王子遇害的那个星期天，即维基奥谋杀案发生的二十天后，两人约好在那条小溪岸边见面，双方发生了争吵，随后发生了激烈的搏斗，敲诈者最终开枪打死了王子。

但有谣言说，此外还有一人知道科尔西尼王子就是"恶魔"。此人继续敲诈勒索，不过这一次目标锁定在整个家族。但是为了使敲诈进展顺利，此人需要藏在城堡深处的某个可怕证据来证明罗伯托王子就是"恶魔"。这样就解释了破门而入这件事。盗贼需要获得证据，也许是一把贝雷塔手枪，也许是未使用的温彻斯特H系列子弹，天晓得，没准还有"恶魔"从遇害者身上切下的那些"战利品"。

这些谣言是佛罗伦萨人扭曲的想象结果，毫无事实根据，显然难以令人信服，而且报纸的跟踪报道和警方的报告也没有对其提供任何支持。这一幻想持续了一年多，直到现实世界以最明确的方式将其毁灭，那就是另一桩谋杀案。

第十七章

截至一九八四年底，"佛罗伦萨的恶魔"案已成为欧洲破案史上最广为人知、最被人津津乐道的案件。法国知识分子、法兰西学院院士让-皮埃尔·安格勒米时任法国驻佛罗伦萨领事，他被"恶魔案"深深吸引，为此出版了小说《不朽之城》。意大利作家劳拉·格里马尔迪也以此案为蓝本创作出一部著名小说《猜忌》。英国悬疑小说家马格德林·纳布也出版了一部名为《佛罗伦萨的恶魔》的小说。

这只是文学出版的开始，书市上还将出现数十部基于此案的虚构和非虚构类文学作品。它甚至还引起了托马斯·哈里斯的注意，他在小说《沉默的羔羊》的续集《汉尼拔》里将这个"恶魔"故事融入其中。（在《汉尼拔》中，汉尼拔·莱克特迁往意大利的佛罗伦萨，化名为"费尔博士"。他将卡波尼家族宫殿里的档案室和图书馆的馆长杀害，造成这一职位的空缺，随后担任该职务。）

日本最大的出版社邀请斯佩齐创作一部有关"恶魔"的书，他欣然应允。（此书如今仍在销售，已发行至第六版。）关于"恶魔案"的出版物已不下十部，其中有一部主要面向青少年的恐怖漫画书 *Il Monello*（《恶棍》）当时激起了公愤。该书作者聪明地没有署上自己的名字。

随之而来的还有根据此案拍摄的电影。一九八四年，有两部同题材的电影同时开拍。第一部电影的导演倾向于给演员虚构名字以避免法律纠纷；而第二部电影则是完全写实的纪录片，导演在影片结尾处表达了自己的观点——"恶魔"来自一个乱伦家庭，他的母亲知道他就是那个凶手。在得知影片是在案发现场进行拍摄之后，大多数佛罗伦萨人都被激怒了。遇难者的父母雇佣了一名律师阻止此片的拍摄；他们虽没能阻止拍摄，但他们的努力却迫使法庭做出了一个奇怪的裁决：法官宣布此片可以在意大利任何一个地方上映，但佛罗伦萨除外。

意大利警方和宪兵对公众的强烈反对进行了回应，将调查人员进行重组，形成一支名叫"反恶魔专案组"（SAM）的特别警队，由总督察山德罗·费代里科指挥领导。该专案组占据了佛罗伦萨警察总部四楼的大部分地方，有充足的资源和资金供他们随意调遣，其中包括一种新式机器，在寻找问题的答案方面似乎有着近乎神奇的能力：一台IBM台式电脑。但是这台电脑从未被人用过，因为没有人知道如何操作。

维基奥凶杀案发生前后，另一个连环杀手开始袭击佛罗伦萨。在市中心，六名妓女在短时间内相继遇害。即使算上"恶魔"杀人案，凶杀案在佛罗伦萨仍不多见，整座城市为之震惊。尽管杀害每个妓女的动机不尽相同，作案手法与"恶魔"杀人案也有所不同，但某些因素迫使警察认为它们之间可能存在着某种联系。这些妓女皆是在她们位于市中心的寓所里与嫖客进行交易时遇害的。这一系列杀人案的作案手法非常残忍，那个凶手或几个凶手并未带走任何珠宝和财物。抢劫并非作案的动机。

在检查其中一位遇害女性的伤口时，负责对"恶魔案"遇害者进行尸检的法医毛罗·毛里感到大惑不解：她受人折磨之后被人用刀杀死。在毛里医生看来，这个受害者身上的刀伤与一些"恶魔"受害者的刀伤有几分相似，也许是"潜水刀"所为。

　　"恶魔"是否开始用其他方式选择杀害不同的受害者了呢？

　　"我不知道，"对于斯佩齐的这个问题，毛里如是回答，"我们很有必要对这些妓女身上的刀伤和那些'恶魔'受害者身上的刀伤进行比较研究。"

　　出于某些不为人知的原因，警方从未要求对此进行调查。

　　最后一名遇害的妓女住在教堂街的一间小屋里。该街位于佛罗伦萨的奥尔特拉诺区，是一条穷人集聚的街道。妓女的公寓里配有几件破旧的家具，墙上有几幅她女儿顺手涂鸦的画，意大利政府几年前就将她女儿带走了。他们发现她横尸于窗口旁边的地板上。凶手用毛衣将她的胳膊绑在一起，就像是穿了一件紧身衣一样，最终将一块布塞进她的喉咙里，使其窒息而亡。

　　警察仔细搜查了公寓的每一个角落，希望能找到有用的线索。他们注意到，热水器近期刚被人修过，家庭便捷修理公司将公司的标签贴在了热水器上。一个警探看到这个名字，立刻想到了一个重要人物，然后又折回那个房间，总督察山德罗·费代里科还在那里检查遇害的妓女尸体。

　　"长官，"他兴奋地叫道，"快到隔壁房间来，这儿有个很有趣的东西。"

　　他知道，那件家庭便捷修理公司制服的主人是萨尔瓦托雷·芬奇。

第十八章

这一发现迫使警方终于对萨尔瓦托雷·芬奇进行仔细调查。他便是斯特凡诺·梅莱最初声称参与了一九六八年那起杀人案的同犯。罗泰拉相信，斯特凡诺是一九六八年命案中的第四个同犯，其他三人分别是，皮耶罗·穆奇亚里尼、乔瓦尼·梅莱和弗朗切斯科·芬奇（不确定）。因为其中三人在一九八四年"恶魔案"发生的时候都在监狱里，萨尔瓦托雷是剩下的唯一可能的人选。

警探开始调查芬奇背景的时候，很快就听说了他在维拉奇德罗镇杀害妻子巴尔巴里娜的传言。罗泰拉重新开始对她的死因进行调查，这一次不再将其视为自杀而是他杀。警探来到撒丁岛，在带有狂野之美又极度贫困的维拉奇德罗，他们开始调查似乎是"佛罗伦萨的恶魔"的绝佳人选。

巴尔巴里娜于一九六一年去世，死时年仅十七岁。她一直与一个名叫安东尼奥的男孩约会，后被萨尔瓦托雷发现。萨尔瓦托雷在一片农田里埋伏并强奸了她，很可能是想羞辱一下安东尼奥。之后，她怀有身孕，萨尔瓦托雷"履行了他的责任"，与她结婚成家。镇上的人都说他虐待她，对她拳打脚踢，不给她钱买东西吃，只给她一点给孩子喂奶的钱。她的孩子是她唯一的快乐之源。她以自己挚爱恋人的名字给孩子取名为"安东尼奥"，而且仍然秘密地与她的初恋情人幽会。

那个名字和孩子使萨尔瓦托雷的自尊心备受打击，据说他甚至都怀疑自己是不是孩子的生父。随着岁月的流逝，萨尔瓦托雷和安东尼奥这对父子之间的敌意越来越深，最终变得冷酷无情，难以弥合。

如果一切属实的话，巴尔巴里娜遇害源于一九六〇年十一月，当时有人在乡郊野外意外撞上了巴尔巴里娜和她的情人安东尼奥，并拍下了两人的照片。巴尔巴里娜对丈夫的不忠随之在镇上传得尽人皆知。在那片古老的撒丁土地上，在蛮族法典的控制下，萨尔瓦托雷只有两种方式夺回他的自尊——要么赶走妻子，要么杀死她。

起初，他似乎会选择前者。他跟妻子说她必须离开这个家。她开始寻找能够维持生计的工作。一九六一年一月初，她收到一封孤儿院的修女来信，表示愿意收容她和她的孩子，作为交换食宿的条件，她必须在孤儿院的餐厅里服务。她必须在一月二十一日抵达孤儿院。

但她最终未能露面。

一九六一年一月十四日晚上，巴尔巴里娜和孩子安东尼奥待在她与萨尔瓦托雷共有的小房子里。他跟往常一样在当地的酒吧里喝维蒙蒂诺酒、打桌球。

吃饭时，巴尔巴里娜发现丙烷罐已经空了，不能为孩子热牛奶。她向一位邻居求助，问是否可以借用对方的炉子。这是个无关紧要的小插曲，但几小时后这将成为一条重要的证据，完全推翻有关巴尔巴里娜死因的官方版本——用丙烷气自杀。如果那个罐子在她死亡前三小时已经空空如也，而且也没有办法将它灌满的话，那怎么会有足够的丙烷气毒死她呢？

那天晚上，临近午夜，芬奇与酒吧里的小舅子道别，返回家中。后来他说，他发现房门反锁，他是用蛮力将房门撞开的。他开灯查看安东尼奥的摇篮，发现十一个月大的婴儿正在熟睡，摇篮通常都放置在卧室中，而当时却被移到厨房里。他说，卧室的门从里面反锁，这让他十分害怕。他补充说，最令他恐惧的原因是，虽已是午夜时分，但他还是能从房门下面看到卧室里亮着灯。

"我敲了敲门，大声呼唤巴尔巴里娜的名字，"事发几个小时之后他对宪兵回忆道，"但无人回应。我立即想到她一定是与她的情人在一起，所以我立即跑出房子，唯恐被他袭击。"

有人在床上与妻子私通，而丈夫却惊恐地跑开，如果这种懦弱之举在今天似乎不可能发生的话，那发生在一九六一年一个二十四岁的撒丁男人身上则更显荒唐可笑。萨尔瓦托雷跑到岳父家里，与他一道去酒吧里找他的朋友，也就是巴尔巴里娜的弟弟。三人一同返回家中。

多年后，一个村民回想起当时人们普遍的看法："他只不过是在寻找他一手策划的自杀的目击者。"

在岳父和小舅子面前，萨尔瓦托雷毫不费力地轻轻一推便将房门推开。他立即大喊嗅到了丙烷的气味，而其他人却什么都没嗅到。丙烷罐被移到了床边，气阀已经打开，连接阀门的管子弯曲着伸在巴尔巴里娜头下的枕头里。巴尔巴里娜似乎是借助丙烷罐窒息而亡，而几小时之前，那个罐子里的丙烷还无法煮热牛奶。但当时包括宪兵队、法医和她的朋友，没有人注意到这个前后矛盾的情况。法医也没有对她脖子周围的瘀伤和脸上轻微的抓伤予以重视——她似乎在窒息之前曾奋力挣扎过。

重新调查此案，警方发现了所有这些线索，因此相信肯定是萨尔瓦托雷杀害了他的妻子。

罗泰拉想要查清楚，在萨尔瓦托雷从维拉奇德罗搬到托斯卡纳的时候，他是否将一把点二二口径的贝雷塔手枪带在身上。维拉奇德罗的探员可以确定，一九六一年该镇共有十一把点二二口径贝雷塔手枪，恰在萨尔瓦托雷·芬奇动身前往托斯卡纳之后，其中一把下落不明。那把枪属于芬奇一位年长的亲戚，他在荷兰工作一段时间之后将其带回家乡。国际刑警组织在阿姆斯特丹进行了调查，但已经无法查明该枪的源头了。

与此同时，托斯卡纳大陆的警察开始调查一九六一年萨尔瓦托雷·芬奇到达托斯卡纳之后的生活情况。他们发现了更多的证据，使他们不由认为他很可能就是那个"恶魔"。从性取向和性活动来看，萨尔瓦托雷·芬奇甚至会使"萨德侯爵"①心生妒忌。

"我们新婚不久，"他的妻子罗西娜告诉宪兵，"有一天晚上，萨尔瓦托雷带着一对夫妇回到家中，跟我说他们是客人，要在家里过夜。这没问题。后来，在起床去洗手间的时候，我听到那一对夫妻睡觉的房间里传来喘息声，我听出是我丈夫的声音。我走进房间，你知道我都看到了什么吗？萨尔瓦托雷竟然跟他们在床上干那事！我非常生气。我对那个女人和号称是她丈夫的人说，立刻滚出去。你知道萨尔瓦托雷有何反应吗？他顿时火冒三丈，抓住我的头发，用力让我跪倒在那两人面前，请求他们的原谅！"她接着说，"这事还远没有结束。还有一次，他将我介绍给另一对年轻的新婚伴侣，我们开始交往。有一天，我们在他们家里过夜。当天晚上，我感到一只冰冷的手在摸我，我听到一个奇怪的声音，就好像有东西

---

① Marquis de Sade(1740—1814)，法国贵族，一系列色情和哲学书籍的作者。"性虐待"(sadism)一词便出自萨德的名字。

倒了下来。我下床去开灯，却听到我丈夫的声音，他不让我开灯，说什么事也没发生。一个小时之后，我又感到同样的手在摸我的腿，这一次我跳了起来，顺手将灯打开。在我的床上，除了我丈夫之外，居然还有他的朋友萨韦里奥！我跳下了床，睡眼惺忪地走进厨房，想要冷静一下，搞清楚到底发生了什么。这个时候，萨尔瓦托雷走到我身旁。他试图安慰我，说没什么可大惊小怪的，他请我回到床上。然后一天之后，他开始告诉我更多的事情，说他已经与他朋友的老婆吉娜玩过三人性交游戏，他让我也做同样的事情，还说这事十分有趣，在意大利大陆大家都这样玩。所以后来，我与萨尔瓦托雷和萨韦里奥同在一张床上。萨尔瓦托雷先是跟我做爱，然后再跟他的朋友做爱。这种事情持续了一段时间。我若表示反对的话，他就打我。他强迫我与萨韦里奥做爱，而他在一旁观看，然后我们四人一起做爱。四人共同做爱的时候，萨尔瓦托雷和萨韦里奥互相触摸和爱抚，轮番扮演'男人'和'女人'，就在我和吉娜的面前！从那时起，萨尔瓦托雷开始把我带到他朋友家里，甚至还有刚认识不久的人家里，我被迫与他们在一起。他还带我去看色情电影，他会盯上某个人，然后将我介绍给他，之后也许我就不得不和他们在汽车里做爱，但这种事主要还是在家里进行。令我感到更糟糕的是，那段时间，他的儿子安东尼奥从撒丁岛搬到这里，他只有四岁。他们那时叫他'安东尼洛'。我恐怕，他一定目睹过他父亲与其他伴侣之间这种变态的行为，以及在他虐待我的时候我们打架的场面。"

最终，罗西娜受够了这一切，与另一个男人私奔到了的里雅斯特。

"我敢保证，"萨尔瓦托雷的另一个女朋友告诉警察，"萨尔瓦托雷是唯一在性事上真正满足我的男人。他有些奇怪的念头，但那又怎样？……他喜欢与我做爱的时候，另一个男人从后面与他性交……"

在这位女友的协助下，萨尔瓦托雷·芬奇十分随意地为他的放荡生活挑选性伙伴，在高速公路的停车点、红灯区以及佛罗伦萨郊区的乡村公园诱惑他们。据了解他的人说，他的性欲几乎永远无法满足。他几乎可以与任何人性交，不管男女，也会使用各种辅助品，如颤震器、西葫芦和茄子。如果一个女人不愿听命于他的话，他会粗暴地对待她，强迫她进入那种气氛。

只有在巴尔巴拉·洛奇出现之后，一切才变得容易许多。萨尔瓦托雷终于找到一个能够共享他的性欲和性癖好的女人。她能轻而易举地吸引男人和男孩，然后寻欢作乐，所以后来萨尔瓦托雷将其称为"蜜蜂皇后"。

在此期间，萨尔瓦托雷的儿子安东尼奥·芬奇一直与他的父亲住在一起。他的母亲不是自杀而是被人谋杀，而杀人凶手就是他的父亲，对于这些传言这位男孩已有耳闻。安东尼奥对萨尔瓦托雷的第二任妻子罗西娜十分依赖。她后来逃往的里雅斯特，此事对安东尼奥而言就好像又一次失去了母亲。这一次还是他父亲的错。他最终离开父亲，大部分时间跟他的叔叔弗朗切斯科待在一起，叔叔替代了他的父亲。就是这个安东尼奥后来因为被控私藏枪械而被捕，警方这样做是为了逼他的叔叔弗朗切斯科说出真相。

在维拉奇德罗和托斯卡纳进行的两次调查令马里奥·罗泰拉以及他的宪兵调查官们相信，他们终于找到了那个男人。萨尔瓦托雷·芬奇是参与杀死巴尔巴拉·洛奇的第四个帮凶。他很可能拥有一把点二二口径的贝雷塔手枪。在几名同犯中，只有他有汽车。是他将手枪带到谋杀现场，他是主要开枪射击的人，随后他又将枪带回家中。警方的调查证实，他是个冷血杀手和性狂热者。

萨尔瓦托雷·芬奇就是"佛罗伦萨的恶魔"。

第十九章

在喧哗与骚动之中，有一些事实在争议里凸显出来，真实可信，无可动摇。这一切是依赖于切实可靠的警方调查和专家分析而获得的。

第一条事实是对那把手枪的分析。警方对手枪的发射特点进行了不下五次的分析，回答永远都是一样的：那个"恶魔"使用了一把点二二口径的"又旧又破"的贝雷塔手枪，枪上带有一个有瑕疵的撞针，在每一枚弹壳的底部都会留下一道痕迹。"那些子弹"是第二个事实。它们都属于温彻斯特H系列。凶手发射的所有子弹都取自两个子弹盒。警方通过电子显微镜对弹壳底部扫描发现，弹壳上都印有一个"H"字母——所有这些弹壳都有同样的细微瑕疵，这一点恰恰表明这些子弹都是用同一个模具冲压而成。通常来说，子弹的模具出现破损的时候就会被淘汰，这也证明了两个子弹盒是在一九六八年之前出售的。

每一个子弹盒里含有五十枚子弹。从一九六八年第一起"恶魔案"算起，在那把枪射完子弹盒里的五十发子弹之后，凶手打开了第二个盒子。头五十发子弹的外壳是铜制的，而后面的子弹外壳则是铅制的。尚未有证据证明，凶手在犯罪现场还用过另一把枪，或者有多个凶手参与作案。事实上，受害者的尸体都是被凶手拖来拖去的，这恰恰表明现场没有第二个人帮忙抬尸体。

对凶手使用的刀具也是如此。每一次专家的分析结果都是："恶魔"使用了一把锋利无比的刀，刀上有一处特别的痕迹或槽口，那个约两毫米深的槽口下面有三个锯齿。一些专家认为那是一把"牛角刀"，是撒丁牧羊人普遍使用的一种刀；但大多数专家则不确定地认为那是一把"潜水刀"。专家们达成共识的是，切割的技术几乎如出一辙，这一定是同一个惯用右手的人所为。

最后还有一点：除非万不得已，"恶魔"是不会去触碰他的受害者的。他总是用刀将她们的衣服割开。案发现场也没有任何强奸或性侵犯的迹象。

心理学家对"恶魔"的变态心理达成了一致。"他总是独来独往，"一个心理专家写道，"别人的存在会破坏这些犯罪活动带来的所有快感，从根本上说这些都是性虐待狂犯罪的特征：'恶魔'是个连环杀手，他总是独自作案……与切割尸体无关的性兴趣的缺失令人想到他彻底的性无能，或具有明显的性压抑心理。"

一九八四年九月，罗泰拉最终释放了"双恶魔"——皮耶罗·穆奇亚里尼和乔瓦尼·梅莱，两人在"维基奥杀人案"发生的时候正在坐牢。两个月后，他释放了弗朗切斯科·芬奇，他在"恶魔"最后一次杀人案发生之时也在监狱里。

嫌疑犯现在只剩下一个人选：萨尔瓦托雷·芬奇。警察一周七天每天二十四小时不间断地监视萨尔瓦托雷·芬奇的家。他的电话被警察窃听。他一出门便会有人在后面跟踪。

冬去春来，一九八五年的夏天即将到来，强烈的恐惧情绪开始在警探和佛罗伦萨公众中间蔓延。大家都明白"恶魔"又要出击了。负责调查"恶魔"的新成立的精英警队——反恶魔专案组，活动异常繁忙，但仍然毫无进展。

弗朗切斯科·芬奇被无罪释放的时候，常在文章里保持中立态度的马里奥·斯佩齐受邀到弗朗切斯科在蒙特卢普的家里参加出狱回家的庆祝仪式。斯佩齐接受了这次不同寻常的邀请，希望能抽空对他进行一次采访。餐桌上摆满了辛辣的香肠、味道浓郁的撒丁绵羊奶干酪，以及岛上特产的高度白兰地。在宴会结束的时候，芬奇答应接受斯佩齐的采访。他矜持机智而又小心谨慎地回答了提问。

"你今年多大了？"

"四十一。差不多这个年纪吧。"

整个采访并没有什么有价值的新闻，除了其中一个回答令斯佩齐久久难忘。斯佩齐问他想象中真正的"恶魔"是什么样子的。

"他聪明过人，"芬奇回答，"即使双眼被蒙起来，他也知道夜里如何在山上行动。他比多数人都了解如何用刀。这个人，"他又补充道，闪着光芒的黑眼睛紧紧盯着斯佩齐，"曾经历过一件令他非常失望的事情。"

第二十章

　　一九八五年的夏天是意大利人记忆中最热的夏天之一。托斯卡纳遭受了一场严重的干旱，佛罗伦萨的群山在烈日下一片死寂、了无生气。土地开裂，树叶也被烤黄纷纷脱落。佛罗伦萨的导水渠开始干涸，神父们带领信徒不顾一切地向上帝祈祷，祈盼降雨。除了酷热之外，对"恶魔"的恐惧像一条令人窒息的毯子一样笼罩在城市的上空。

　　九月八日又是一个万里无云的大热天，这种炎热的天气似乎永无尽头。而对于萨布里纳·卡尔米尼亚尼而言，这是一个好日子，是她十九岁的生日——一个她永远都不会忘记的日子。

　　那是一个周日，下午五点左右，萨布里纳和她的男友开车离开通往圣卡夏诺的主干道，来到森林里一处不大的空地上，当地人以近旁的路名将其称为"斯科佩蒂空地"。这片空旷的泥地四周长满了橡树、柏树和五针松，形成一道天然屏障，将空地与斯科佩蒂路分隔开来，年轻人都知道这里是个做爱的好地方。空地位于基安蒂农村的中心位置，差不多就在尼科洛·马基雅维里在流放岁月里创作《君主论》时居住的古老石屋的视野之内。今天，这片布满别墅、城堡、小镇和精心呵护的葡萄园的区域成为世界上房价最高的地段之一。

这对年轻人将车停在另一辆车的旁边，那是一辆挂着法国车牌的白色大众高尔夫。在后座中央，他们发现了一个小孩座椅，上面附有安全带。大众轿车前方几米处有一个不大的金属蓝色圆顶帐篷。阳光将帐篷照得通亮，都能看到帐篷里的人体轮廓。

"有个人，"萨布里纳后来说，"直挺挺地躺在地上，也许在睡觉。那个帐篷似乎有些歪斜，几乎摇摇欲坠；帐篷入口处脏兮兮的，有许多苍蝇，散发出阵阵恶臭。"

他们不喜欢眼前的这种景象，转身离开了。在开车离开空地的时候，另一辆车正好从马路上拐了进去。那辆车的司机倒车让他们先过。萨布里纳和男友都未注意到那辆车的款式和车里的人。

他们恰恰错过了"恶魔"的新受害者。

隔日，九月九日，周一下午两点钟，一个喜欢采摘蘑菇的人开车进入斯科佩蒂空地。他一下车便强烈地感受到扑面而来的"一股怪味，再加上嗡嗡作响的苍蝇。我当时以为这里有一只死猫。我没有注意帐篷四周有何东西。然后我径直走向另一边的灌木丛。就在那时，我看到了一切：从绿树中伸出的赤裸的双脚……我吓得不敢走近半步"。

新成立的SAM立即行动起来。两个受害者是法国游客，他们在斯科佩蒂空地露营。"恶魔"作案的现场第一次受到了恰当的保护。专案组不仅封锁了斯科佩蒂空地周围的区域，还封锁了直径一公里的整片区域。在汽车后部发现孩子座椅令警探心里难过了很长时间，直到法国那里传来消息证实遇害女性的小女儿已经得到法国亲戚的照顾，他们才感到一些释然。

一架直升机降落在被封锁的犯罪现场，机上有位著名的刑事学家，他之前就准备了一份对"恶魔"的心理和行为的分析文件。警方不情愿地放记者和摄影师进入犯罪现场，但只允许他们站在一道绑在一百码以外树木上的红白两色塑料栅栏后面，两名配有机关枪的警察对他们虎视眈眈。记者们对不能进入犯罪现场感到愤怒。最终助理检察官允许马里奥·斯佩齐对现场进行检查，然后向其他记者汇报情况。在同行们恶狠狠的目光下，斯佩齐从塑料障碍物上跨了过去。当看到"恶魔"一手酿成的恐怖景象，他心里不由嫉妒自己撇下的那些记者，恨不得与他们在一起。

女受害者名叫纳迪娜·莫里奥特，三十六岁，在法国蒙贝利亚尔市拥有一家鞋店，那里与法国和瑞士的边境相距不远。她已经与丈夫分居两地，与二十五岁的让-米歇尔·克拉韦奇威利住在一起有些时日，他是百米短跑的爱好者，与当地的运动队一起训练。他们在意大利露营旅行，周一本该返回法国，因为女儿在那一天开学。

一听到谋杀的消息，萨布里纳和她的朋友立刻找到宪兵队，报告他们在九月八日周日下午所看到的一切。多年之后，在巡回刑事法庭的法官面前，这个女孩陈述的证词完全一样。二十年后，在接受斯佩齐采访的时候，萨布里纳仍然确信她没有搞错日期，因为那个周日是她的生日。

她的证词对确定犯罪日期十分关键。这直接关系到这对法国情侣是在证据显示的周六晚上遇害，还是在警探后来坚持认为的周日晚上被杀。她的证词对他们造成了麻烦，所以完全遭到了忽视——当时和现在皆是如此。

还有一条重要的线索能够证明两人是在周六晚上遇害的：如果这对法国情侣想要准时回家在女儿开学第一天送她上学，他们应该在周日就开车返回法国。

周一下午，莫里奥特的尸体情况十分可怕。她的脸部开始肿胀变黑，已经难以辨认。高温天气对尸体具有毁灭性效果，身处帐篷之中则使情况变得更加严重。尸体上爬满了蛆虫。

反恶魔专案组的警探将这最后一起命案的全过程进行了重现。用一个词来描述的话，那就是"毛骨悚然"。

凶手悄悄接近两个法国人的半球形帐篷，两人正赤身裸体地享受鱼水之欢。他用刀尖在帐篷的门帘上划了一道七英寸长的口子，宣告他的到来，不过并未刺破帐篷的内部。帐篷外的声响一定吓坏了这对情侣。他们拉开帐篷门上的拉链，想知道外面发生了什么。"恶魔"已经站好位置，举枪瞄准，等他们向外窥视的时候，立刻发射了一阵子弹。纳迪娜当场毙命。有四发子弹击中了让-米歇尔，一发打在手腕上，一发打在手指上，一发打在手肘上，还有一发蹭破了他的嘴唇——他基本上未受到致命的伤害。

这位年轻的运动员一跃而起，冲出帐篷，兴许还将"恶魔"推倒在地，在黑暗中飞速奔跑。如果他向左侧转个弯的话，几步之后就会赶到大路上，那样的话他还有获救的希望。但他闷头向前冲，跑向了森林深处。"恶魔"在他身后紧追不舍。让-米歇尔从将空地一分为二的浓密树篱上跃过，"恶魔"也紧紧赶上。"恶魔"最终在十二米之外的地方追上了他，用刀猛刺他的后背、胸部和腹部，然后抹了他的脖子。

斯佩齐看到那具男性尸体仍然躺在灌木丛下面，他注意到尸体与树木最低处的叶子相距六英尺，叶子上溅满了血迹。

杀死让-米歇尔之后，"恶魔"又折回帐篷那里。他抓住纳迪娜的双脚，将她拽出，进行了两次切割，割下了她的阴道和左边的乳房。然后，他又将尸体移到帐篷里，拉上了帐篷的拉链。他将那个男人的尸体掩藏在他从空地附近找到的垃圾下面，将一个颜料桶的塑料盖子盖在尸体头上。

专案组在斯科佩蒂空地里竭力寻找证据，却几乎一无所获。这是一次近乎完美的犯罪。

周二，检察院收到一封信，信封地址的字母是从一本杂志上剪下拼凑而成的。

西尔维亚·黛拉·莫尼卡长官

检察院

CA 50100 佛罗伦萨

信封内的东西外面裹着一层卫生纸，里面是从那个法国游客身上割下的乳房。

这封信是那个周末某个时候从维基奥附近某个小镇寄出的，周一早晨进入了邮政流通。

西尔维亚·黛拉·莫尼卡是"恶魔案"中唯一的女性调查人员。这封信的到来改变了她的生活。她被吓得魂不附体，立即辞去了调查该案的工作，并由两名保镖保护。即使在办公室里办公的时候保镖也不离左右，因为她怕杀手可能混在进入司法大楼的人群中，潜入她的办公室。此事终结了她对此案的受理。

用杂志上的字母拼成的这封信引起了人们诸多猜测，因为这位杀手拼错了意大利语单词"REPUBBLICA"：他只用了一个B，而不是两个字母B。难道这只是一个文盲罪犯的拼写错误，还是表明"恶魔"是个外国人？在欧洲的罗曼语言中，只有意大利语将"REPUBLIC"拼成两个B。

这也是"恶魔"第一次刻意掩藏两具尸体。如果那两具尸体还下落不明的话，他的这种做法再加上寄出的这封信，肯定会让地方当局拼命寻找受害人。这也揭示了为何"恶魔"要改变他的方式——这个精心设计的方案是要羞辱警方。

这个计划差一点就得逞了。

第二十一章

斯科佩蒂谋杀案之后，佛罗伦萨以及周边城镇的市长纷纷采取防范行动。尽管佛罗伦萨年轻人的心灵深受其害，知道夕阳西下之后将车停在佛罗伦萨城外是难以想象的事情，但是每年仍有数百万外国游客开着野营车带着帐篷涌入托斯卡纳区，毫不知晓潜在的危险。在人们经常露营的区域，张贴着多种语言的警示标志，警告人们从黄昏到黎明这一段时间潜伏着危险。但是标语措词谨慎，并未提及连环杀手，生怕把游客全部吓走。

佛罗伦萨市印刷了数万份由著名平面艺术家马里奥·洛沃吉内设计的海报，上面画着一只虎视眈眈的眼睛，周围布满了树叶。海报上赫然用各种语言印着警示语："要小心，孩子！注意了！有暴力的危险！"同样的图案还印在上万张明信片上，在过路收费站、火车站、野营地、青年旅社以及公交车上分发。电视广告更加强化了这一点。

尽管百般努力，但反恶魔专案组的警探离开斯科佩蒂空地时并未发现新的线索和证据。他们承受着巨大的压力。托马斯·哈里斯在他的小说

《汉尼拔》中，讲述了专案组为追捕"恶魔"而采用的一些方法。"在一些情侣常去幽会的小路和公墓里，成双结对地坐在车里的警察比情侣还多。执行任务的女警探数量远远不够。在炎热的夏季，两个男人轮流戴着假发，许多人的小胡子只能忍痛剃掉。"

"悬赏抓人"的方案从一开始就被否决，但检察官维尼亚重新将之启用，他相信"恶魔"受到"拒绝作证"传统的庇护，只有丰厚的奖金才能将这种关系打破。这个想法引起了不小的争议。奖金和报酬从来都不属于意大利文化，这只是从美洲西方人那里传来的舶来品。许多人担心这样做会引发捕风捉影式的迫害，或导致很多人疯狂地为获得赏金而追捕逃犯。这个决定广受争议，最终只好由意大利总理亲自授权：他将奖金设定为五亿里拉，这在当时可是一笔不小的数目。

奖金公之于众，却没人敢站出来领赏。

与从前一样，专案组不胜其烦地收到许多匿名指控信和毫无根据的传言。但不管多么荒诞不经，专案组必须跟进调查。他们收到过这样一封信，寄信日期是一九八五年九月十一日。该信建议警方"审讯我们出生在维基奥的同胞彼得罗·帕恰尼"。信里继续写道，"据多人证实，此人因杀死未婚妻而坐过监牢。他多才多艺，精明狡猾，诡计多端。这个农民长着一双笨拙的大脚，但思维敏捷。他的所有家人都沦为他的人质，他的妻子是个傻子，女儿则被关在家里不许出门。她们没有朋友。"

警方开始调查此事。帕恰尼杀死他的未婚妻纯属无中生有，但一九五一年他碰见一名男子在车里诱奸他的未婚妻，愤而将此人杀死，为此坐了很长时间的牢。帕恰尼住在莫卡塔莱，与斯科佩蒂空地相距六公里。警方对他的家进行了常规搜索，并未找到什么重要物证。

不过，这位老农的名字仍然在警方怀疑目标的名单上。

几周后，谣言四起，这一次源自一百五十公里以外的佩鲁贾。一位名叫弗朗切斯科·纳尔杜奇的年轻医生，该市最富有家族的后裔，在特拉西梅诺湖结束了自己的生命。很快，一些造谣者开始猜测纳尔杜奇就是"恶魔"，他最终良心发现，投湖自尽。警方迅速展开调查，发现这种说法毫无事实根据，将此事与其他误导该案调查的错误线索一起搁置一旁。

与此同时，一九八五年，在外界坚持要求查明真相的巨大压力下，调查工作开始崩溃。检察长皮耶罗·路易吉·维尼亚和预审法官马里奥·罗泰拉之间的隔阂也随之扩大。

两人意见不合主要集中在对"撒丁小道"的调查上。罗泰拉相信，在一九六八年团伙谋杀案中用过的手枪一直都未离开过撒丁人的圈子，其中一个人后来成为"恶魔"。他最怀疑的人是萨尔瓦托雷·芬奇，在宪兵队的协助下，他努力将调查工作围绕萨尔瓦托雷展开。另一方面，维尼亚认为对于"撒丁小道"的调查已经走到了尽头，他想要结束此前的一切努力，开始新一轮的调查。警方对维尼亚的思路表示赞同。

反恶魔专案组由警察和宪兵共同组建而成，双方对外宣称是合作关系。问题是，宪兵和警方很少合作，却常常互相怀有敌意。警察局是一个平民机构，宪兵队则是军队的分支；双方都承担着执行国内法律的责任。发生重罪的时候，比如谋杀案，警察和宪兵常会奔赴现场，双方都想将破案工作划入自己名下。曾发生过这样一件事（也许并不属实）：在一家银行被抢之后，宪兵和警方都奋力追捕并最终抓住了逃犯。在抢匪面前，双方就谁应该实施逮捕发生争执，最终将赃物分开，矛盾才得以解决；警察逮走抢匪，宪兵则拉走抢匪的汽车、现金和枪械。

维尼亚和罗泰拉之间的隔阂虽然越来越深，但调查人员多年来一直对此秘而不宣。从表面上看，"撒丁小道"仍然是调查的主线，但是警方对此以及马里奥·罗泰拉法官的批评却不断增加。

一九八五年，罗泰拉以凭空捏造的罪名将斯特凡诺·梅莱在狱中关了不长的一段时间，希望最后能逼他说出真相。此举广受诟病，人们纷纷谴责罗泰拉何必要折磨一个年老体衰的男人，他的疯话已经对调查工作和受他指控的人造成极大伤害。罗泰拉发现自己陷入孤立无援的境地，不断受到媒体的口诛笔伐。撒丁岛最大的报纸《撒丁联盟报》定期对罗泰拉进行抨击。该报写道："只要对'佛罗伦萨的恶魔'的调查陷入僵局，他们总是会把所谓的'撒丁小道'搬出来说事。"定居托斯卡纳的撒丁人组成的各种联盟也认为这不啻是"种族主义"，各行各业的人纷纷联手反对这次调查。罗泰拉讲话时的傲慢态度和迂回方式只是让事情变得更糟。

但作为"恶魔案"的预审法官，罗泰拉掌控着巨大的权力，他义无反顾地继续前行。他对斯特凡诺·梅莱的短暂逮捕和审讯尽管饱受批评，但最终还是揭开了该案一些重大谜团：斯特凡诺·梅莱为何要长时间地庇护萨尔瓦托雷·芬奇，甚至甘愿坐牢十四年？巴尔巴拉·洛奇和安东尼奥·洛·比安科谋杀案的策划者、组织者和实施者是萨尔瓦托雷，但梅莱为何愿意为他背黑锅？在他接受审判的时候，萨尔瓦托雷在证人席里厚颜无耻地戴着梅莱妻子的订婚戒，而他为何保持沉默？坐了十四年牢后，梅莱为何仍然拒绝告诉警方萨尔瓦托雷是他的共犯？

梅莱终于承认，这一切源于羞耻。梅莱曾经参加过萨尔瓦托雷·芬奇组织的性狂欢派对，他乐于与男人发生性行为，尤其喜欢与萨尔瓦托雷做爱。萨尔瓦托雷·芬奇利用这个可怕的秘密控制了梅莱近二十年的时间，封住了他的嘴巴。这就是芬奇在一九六八年的时候为何能够仅凭狠狠地瞪他一眼，便迫使梅莱身体伏地，痛哭流涕。他是在威胁要曝光其同性恋的内幕。

两名法国游客在斯科佩蒂空地的遇害是最后一起我们知道的"佛罗伦萨的恶魔"犯罪活动。尽管很久之后佛罗伦萨人才意识到这一点，但令他们胆战心惊如此之久的连环命案终于结束了。

但是，对此案的调查才刚刚开始。随着时间的推移，调查本身变成了"恶魔"，吞噬了所有挡在路上的人，吞下其毁掉的许多无辜生命，并无限膨胀。

一九八五年仅仅是个开端。

第二十二章

到一九八五年底，马里奥·罗泰拉法官仍坚信萨尔瓦托雷·芬奇就是"佛罗伦萨的恶魔"。在罗泰拉查阅有关芬奇的文件时，他对很多抓捕良机被白白错过而备感失望。例如，一九八四年维基奥谋杀案发生之后，他的家立刻受到搜查，警察在他的卧室里找到一块破布，塞在一个女式草编手提包里，上面满是火药残渣和血迹，总共有三十八处血迹。罗泰拉根据记录查找，发现警方从未对那块破布进行过分析。他顿时勃然大怒，将其视为"办事不力"的典型例子。负责这个证据的检察官努力解释：一个知道自己上了嫌疑犯名单的人还会在家里保存如此明显的线索，这根本无法令人相信。

罗泰拉要求立即对那块破布进行检查。对其进行分析的实验室无法确定布上的血迹是一个还是两个血型；专家也无法将破布上的血迹与一九八四年遇害者的血样进行比较，因为令人难以置信的是，警方竟没有保存那两个受害者的血样。那块破布被寄到英国进行进一步分析，但是英国实验室发回来的报告称，样本已经破坏到难以修复的程度。（今天，DNA测试也许能从那块布上获取重要信息，但迄今为止我们还没听说有人想进行这种测试。）

还有一件事令罗泰拉感到失望。一年多的时间里，宪兵对萨尔瓦托雷·芬奇严加监视，特别在周末更是如此。知道被人跟踪，萨尔瓦托雷有时会通过闯红灯或其他花招甩掉跟踪者来寻开心。但是，在斯科佩蒂空地发生命案的那个周末，宪兵队令人费解地中止了监视。芬奇突然发现没有人监视他，他可以自由活动。罗泰拉认为，如果那个周末继续监视下去的话，也许那宗命案就不会发生。

一九八五年底，罗泰拉向萨尔瓦托雷·芬奇发出一份法院通知书，通知他正式成为十六起谋杀案的嫌疑犯——参与了一九六八年至一九八五年间的所有谋杀案。

与此同时，资深检察官皮耶罗·路易吉·维尼亚已经对做事井井有条、爱管闲事的罗泰拉以及他对"撒丁小道"不依不饶的追查感到厌烦。维尼亚和警方都非常希望能够重新开始，他们静静地等着罗泰拉出错。

一九八六年六月十一日，马里奥·罗泰拉下令以谋杀罪名逮捕萨尔瓦托雷·芬奇。令所有人大吃一惊的是，逮捕他不是因为"恶魔案"，而是因为一九六一年一月十四日在维拉奇德谋杀他的妻子巴尔巴里娜。罗泰拉的策略是用一个简单明了的案子来判芬奇有罪，然后再借此判他为"佛罗伦萨的恶魔"。

萨尔瓦托雷·芬奇已经在狱中待了两年，在这期间，罗泰拉有条不紊地准备证据，控告他杀死他十七岁的妻子。这期间"恶魔"没有再次犯案，这进一步让罗泰拉坚信自己逮住了"恶魔"。

一九八八年四月十二日，在撒丁岛的首府卡利亚里，法院开庭审理萨尔瓦托雷·芬奇杀妻案。斯佩齐为《国民报》进行了实况报道。

　　萨尔瓦托雷在被告席上的举动令人震惊。他自始至终都保持站姿，拳头紧握被告席上的栅栏。他彬彬有礼地以高亢近似假音的声音小心谨慎地回答法官的问题。在法庭休息期间，他与斯佩齐以及其他记者就"性自由"和审判过程中"人身保护权"等话题进行了交流。

　　他的儿子安东尼奥当时大约二十七岁，被带到法庭上对他的父亲进行指控。他当时正因为一项不相关的罪行而服刑，出庭的时候戴着手铐，在场所有人都注意到他强硬而又极度严肃的样子。他坐在法官的右侧，正对着他的父亲，脸上巨大的墨镜一直没有摘下。他双唇紧闭，长着一个鹰钩鼻，因为内心充满仇恨而鼻孔翕张。即使戴着墨镜，他的脸也一直对着父亲，从未看向别处。审判过程中，他的父亲纹丝不动，脸上一副神秘的表情回望着他。两个人连续几小时这样四目相视，剑拔弩张的对峙令法庭上充满了紧张气氛。

　　安东尼奥·芬奇拒绝讲话。他只是瞪着父亲。他随后告诉斯佩齐，在他们被开车送走的时候，他和父亲之间若是没有宪兵军官挡在那里的话，"我肯定会掐死他"。

　　审判的最终结果很不理想。萨尔瓦托雷·芬奇出乎意料地被判无罪。此案已太过久远，证人都已不在人世，其他当事人也记不起那时的事情，物证已经消失不见，几乎拿不出来什么证据。

　　芬奇走出法庭的时候，已重获自由身。他在台阶上停下脚步，镇定地对记者说："这是一个令人满意的结果。"说完便转身走开了。他回到内陆的山区，重返他的出生地维拉奇德罗，然后就像从前的撒丁岛土匪一样，消失得无影无踪。

　　宣判萨尔瓦托雷·芬奇无罪激起人们对罗泰拉的口诛笔伐。这就是维尼亚和他的手下一直耐心等待的机会。他们像鲨鱼一样，悄然无声地行动起来，没有引起外界任何注意。在随后几年里，维尼亚和罗泰拉，警方和宪兵，将开始互相较量，你来我往。这场斗争进行得悄无声息，从未引起新闻媒体的注意。

在萨尔瓦托雷被判无罪之后，维尼亚和警方开始独自行动，完全无视罗泰拉的存在。他们决定推翻一切成果，重新开始调查"佛罗伦萨的恶魔"。与此同时，罗泰拉和宪兵则继续对"撒丁小道"进行调查。双方的调查行动即使不是格格不入，也逐渐变得不可调和。

最终，这种局面需要有所改变。

第二十三章

　　新一任总督察接管了反恶魔专案组，他名叫鲁杰罗·佩鲁吉尼。几年后，托马斯·哈里斯在他的小说《汉尼拔》中以佩鲁吉尼为原型塑造了一个人物形象，还给他起了个相似的名字——里纳尔多·帕齐。在为《汉尼拔》进行调研的时候，托马斯·哈里斯曾在总督察佩鲁吉尼位于佛罗伦萨的家里做过客。（据说，在哈里斯笔下，佩鲁吉尼在小说里对应的人物被残忍杀害并掏空内脏，尸体最终被吊在韦奇奥宫上。佩鲁吉尼对哈里斯如此报答他的盛情款待甚感不快。）《汉尼拔》电影版里的警长由贾恩卡洛·詹尼尼扮演，他总是满头大汗、手忙脚乱，而现实生活中的佩鲁吉尼警长则显得威严很多。佩鲁吉尼操着一口罗马口音，但衣着举止以及摆弄石楠木烟斗的样子，更像是英国人而不是意大利人。

　　在佩鲁吉尼警长接管反恶魔专案组之后，他和维尼亚将过去的调查全盘否定。佩鲁吉尼一开始便认为，在"恶魔案"之前，那支手枪和子弹就已经流落到撒丁人圈子之外了。"撒丁小道"是个死胡同，他对其不再有任何兴趣。他同样也对在犯罪现场收集到的证据表示怀疑——这也许有他的道理。对案发现场的刑事侦查基本上是不合格的。只有最后一次凶案现场真正受到警察的保护和封锁。而在其他现场，人们随意走动、捡弹壳、拍照片、抽烟，并将烟蒂随手乱丢。人们任意践踏草地，头发和衣服纤维掉得到处都是。收集到的证据并不多，而多数证据从未进行过合理分析，其中像那块破布那样的证据或已遗失，或已发霉。探员并没有留下受害者的头发、衣服或血迹的标本，以确保它们可能跟任何嫌疑犯联系起来。

佩鲁吉尼并未再花力气去研究那些证据，或费劲地将几万页的审讯记录再读一遍，而是想通过现代的方式，即电脑来破案。他非常迷恋FBI为了查出连环杀手而借助的科学手段。他终于掸掉内政部赠给专案组的那台IBM电脑上的尘土，将其运转起来。

他在电脑里搜索佛罗伦萨省里每个曾被警察逮捕、年龄介于三十至六十岁之间的男人的名字，再将目标缩小到有性犯罪的那些人。然后，佩鲁吉尼将他们坐牢的时间与"恶魔"杀人的日期进行匹配，找出那些坐牢时"恶魔"没有作案而出狱后"恶魔"作案的人的名字。他将整个名单从几万人一下子缩小到几十人。在这个缩小的名单中，他找到了彼得罗·帕恰尼这个名字——他便是在"恶魔"最后一次作案后受到一封匿名信指控的那位农夫。

佩鲁吉尼随后又用电脑进行了一次筛查，了解这些嫌疑犯中有多少人住在"恶魔"作案的区域之内或附近。在佩鲁吉尼将"之内或附近"的范围进一步扩展到佛罗伦萨大部分地区以及市郊之后，帕恰尼的名字又一次出现在名单中。

帕恰尼的名字在第二次搜索中的再次出现，进一步证明了警方于一九八五年九月十一日收到的那封匿名信的重要性，该信要求警察"审讯我们出生在维基奥的同胞彼得罗·帕恰尼"。这样一来，最先进的破案体系"电脑"与最古老的调查体系"匿名信"完美结合在一起，两者共同指向一个人：彼得罗·帕恰尼。

彼得罗·帕恰尼成为佩鲁吉尼的最大嫌疑犯，剩下要做的就是收集他的罪证。

佩鲁吉尼警长下令对帕恰尼的家进行搜查，发现了一些在他看来能定罪的证据。其中最主要的是一幅名画的复制品——收藏在乌菲齐美术馆的波提切利的《春》，画中描绘了一位口吐鲜花的异教仙女。此画令佩鲁吉尼想起第一个被"恶魔"杀死的人嘴里含着的金链子。佩鲁吉尼对这一线索十分着迷，此画甚至成为他日后出版的关于此案的一本专著的封面：在封面上波提切利笔下的仙女不再口吐鲜花，而是口吐鲜血。令佩鲁吉尼进一步相信这个解释的原因是，他注意到帕恰尼的厨房墙上钉着一张色情杂志里的插图，周围是几张圣母马利亚和圣徒们的图片，色情照片上是一个袒胸露乳的女子，嘴里充满挑逗地含着一朵花。

"恶魔"最后一次行凶杀人后，彼得罗·帕恰尼因为强奸女儿而被关进监狱。这一点对佩鲁吉尼而言又是一条重要的线索。这恰恰说明了过去三年里为何"恶魔"没有再次作案。

最重要的是，一九五一年发生的一宗谋杀案引起了佩鲁吉尼的注意。此案发生在帕恰尼出生地维基奥镇附近的一个地方，"恶魔"在那里作过两次案。表面上看，这极像是一次"恶魔"的罪行：两个年轻人在泊在塔西纳亚森林中的车里做爱，惨遭潜伏在周围灌木丛中的杀手伏击。受害女孩年仅十六岁，是镇上有名的大美女，还是帕恰尼的女友。她的情人则是个旅行推销员，挨个村庄兜售缝纫机。

但只要细细审视，就会发现此案与"恶魔案"的明显不同之处——混乱，狂暴，毫无预谋。帕恰尼先是用石头猛击那个男子的脑袋，然后用刀将其捅死。之后，帕恰尼将他的女友扔进草丛里，在他的情敌的尸体旁将其强奸。后来，帕恰尼将那推销员的尸体扛在肩上，想要投进附近的湖里。一番努力之后，他最终放弃，将尸体扔在田地中间的位置。在犯罪学家眼里，这应该是一次"毫无章法"的杀人行为，与"恶魔""有条不紊"的杀人行为形成鲜明对比。此案确实杂乱无章，帕恰尼后来很快被捕并被判刑。

发生在塔西纳亚森林里的这次谋杀案带有一种古老的味道，是发生在另一个时代的激情犯罪。这也许是用传统的托斯卡纳民歌讲述爱情和谋杀，并流传至今的最后一个故事。当时，托斯卡纳只剩下一位"民谣歌手"还在从事这个古老的行当，这是一种将故事编到歌里的吟游歌手。阿尔多·费齐行走在托斯卡纳地区，身穿一件亮红色的夹克，即使是炎热的八月也是如此。他走街串巷，在城镇和农村集市间穿梭，一边向观众展示有关故事内容的图像，一边吟唱押韵的民谣。费齐创作的大部分歌谣都是以他沿途收集的故事为蓝本，有些歌轻快活泼、近乎下流，而有一些歌则是有关嫉妒、谋杀、绝望的爱情和充满深仇大恨的悲剧故事。

费齐创作过一首有关塔西纳亚森林那次谋杀案的歌谣，在托斯卡纳北部广为流传：

我向你唱首伟大的悲剧故事，
在位于穆杰洛的维基奥镇上，
在帕特诺庄园的亚齐亚农场上，
住着一位年轻男子，粗鲁而又野蛮。

继续听下去，你会涕泗交流，

他的名字是皮耶·帕恰尼，年满二十六，

噢，听好我下面要讲的这个故事，

你会听得血液凝固……

佩鲁吉尼认为这首歌是十分关键的线索，它讲述了帕恰尼在灌木丛里暗中监视那两个恋人，还告诉警探，在他看到女友朝勾引她的男人袒露左边乳房的时候，他不禁怒火中烧。这个故事不由让佩鲁吉尼想起最后两个受害者被割掉的左边乳房。佩鲁吉尼认为，暴露左边的乳房是激发帕恰尼杀人怒火的导火索：这种怒火潜伏在他的潜意识里，多年之后频频再现，每一次遇到同样的情况，即看到两个年轻人在车里做爱的时候，他都会发作。

有人指出一个像"恶魔"这样习惯用右手的杀手应该习惯抓住女人左边的乳房。但在佩鲁吉尼看来，这个解释太过简单。

此前对"恶魔"罪行的重构似乎并不认同帕恰尼是个凶手，而佩鲁吉尼对此表示怀疑。比如，很难将一个矮胖、酗酒、身高不足五英尺三英寸的老农放在焦戈利的犯罪现场，当时凶手瞄准的是一扇五英尺十英寸高的车窗。更难想象的是，将这个步履蹒跚的农民放置在最后一次犯罪现场斯科佩蒂空地，杀人凶手的奔跑速度快过一个二十五岁百米短跑业余组冠军。"斯科佩蒂案"发生之时，帕恰尼已年届六十，曾经犯过心脏病，做过"搭桥手术"。他的健康记录表明他患有脊柱侧凸、膝盖痛、心绞痛、肺气肿、慢性耳炎、多发性椎间盘突出、脊椎病、高血压、糖尿病，以及喉咙和肾上长着息肉等大大小小的疾病。

佩鲁吉尼及其手下在帕恰尼的房子里找到的其他犯罪"证据"包括

一支猎枪里的一枚子弹、两枚"二战"的炮弹壳（一枚被用做花瓶）、一张帕恰尼年轻时手拿冲锋枪的照片、五把刀、一张寄自卡伦扎诺的明信片、一本首页上粗略画着不知名马路的登记簿和一包色情杂志。他还询问了几个目击者，他们将帕恰尼描述成一个残暴的人、偷猎者、在镇里过节的时候手脚不干净且喜欢骚扰女人的人。

但在帕恰尼家里找到的最重要证据是一张令人不安的画。画里有一个毫无掩饰的巨大立方体，里面有一个人首兽身的怪物。人身部分是个将军，脑袋是骷髅，右手挥舞着一把马刀。兽身部分是头公牛，两只牛角变成一张里拉竖琴。这个怪物长着男性和女性的性器官和巨大的小丑的双脚。画里还有貌似警察的木乃伊，摆出了一个下流的姿势。一条戴着帽子、口吐舌头的巨蟒盘着身子，躲在角落里。最重要的是，在所有这些图像的前面，有七个小十字架，插在地上，周围种满鲜花。

七个十字架。"恶魔"的七次罪行。

画上的签名是彼得罗·帕恰尼，他给此画起了个名字，却将字母拼错："A science-fition dream"（一个科幻小说的梦想）。佩鲁吉尼警长将此画交给专家进行心理分析。鉴定结果是：该画"与那个所谓的'恶魔'的人格一致"。

到一九八九年，佩鲁吉尼对帕恰尼步步紧逼。但在给帕恰尼贴上"恶魔"的标签之前，这位总督察必须要解释在一九六八年那次团伙犯罪中用过的那把手枪是如何落到帕恰尼手里的。他以最简单的方式解决了这个问题：他控告帕恰尼也参与了一九六八年的谋杀案。

作为预审法官，马里奥·罗泰拉法官对佩鲁吉尼的调查十分不满，将他的努力看作无中生有，认为他编造出一个"恶魔"，硬是将彼得罗·帕恰尼这个一介蛮夫看作破案的起点。他毫无事实依据地控告帕恰尼参与了一九六八年的双重杀人案，此事做得有些过分。这是直接对"撒丁小道"的调查发起了挑战。作为预审法官，罗泰拉拒绝批准立案侦查。

在对帕恰尼的调查中，佩鲁吉尼总督察身后有两大强有力的支柱：检察官维尼亚和警方；而宪兵队则支持罗泰拉。

维尼亚和罗泰拉，以及警方和宪兵之间的矛盾最终激化到顶点。维尼亚带头对他进行控告。他声称，对"撒丁小道"的调查只不过是将精力放在斯特凡诺·梅莱的胡言乱语上，毫无结果。这不过个障眼法，在五年多的时间里使调查偏离了方向。要保护"撒丁小道"的调查，罗泰拉以及宪兵队发现自己只能采取守势，毫无胜利的希望。他们允许首要嫌疑犯萨尔瓦托雷·芬奇在撒丁岛上被判无罪之后从他们手边溜走。罗泰拉因为忸怩作态的讲话方式和缺乏领袖魅力，很不受媒体和公众的欢迎。另一方面，维尼亚却被视为英雄。最终，帕恰尼本人从各个方面看都是个"恶魔"般的人——他是一个惨无人道的杀人犯，强奸女儿、暴打妻子、酗酒成性、强迫家人吃狗食。在很多佛罗伦萨人看来，就算他不是那个杀人"恶魔"，他的所作所为同"恶魔"也差不多。

维尼亚最终胜出。负责调查"恶魔"的宪兵上校从佛罗伦萨调到另一个岗位；罗泰拉被下令结束调查，准备总结报告，不再受理此案。他被告知，这份报告必须排除撒丁人参与"恶魔凶杀案"的可能性。

宪兵队上下对这一转变大为恼火。他们正式退出对"恶魔案"的调查。"如果有一天，"一位宪兵上校告诉斯佩齐，"那个'恶魔'带着手枪甚至是一块受害者的器官来到我们军营，我们会跟他说：'去警察局吧，我们对你和你的故事毫无兴趣。'"

罗泰拉准备了总结报告。这是一份奇怪的文件。在一百多页文风稳健、富有逻辑的解释中，他对那些撒丁人进行了控诉。报告详细介绍了一九六八年的团伙杀人案如何实施，以及参与作案的人员。报告追溯了那把点二二口径的贝雷塔枪的去向，从荷兰到撒丁岛，再到托斯卡纳，最终落在萨尔瓦托雷·芬奇的手里。报告得出一个颇具说服力的结论：参加一九六八年杀人案的那伙撒丁人知道是谁将枪带回家，因此知道"佛罗伦萨的恶魔"的身份。那个"恶魔"就是萨尔瓦托雷·芬奇。

然后，他笔锋陡然一转，在最后一页写道："正是由于上述原因，此次调查不用继续下去。"他撤销对那些撒丁人的所有指控，正式宣布免除他们参与"佛罗伦萨的恶魔"案以及一九六八年团伙犯罪的罪名。

"除此之外，我别无出路，"罗泰拉在一次采访中告诉斯佩齐，"这个结局给我以及其他许多人带来了无比的痛苦。"

马里奥·罗泰拉退出此案，随后调往罗马。

当时有一点是清楚的，即使今天看来也是如此：罗泰拉和宪兵队尽管出现过多次失策，但实际上他们的大方向是正确的。"佛罗伦萨的恶魔"极可能是那个撒丁岛团伙的一名成员。

官方对"撒丁小道"调查的结束意味着，"恶魔调查案"可能会向任何一个错误的方向发展。

第二十四章

宪兵队将他们的人从反恶魔专案组抽离了出去。专案组在佩鲁吉尼总督察的领导下进行重组，成为一支完全由警察组成的队伍。帕恰尼现在成为唯一的嫌疑犯，他们劲头十足地对他进行调查。警长相信大决战已经为时不远，他下定决心要给它画上一个圆满的句号。

那是一九八九年，"恶魔"已经连续四年不再杀人。佛罗伦萨人开始以为，也许警察终于找到了真凶。

佩鲁吉尼参加了一个热播的电视节目，在节目最后的表现使他一夜成名。他当时对着镜头，扶了扶雷朋太阳眼镜，目光坚定地讲话，但口吻并不冷酷："你并不像人们说的那样疯狂。你的幻想和冲动控制了你和你的行动。我知道即使是现在你也在努力与它们斗争。我们想让你知道我们会帮你克服一切困难。我知道过去教会你怀疑和沉默，但此时此刻我不会而且永远也不会向你撒谎，如果你决定摆脱这个压迫你的'恶魔'的话，"他顿了顿，接着说道，"你知道如何、何时以及何地能找到我。我会等你来的。"

这次演讲似乎是对数千万听众的真情流露，其实是由一组心理学家提前写好，佩鲁吉尼将稿子背了下来而已。这次演讲主要是讲给帕恰尼听的，他们知道他那时肯定正在家里看电视。节目录制的几天前，警察在他的家里安装了窃听器，希望在佩鲁吉尼发表那篇精心炮制的演讲时能从帕恰尼那里得到一些有助于破案的反应。

节目播出之后，警方获取窃听帕恰尼家里声音的录音磁带，并饶有兴趣地听完。他确实有所反应。在佩鲁吉尼结束电视演讲的时候，帕恰尼突然用托斯卡纳方言破口大骂。这种方言如此古老，已经被人忘却，语言学家肯定会对它产生兴趣。他接着仍然用方言哀号道："他们最好不要点名道姓，因为我只是个无辜又可怜的倒霉鬼！"

三年过去了。一九八九年至一九九二年间，佩鲁吉尼对帕恰尼的调查进展缓慢。他找不到确凿的证据。在搜查他的财物和房子时找到的那些证据只能够满足探员的幻想，却不足以真正以谋杀罪将他逮捕。

帕恰尼接受审问的时候，他的反应与沉着镇定的芬奇兄弟截然相反。帕恰尼厉声否认了一切指控，在一些微不足道的事情上还编造谎言，不断自相矛盾；有时还情不自禁地痛哭流涕，哭诉自己是个可怜无辜的人，受到了不公正的迫害。

帕恰尼越是撒谎狂叫，佩鲁吉尼越是相信他就是"恶魔"。

二十世纪九十年代初的一天早晨，已是自由撰稿人的马里奥·斯佩齐顺路拜访了警察局总部，看望在他负责报道犯罪新闻时候的一位老友，希望能搞到点儿新闻线索。他听到传言，佩鲁吉尼和反恶魔专案组多年前曾向美国联邦调查局寻求帮助。最终，由匡蒂科市著名的"行为科学小组"

对"恶魔"进行了剖析，给出了一份秘密报告。但从未有人见过这份报告，人们甚至怀疑它是否真的存在。

斯佩齐的熟人离开了，半个小时后又带着一沓纸回来。"我没有给过你任何东西，"他一边将那些纸递给斯佩齐一边说道，"咱们可从未见过面。"

斯佩齐将文件带到卡沃尔广场一间咖啡馆。他点了一杯啤酒，读了起来。（为了方便，那份报告被翻译成意大利语。因为无法得到原件，我只好将其译成英文。）

"弗吉尼亚，匡蒂科，美国联邦调查局学院，22135。意大利警察局要求协同调查'佛罗伦萨的恶魔'；FPC—GCM FBI总部00；FBI总部。下面的调查分析报告由特工小约翰·T.邓恩、约翰·加林多、玛丽·艾琳·奥图尔、费尔南多·M.里韦拉、理查德·罗布利和弗兰斯·B.瓦格纳，在特工队长罗纳德·沃克以及其他全国暴力犯罪分析中心（NCAVC）成员的指导下完成。"

文件上标明的日期是一九八九年八月二日："佛罗伦萨的恶魔/我们的文件163A-3915。"

"请注意，"美国专家一开始便提出了警告，"附带的分析报告是基于贵国警察局提供的检查资料，不能代替深思熟虑之后完成的完整调查报告，它不应被视为决定性的或全面的报告。"

报告表示，"佛罗伦萨的恶魔"并非独一无二。他是FBI熟知的一种类型的连环杀手，这方面他们还有数据库：一个性无能的孤独男子，变态地仇恨女性，通过杀人来满足他强烈的性欲。FBI报告以执法部门偏爱的干练语言，列举了"恶魔"可能具备的特点，解释了他的潜在动机，猜测了他杀人的方式和原因，以及如何选择目标，如何处理割下来的器官，甚至还包括其他细节，例如他的居住地点和他是否有车等。

斯佩齐饶有兴味地读了下去。他渐渐明白，这份报告为何不许公开：因为它描述了一个与彼得罗·帕恰尼迥然不同的杀手。

报告指出"恶魔"选择的是作案地点而不是受害者，他只会在他熟悉的地点作案。

攻击者多半对受害者进行了监视，直到受害者开始某种形式的性活动。攻击者选择这个时机出击，因为能够攻其不备、出其不意、一招制敌。这种进攻方式通常表示攻击者对他自己是否能够控制受害者存有疑虑，觉得自己对付"活着"的受害者仍然准备不足，或者觉得自己不能与他们正面交锋。

攻击者喜欢突然出击，近距离开枪，将火力首先集中到男性受害者身上，从而解决对他构成较大威胁的目标。一旦男性受害者被解决，攻击者认为自己对女性受害者实施攻击变得足够安全。发射多枚子弹表明攻击者想要确保在对女性受害者的尸体进行切割之前，两名受害者确实已死。这是攻击者的真正目标。男性受害者只是一个必须消除的障碍。

根据FBI的报告，"恶魔"是一人作案。报告表示，凶手可能有犯罪前科，但不过是纵火罪或其他偷鸡摸狗的罪行。他不习惯总是使用暴力，不喜欢实施严重的攻击性犯罪。他也不是强奸犯。"攻击者是一位在性事上有所欠缺、不够成熟的人。在同龄人的圈子里，与女性极少发生性关系。"报告说，从一九七四年至一九八一年间，"恶魔"神秘地停止杀人，是因为凶手在那段时间离开了佛罗伦萨。"攻击者充其量不过是个智商平平之人。他可能只念完中学，或念完意大利教育体系与之相当的阶段。他可能从事过需要使用双手的工作。"

报告进一步表示："在连环杀人案发生期间，攻击者可能住在工人阶级聚集区。"而且，他可能拥有一辆汽车。

但最有意思的一点是犯罪发生的方式，FBI将其称作他的"签名"。"占有某物和采取某种仪式对于此类攻击者而言非常重要。这恰好解释了女性受害者为何基本上都被从有同伴的车里移到几米之外的地方。与攻击者表现的仪式一样，占有的必要性暴露了他对女人的痛恨。对受害者性器官的切割或表示攻击者性无能，或表示出他对女人的憎恶。"

FBI报告还指出，此类连环杀手常常想通过直接或非正式的方式与警方联系来操纵调查。他表现得像个告密者，会寄发匿名信或联系新闻媒体。

FBI分析报告有一章探讨了"恶魔"从受害者身上取走的所谓"纪念品"——身体器官以及某些小饰品和珠宝首饰。"这些东西被带走留作纪念，帮助攻击者在一段时间里不断想象回味那个过程。这些物品会被保存很长一段时间，一旦攻击者不再需要它们，便会将其放回到犯罪现场，或者置于受害者的墓旁。"报告语气平淡地写道，"有时，凶手也许会因为某些下流的原因，将受害者的器官吃下，来表示彻底的占有。"

文件里有一段用来解释寄给西尔维亚·黛拉·莫尼卡检察官的装有受害者乳房的那封信。"这封信也许表明攻击者想要戏弄警方，表明公众对此案的关注对他很重要，也表现出他越加强烈的安全感。"

至于"恶魔"用过的那支手枪，FBI写道："对他而言，也许手枪是个神物。"使用同一把枪和相同的两盒子弹是连环命案的仪式化本质的一部分，也许还包括他只在杀人时穿的具体衣物和某些配饰，其他时间这些东西都被小心存放起来。"攻击者在现场的行为举止，包括使用某些配件和用来犯罪的工具，表明这一系列犯罪活动的内在仪式对他至关重要，他必须以同样的方式连续犯罪，以获得最大的满足。"

报告里没一句话读起来像帕恰尼，所以这份FBI报告无人理睬，被禁止公开。

从一九八九年至一九九二年的三年间，佩鲁吉尼和他的警探愈加灰心丧气，他们无法收集到足够多的证据来指控帕恰尼。他们最终决定对帕恰尼破旧的房子和财物进行连续十二天的地毯式搜索。

一九九二年四月，佩鲁吉尼及其手下发起了意大利史上耗时最久的搜查行动，使用的搜查设备也是最发达的科技设备。从一九九二年四月二十七日上午九点五十分至同年五月八日中午，一支荷枪实弹的精英警队搜查了帕恰尼的小屋和菜园：他们彻底地检查了他家的墙壁，用声音检测铺路石，不放过每一处缺口间隙，查看了每一个抽屉，翻遍了大小家具、床椅、沙发、壁橱和衣柜，将房顶的瓦片全部翻了个遍，用锄耕机在花园里挖了近三英尺深的坑，用超声波检查房子周围每平方毫米的土地。

消防员利用专业知识对他的家进行了检测。一些私营企业的代表使用金属探测器和热感应装置协助调查。还有技师精确无误地对被搜查的地方进行拍摄。现场还配有一名医生，检查在场的帕恰尼的健康情况，因为他们害怕这位容易激动的农民在搜查过程中突发心脏病。他们请来一位"诊断建筑学"方面的专家，能够精确地查明表面牢固的承重墙里是否藏有壁龛或空腔。

四月二十九日下午五点五十六分，精疲力竭的警察因为"天要下雨"

而决定放弃搜查的时候，他们突然有所发现。鲁杰罗·佩鲁吉尼在他后来出版的书《普普通通的人》（封面是吐血的波提切利的仙女）中描写了这一胜利的时刻。"在傍晚夕阳的余晖中，我看到地上一丝几乎无法察觉的光芒。"

那是一颗温彻斯特H系列的子弹，表面布满了氧化物。子弹并未用过，所以子弹基部不带有"恶魔"特有的撞针痕迹。然而，子弹却带有别的痕迹，证明曾被塞入枪膛里。经过一番认真分析之后，弹道学专家在分析报告中认为，这颗子弹与塞进"恶魔"枪里的子弹"并未不符"。尽管被不断施加压力（一位专家后来如此抱怨），但是"并未不符"是这些专家能够得出的最终结论。

但这已经足够了。一九九三年一月十六日，帕恰尼被捕，被指控是"佛罗伦萨的恶魔"。

第二十五章

对彼得罗·帕恰尼的审判于一九九四年四月十四日开庭。法庭上挤满了人，这些人可以分为两派，一派人认为他有罪，另一派人则坚持他是无辜的。许多女孩在街上游行，身上穿的T恤衫上用英文写着"I ♥ Pacciani"。在审判室里，摄影师、摄像师和记者坐得满满当当，最中间有一人得到总督察鲁杰罗·佩鲁吉尼的保护和引导，他便是作家托马斯·哈里斯。

审判活像是一出戏，因为它具有以下几个因素：一段限制的时间、封闭的房间、主角的慷慨陈词、固定的角色——检察官、律师、法官和被告。史上没有哪一场审判能比对帕恰尼的审判更富戏剧性。这就像是一出情节剧，绝对值得普契尼进行加工创作。

这位农夫在审判的过程中全身战栗、几度哽咽，有时还用他老式的托斯卡纳方言大叫："我是一头温顺的羔羊！……我就像是被钉在十字架上的基督！"有时，身材矮小的他会从座位上站起来，从暗袋里掏出一张"神圣的心"的小图片，当着法官的面用力挥舞，法庭庭长立刻猛击木槌，命令他坐下。有时，他会变得怒不可遏，异常激动，唾沫飞溅，咒骂证人，或者谴责"恶魔"本人。他还会双手握拳，抬头仰望，高声祈求上帝："在地狱里烧死他！"

审判仅仅过去四天，斯佩齐便抢先报道了一则重要新闻。指控帕恰尼的一个主要证据是他那幅古怪的画作——画着人首兽身的怪物和七个十字架——心理学家认为此画"符合""恶魔"心理变态的个性。原画一直未向世人公开，但斯佩齐最终还是从检察院那里搞到该画的照片。他只花了几天时间便找到此画的真正作者—— 一位五十岁的智利艺术家，名叫克里斯蒂安·奥利瓦雷斯，在皮诺切特①统治时期流亡欧洲。在听说他的作品被用来作为指控连环杀手的证据时，奥利瓦雷斯顿时变得义愤填膺。"在这幅画中，"他告诉斯佩齐，"我想要呈现独裁政府的怪诞恐怖。说它是精神变态者的作品简直荒唐可笑。这就如同说戈雅的《战争的灾难》表明他是个疯子，是个需要锁起来的'恶魔'一样。"

斯佩齐打电话给佩鲁吉尼。"明天，"他告诉对方，"我的报纸上会刊登一篇文章，大意是被你当作帕恰尼创作的那幅画其实并非出自其手，而是一位智利艺术家的作品。对此您有何高见？"

这篇文章令他们颜面尽失。检察长维尼亚努力降低此画的重要性。"正是大众媒体夸大了此画的重要性。"他说。另一位检察官保罗·卡内萨也想将损失降低到最低限度，他解释说："帕恰尼确实在这幅画上签过名，还告诉他的一些朋友此画就是他自己的梦境。"

审判持续了六个多月。在审判室的一角，摄像机镜头聚焦在帕恰尼

---

① Augusto Pinochet（1915—2006），智利政治家、将军，曾任智利总统。

和一排对他进行指控的证人身上。他们的影像投射在法庭左边的大屏幕上，即使位置不佳的观众也能跟上这场戏剧性审判的进程。每天晚上，电视都会重播审判的精彩场面，因此吸引了大批观众。吃饭时间，人们都围坐在电视前面，观看这场比任何一出肥皂剧都要精彩的审判。

在帕恰尼的女儿出庭作证的时候，审判达到了高潮。所有的托斯卡纳人都目不转睛地盯着电视，等待她们的证词。

佛罗伦萨人绝不会忘记他的两个女儿出庭作证的场景（其中一人是修女），她们哭泣着讲述了惨遭父亲强奸的过程。呈现在众人面前的托斯卡纳乡村生活与《沐浴在托斯卡纳的阳光下》表现的乡村生活迥然不同。她们的证词描绘出这样一个家庭：女人受尽凌辱，被酒鬼虐待，遭棍棒暴打，成为性暴力的牺牲品。帕恰尼甚至还逼迫她们吃狗食。

"他根本不想要女儿，"一个女儿哭诉道，"有一次，妈妈不幸流产，他知道流掉的是个男孩。他就跟我们说：'你们俩都该去死，而他应该活下来。'他有一次将土拨鼠的皮剥去，让我们吃鼠肉。我们要是不愿跟他上床睡觉，他就会对我们拳脚相加。"

所有这些跟"佛罗伦萨的恶魔"没有任何关系。当被问及有关"恶魔"的问题时，他的两个女儿想不起任何能将父亲与"佛罗伦萨的恶魔"案联系在一起的可怕事实——例如瞥见那把手枪、少量血迹、在他晚上醉酒归来不经意间说漏嘴的话。

检察官们将他们少得可怜的支离破碎的证据摆在了一起。那枚子弹和破布被呈上法庭。一个在帕恰尼家中找到的塑料肥皂碟也作为证据呈上法庭。（一个遇害者的母亲说她觉得这个肥皂碟像是她儿子用过的。）波提切利创作的仙女图的照片在法庭上支了起来，一同展示的还有受害者口含金链子的大幅照片。在帕恰尼家里找到的一团德国制造的画纸也作为证据呈现给法官，他的亲戚说他们认为那一对德国情侣可能也有类似的画纸。帕恰尼表示，他是在谋杀案多年之前在垃圾箱里找到的，而且他在里面留下的笔记也清楚地表明是在谋杀案很早之前写下的。但是检察官坚持说，这个老谋深算的农民为了转移怀疑，在后来补上了那些笔记。（斯佩齐在一篇文章里指出，对于帕恰尼而言，把那本将他与"恶魔案"牵连在一起的素描簿扔进壁炉里是再简单不过的事情。）

在众多证人中，有一些是帕恰尼在"百姓俱乐部"里的老友。"百姓俱乐部"是共产主义者专为圣卡夏诺的工人阶层设立的社交俱乐部和聚会大厅。他的朋友多是没受过什么教育的乡巴佬，因为低劣的烈酒和嫖娼而毁掉了健康。其中一人名叫马里奥·万尼，曾在圣卡夏诺干过邮差，是个傻子；他被同乡戏称为"苹果核"，指的是苹果里毫无用处而被扔掉的那个部分。

在法庭上，万尼头脑混乱、惊慌失措。在面对第一个问题（"你现在的工作是什么？"）的时候，他并未直接回答，而是声音颤抖地进行了解释。他说，他确实认识帕恰尼，但他们不过是"野餐朋友"，仅此而已。为了避免犯错，这位邮差显然特地记住了一个词，回答每个问题，不管相关与否，都会用上这个词。"Eravamo compagni di merende，"他不厌其烦地说，"我们是野餐朋友。"

我们是野餐朋友。因为反复使用这句话，这个倒霉的邮差创造了一个新词，被收入意大利语辞典中。compagni di merende（野餐朋友）如今在意大利语中成为一个口语词汇，指的是假装做些没有害处的事情（如同在农村野餐），而实际上却暗地里干着谋财害命的阴险勾当。这个词广为流行，甚至还出现了相应的意大利维基百科词条。

"我们是野餐朋友。"每次回答问题，万尼仍然继续重复这句话，他的下巴下倾，眼睛斜视着宽大的法庭。

检察官对万尼和这个词越来越不耐烦。万尼继续否认他在之前审讯中说的一切。他矢口否认曾与帕恰尼一起打过猎，推翻他说过的每一句话，最终否认了一切，发誓自己什么都不知道，还高声表示他和帕恰尼只不过是"野餐朋友"。法庭庭长终于按捺不住心中的怒火。"万尼先生，你现在的样子照我们的话说就是有所保留，你若继续这样下去，你可能就会被控作伪证的罪名。"

万尼继续哀鸣道："但我们只不过是'野餐朋友'。"法庭上的观众立刻笑翻了天，法官见状只好猛击小木槌。

他在证人席上的行为引起了一位名叫米凯莱·朱塔里的人的怀疑，此人后来从佩鲁吉尼手里接管了"恶魔案"的调查工作。佩鲁吉尼因捉到"恶魔"（即帕恰尼）而受到奖赏，获得了绝佳的职位：被派往美国首都华盛顿，成为意大利警方和美国联邦调查局之间的联络官。

朱塔里将对"恶魔"的调查提升到一个引人注目的新水平。但是现在他正在等待时机，在一旁仔细观察和聆听，思考自己关于此案的理论。

被意大利人称为"转折点"的关键一天终于来到——一位关键证人站上证人席，决定了被告的命运。这个出现在帕恰尼审判中的证人是一个名叫洛伦佐·内西的男子，身材干瘦，一脸谄媚，留着光可鉴人的大背头，戴着雷朋眼镜，身穿衬衫却不扣纽扣，金链子悬吊在他的胸毛上，说话油腔滑调，是个讨女人喜欢的下三滥男人。不管是为了吸引别人的关注，还是渴望登上报纸头版头条，洛伦佐·内西将成为一个名副其实的连环命案的证人，他总是会在最需要的时候出现，突然想起多年之前发生的事情。这是他的初次露面，这样的机会还将出现多次。

在开始自由陈述的时候，内西说帕恰尼曾向他夸耀在夜里用手枪打死藏在树上的野鸡。这被看作另一条对帕恰尼极为不利的证据，因为帕恰尼否认有枪，这证明了他没说真话——毫无疑问就是"那把"手枪。

二十天后，内西突然又想起了什么。

一九八五年九月八日，周日傍晚，即被认定是两位法国游客遇害的晚上，内西正在回家的路上。因为常走的"佛罗伦萨—锡耶纳高速公路"因施工建设而封闭禁行，内西只好从斯科佩蒂空地旁边绕道而行。（但是，后来经调查发现对高速公路施工的中断其实是在随后一周的周末开始的。）内西说，当晚大约九点半至十点半之间，在距离斯科佩蒂空地约一公里的地方，他在一个十字路口停下给一辆福特嘉年华车让路。这辆福特车带有玫瑰红或微红的颜色，他百分之九十确定车上的司机就是帕恰尼。此外，车上还有一个他不认识的人。

他为何十年前不汇报此事呢？

内西回答当时他只有七成到八成的把握，得有十成把握他才能向警察汇报情况。而现在，他已经有九成把握说出车上人的身份，他觉得现在终于可以向警察汇报。随后，法官表扬了他这种严谨的态度。

我们很难相信贩卖毛衣的小商贩内西会认错颜色。但他确实把帕恰尼的车的颜色搞错了——他的车不是"玫瑰红或微红"，而是纯白色。（也许内西回想起了让警方描绘出那张臭名昭著的嫌疑犯肖像的证人所描述的那辆红色阿尔法·罗密欧车。）

但是，内西的证词把帕恰尼在那个周日晚上的行动限定在位于斯科佩蒂空地周围一公里之内的地方，这已经足以决定他的命运。法官宣判帕恰尼犯有谋杀罪，判处他十四年有期徒刑。法官用事实解释了内西犯下的错误，晚上尾灯的反射使白色的车看起来像是红色的。法官们宣判帕恰尼没有参与一九六八年的谋杀案，因为除了几个命案都是同一把枪所为之外，检察官没有给出任何能够将他与那场命案联系在一起的证据。法官们从未解答一个问题：如果帕恰尼与那场命案毫无关系，那么那把手枪最终如何落到他手里的?

一九九四年十一月一日晚上七点零二分，法庭庭长开始宣读判决书。意大利的所有全国性电视网络都临时中断节目，插播这段新闻。"涉嫌谋杀帕斯夸莱·真蒂尔科和斯特凡尼亚·佩蒂尼，"法庭庭长拖腔拉调地念道，"谋杀乔瓦尼·福吉和卡尔梅拉·德·努乔，谋杀斯特凡诺·巴尔迪和苏珊娜·坎比，谋杀保罗·马伊纳尔迪和安东内拉·米廖里尼，谋杀弗雷德里克·威尔海姆·霍斯特·迈尔和乌韦·金斯·吕施，谋杀皮亚·吉尔达·龙蒂尼和克劳迪奥·斯特凡纳奇，谋杀让-米歇尔·克拉韦奇威利和纳迪娜·莫里奥特。"

随着法官最后以洪亮的声音喊出"罪名成立"的时候，帕恰尼用手捂住胸口，闭上双眼，喃喃道:"一个无辜的人死去了。"

第二十六章

 一九九六年寒冷的二月，马里奥·斯佩齐穿过一个小广场，向圣卡夏诺小镇的宪兵营走去。他走得上气不接下气，这不仅仅因为高卢烟吸得太多，而且因为他身上裹着一件极度丑陋和肥大的大衣。衣服颜色俗不可耐，上面垂着拉链、皮带和带扣，这些饰件没有任何实际作用，只是为了掩盖衣服的真正用途而已。靠近衣领的一枚小纽扣是个麦克风。胸前一块难看的塑料标签后面藏着一台摄像机。在大衣外层和衬里之间装着一台录音机、一块电池和几根电线。藏在大衣里的这套电子装置不会发出一丁点儿声音。在圣卡西亚诺教堂联合会里，在忏悔室和洗礼盆之间的一根石柱子后面，一位电视台的技师启动了这套装置。教堂里除了一个瘸腿的老妪别无他人，她跪在祈祷台上，面前布满了塑料蜡烛，通电之后在黑夜中发出熠熠光芒。

 帕恰尼被判有罪之后的两年里，斯佩齐撰写了多篇文章，对这个农民是否有罪表示了质疑。但这一次肯定会是终结所有新闻的爆炸性新闻。

摄像机的电池够用一个小时。在这六十分钟里，斯佩齐必须让圣卡夏诺宪兵营的军官阿尔图罗·米诺利蒂说出真相。他必须要让此人告诉他佩鲁吉尼在帕恰尼的菜园里发现那枚子弹的真相。作为当地宪兵队的军官，米诺利蒂在长达十二天的搜查过程中一直都在现场，是目睹找到那个臭名昭著的子弹的人中唯一跟专案组和警察均没有任何关系的人。

一直以来，斯佩齐对这种获取新闻的伎俩持有深深的疑虑，他曾发誓自己绝不会做出这种事情。这样做手段卑鄙，是纯粹为了获得独家新闻而对受访者进行的敲诈。但是就在进入宪兵营地米诺利蒂等待的地方之前，这种顾忌就像指尖上的圣水顿时消失无踪了。秘密拍摄米诺利蒂也许是获得真相或至少一点儿真相的唯一途径。此事意义重大，斯佩齐相信帕恰尼是无辜的，发生了严重的审判不公。

斯佩齐在军营的入口处停下了脚步，转了一下身子，用胸前的摄像机将标着"宪兵队"几个字的标牌拍了下来。他摁响了门铃，等人开门。不知从哪里传来了狗吠声，冰冷的寒风刺痛着他的脸。他甚至都没想过事情可能败露，被人发现。对独家新闻的渴望让他觉得自己战无不胜。

一位身着蓝色制服的男子打开门，眼神里充满了警觉。

"我是马里奥·斯佩齐。我与米诺利蒂指挥官约好了见面。"

他们将他带到一个小房间里，等待的时间长得足以吸上一根高卢烟。从坐的位置，斯佩齐能看到这位他想要盗取真相的官员空荡荡的办公室。他注意到米诺利蒂的座椅置于房间右侧，他估计藏在左胸前面的摄像机的镜头只能拍到一堵墙而已。他心想等到他坐下之后，他必须装作漫不经心地转动座椅，从而将这位宪兵军官拍在取景框里。

只要顺利就不会发生什么意外，斯佩齐心想，突然心里又觉得很不踏实。这就像是一部好莱坞大片，只有那些兴奋过头的电视人才会觉得此事一定会成功。

米诺利蒂来了。此人聪明、高大，年近四十，身穿现成的制服，戴着一副松松垮垮的金边眼镜。"抱歉让您久等了。"

斯佩齐已经想好如何让他说出关键的事实。他指望通过唤醒他作为法律支持者和执行者的良心来逐渐打消他的戒心，如果可能，再利用一下他的虚荣心。

米诺利蒂示意他坐下。斯佩齐重新落座，自如地一侧身改变了座位的方向。他面朝米诺利蒂，将香烟和打火机放在桌上。他确信自己现在肯定能将米诺利蒂拍在镜头里。

"很抱歉打扰您，"斯佩齐吞吞吐吐地说道，"明天我要跟我在米兰的总编见面，我正在寻找跟'佛罗伦萨的恶魔'有关的新闻线索。新的线索，真正的新闻。到目前为止，您比我更了解情况，什么样的话都有人说过，已经没有人再在乎此案了。"

米诺利蒂有些坐立不安，以一种滑稽的方式扭了扭脖子。他的目光从斯佩齐身上移开，然后又转了回来。最终，他点了一根烟寻求慰藉。

"你想要知道什么？"他说，鼻孔里鼓出一阵烟。

"阿尔图罗，"斯佩齐身体凑上前，神秘兮兮地说道，"佛罗伦萨是个小城市。你和我抬头不见低头见。我们都不可避免地听到过一些传言。请恕我直言，您似乎对帕恰尼的调查存有疑虑，而且是严重的疑虑吧……？"

指挥官双手托着下巴，这一次他的嘴唇奇怪地扭动起来，然后他说话的样子就好像突然释然了许多。"嗯，是的……从某种意义上说……总之，如果发生了一次奇怪的巧合，我们暂且不去管它。如果这种巧合发生了两次，我们仍然可以不去理它。但是如果发生了三次巧合，我们不得不说这绝不是什么巧合了。在这次调查中，发生了太多的巧合，或者更像是奇怪的事件。"

在微型摄像机的镜头后面，斯佩齐的心跳开始加速。

"此话怎讲？这次调查难道有什么不对头的地方？"

"是的。听着，我相信帕恰尼是有罪的。但是这要由我们来证明……这毫无捷径可循。"

"你指的是？"

"我指的是……例如那块破布。在我看来，那布根本没有什么意义，毫不合理。"

他指的那块破布是指控帕恰尼的一个重要证据。在对他的房子进行大规模搜查并发现那个子弹的一个月后，米诺利蒂收到一个匿名包裹，里面装着一个手枪弹簧导杆，外面用一块破布裹着。包裹里还有一张用大写字母写的信，信里写道：

这是"佛罗伦萨的恶魔"手枪的一个部件，装在一个被换过的玻璃罐内（有人先于我找到了它），埋在卢奇亚诺的一棵树下面。帕恰尼常去那里散步。帕恰尼是个"恶魔"，我很了解他，你也了解他。惩罚他，上帝会保佑你的，因为他毫无人性，是个禽兽。谢谢。

此事一下子变得诡异起来。然后，在收到这封信的几天之后，在对帕恰尼的车库进行另一次搜查的过程中，反恶魔专案组的警探发现了一块类似的破布，他们居然在之前十二天的调查中漏掉了。两块布放在一起的时候，它们竟然惊人地吻合。

佩鲁吉尼推断，是"恶魔"本人将这封装有破布的信邮寄出来，他在潜意识里想要控告自己。

"那块布太恶心了，"米诺利蒂说着转向斯佩齐掩藏的那台远距离摄像机，"因为在找到那块布的时候，他们没有叫我去。所有搜查行动应该是反恶魔专案组和圣卡夏诺的宪兵队共同完成。但是找到破布的时候，却没人找我。这真是奇怪。我要说，这块布来历不明。我们都曾去过那个车库，找到了许多材料，然后将它们带走，编入了目录。这块破布当时并不在场。"

斯佩齐又点了一根高卢烟，想要抑制自己的兴奋之情。这是一条重磅新闻，他们还没有谈到菜园里找到的那颗子弹。

"您认为那块破布来自何处？"

宪兵军官摊开双臂。"嗯，我不知道。我当时不在场。这就是问题所在。可是为何要寄来手枪弹簧导杆呢？在手枪所有零部件里，这是唯一不属于某把具体手枪的部件，而他们却碰巧寄来那部分！"

斯佩齐决定把话题转移到温彻斯特子弹上。"还有那枚子弹。它是否也很恶心？"

米诺利蒂深吸了口气，沉默了几秒钟。他转过身子，突然开口道："发现子弹的方式确实让我很生气。我痛恨那位佩鲁吉尼总督察，为了寻找真相，他使我们陷于一个尴尬的境地……"

斯佩齐竭力使自己保持镇定，他激动得心脏怦怦直跳。

"我们当时在帕恰尼的菜园里，"指挥官说，"我、佩鲁吉尼和其他两个专案组的警探。那两个警探将他们的鞋底在一根水泥制成的葡萄架撑杆上蹭来蹭去，他们还打趣说他俩穿了同样的鞋。突然，在他们一人的一只鞋旁，子弹的底部露了出来。"

"但是，"斯佩齐打断道，想要确保录像带清楚地记录下一切，"佩鲁吉尼在他的书中描述的可不是这样。"

"没错！是的，他说：'光线使子弹闪闪发亮。'什么狗屁光线！听着，也许他只是想使这次发现听起来更冠冕堂皇一些。"

斯佩齐问："米诺利蒂，他们是否提前将子弹放在那里？"

指挥官的脸一下子阴了下来。"这是一种假设。甚至不仅仅是一种假设……我不是说我有十足的把握……这样想可违背了我的意愿。此事接近事实……"

"接近事实？"

"呃，没错，因为根据这些事实，我找不到另一种解释……我还想说，佩鲁吉尼在书中说他看到了闪光，这可真是让我生气。我心想，'总督察，你根本不把我放在眼里。但如果我公开反对你，我就完蛋了。'我的意思是，法官会相信谁的话呢？指挥官还是总督察呢？无奈之下，我只能支持他的说法。"

斯佩齐觉得自己像是在拍摄奥斯卡获奖电影，演员的演技精湛，米诺利蒂的那不勒斯口音使他的表现更加精彩。斯佩齐发现他还有十五分钟的录像时间。他必须抓紧时间让他说出真相。"阿尔图罗，他们是否在栽赃嫁祸？"

米诺利蒂显得十分痛苦。"我根本无法相信我的同事、我的朋友……"

斯佩齐要抓紧时间了。"好的，我理解您。但是，如果您能暂时忘记他们是与您共事过很长时间的同事，有了这些事实，您能否推断这枚子弹是栽赃嫁祸？"

他一下子变得像块石头。"按照常理，应该如此。我必须要说这是栽赃嫁祸。我得出这样的结论：某些证据十分肮脏，如那枚子弹、弹簧导杆和破布。"米诺利蒂继续说道，声音低得几乎是在自言自语，"我面临着一个十分尴尬的境地……他们窃听了我的电话……我害怕……我非常担心……"

斯佩齐想知道他是否跟别人说过这些事，又问道："你从未跟别人提起此事吗？"

"我跟卡内萨说过一次。"保罗·卡内萨是接手此案的检察官之一。

"他说了什么？"

"什么也没说。"

几分钟后，在军营门口，米诺利蒂向斯佩齐道别。"马里奥，"他说，"忘记我今晚说的话。只不过是为了发泄而已。我跟你说这些，是因为我信任你。而你的同事在进来之前，我都会让人对他们进行搜身。"

斯佩齐感觉自己像个可怜虫，穿过了广场，走在人行道上。他的左肩几乎蹭着路边房子的墙，胳膊十分僵硬。他已经感受不到寒风了。

我的上帝，他心里暗忖，这事成了！

他走进当地的"百姓俱乐部"，那个电视频道的工作人员都在喝啤酒等他。他一侧身来到他们桌前，一声不吭地坐下。他感到众人的目光都齐刷刷地落在他的身上。他仍然不发一言，他们也没问他什么。他们都明白此事已经成功。

那天晚上迟些时候，在看完拍摄米诺利蒂的录像带之后，大家又聚在一起吃宵夜，无不欣喜若狂。这是二十世纪最重要的新闻。斯佩齐为拖累毫不知情的米诺利蒂指挥官而深感歉疚。但他告诉自己，既然是为了获得真相，那就得有人作出牺牲。

翌日，意大利安莎通讯社（ANSA）听说了这盘录像带，随即报道了此事。新闻一经刊载，三家全国性的电视频道纷纷打电话要求采访斯佩齐。在新闻节目时间，斯佩齐坐在沙发上，手拿遥控器，想知道电视台是如何报道这一新闻的。

　　可是，新闻里只字未提任何相关消息。翌日清晨，各家报社也没有进行报道，连一行字都没有。意大利国家电视三台本已安排好播出米诺利蒂那盘录像带，也临时取消了。

　　很显然，一个有权势的大人物封杀了这则新闻。

第二十七章

在意大利，若是被判无期徒刑，便有权向上诉巡回法庭提起上诉，法院将配备一位新的检察官和一组新的法官。一九九六年，即帕恰尼被判刑两年之后，他的案子被提交巡回法庭，提请上诉。检察长是皮耶罗·托尼，一位威尼斯的贵族，酷爱古典音乐，快要谢顶的头上只剩下一绺垂到衣领下面的头发。法庭庭长则是仪表堂堂、年事已高的弗朗切斯科·费里，著名资深法学权威。

皮耶罗·托尼没有参与之前对帕恰尼的定罪过程，没有面子可丢。意大利司法体系的一大优点便是这一上诉程序，参与到上诉过程中的人，不管是检察官还是法官，都不会另有企图。

托尼负责对帕恰尼的判刑进行确认，他客观而又公正地审视了对这个农民的所有不利证据。

他看得目瞪口呆。

"这次调查，"他在法庭上发表陈词，"如果此事不是如此具有悲剧性，人们肯定会想到《粉红豹》[①]。"

托尼并未检举帕恰尼的罪行，反而在法庭上对此案的调查进行了严厉批评，抨击指控帕恰尼有罪的证据，用客观冷静的逻辑对证据条分缕析，直到所有的证据支离破碎、相互矛盾。帕恰尼的律师发现他们的辩词都被这位检察官抢先说出，只能目瞪口呆静静地坐着，轮到律师发言的时候，他们只能十分吃惊地表示赞同。

随着审判的进行，警探们无不感到恐慌和惊愕。检察官托尼若是宣布帕恰尼无罪的话，那这位农民肯定会被赦免，警方则难以承受如此大的羞辱，颜面尽失。必须做点什么事情阻止它——这个任务落在了总督察米凯莱·朱塔里的身上。

六个月前，也就是一九九五年十月末，总督察朱塔里在阿尔诺河畔美国大使馆附近一间阳光充足的办公室内宣誓就职。在总督察佩鲁吉尼调到华盛顿之后，他接管了"佛罗伦萨的恶魔"案。反恶魔专案组已经解散，但朱塔里将很快组建一支"特别调查组"承担相应的职责。与此同时，他又开始了一项艰巨无比的任务：查阅所有关于此案的文件，足有上万件，其中包括数百次对证人的采访、大量的专家报告和技术分析，以及审讯的全部记录。他也翻遍了存放证据的柜子，检查了在犯罪现场收集的一切物证，不管有多少关联。

在这一过程中，总督察朱塔里得出了一个预言性的结论：包括佩鲁吉尼在内，没有人明白这起案子的庞大程度，其中有太多的漏洞、无法解释的证据和多处不解之谜。

米凯莱·朱塔里是来自墨西拿的西西里人，干劲十足、能言善辩。他

---

① *Pink Panther*，美国一部以一名警探为主角的喜剧连续剧。

还是个富有抱负的小说家和判断阴谋理论的行家。他平时嘴角常常叼着半根托斯卡纳牌雪茄烟，竖着外套领子，光亮浓密的黑色长发光滑地梳向后面。他与电影《疤面煞星》中的阿尔·帕西诺有着颇多相似，行为举止温文尔雅，带有影视演员的风范，就好像有台摄像机一直对着他一样。

在查阅调查文件的过程中，朱塔里发现了一些重要却被忽视的线索。在他看来，这些线索暴露了远比一个独来独往的连环杀手更邪恶的东西。他首先从洛伦佐·内西开始。内西声称他在周日晚上最后一次命案现场一公里以内的地方，看到帕恰尼与另一个人在红色（实际应为白色）的车里。朱塔里开始对这个身份不明的人进行调查。他是谁？他在车里都做了什么？他是否参与了那次谋杀？倘若发现实情，而且是铁的事实，毫无疑问的是，朱塔里会帮自己一个大忙。佩鲁吉尼将"恶魔案"作为事业平步青云的跳板，维尼亚也会很快获得晋升。"佛罗伦萨的恶魔"案留下了大量的利益可以捞取。

六个月后，帕恰尼即将无罪释放，这很可能会破坏朱塔里总督察的新理论和详细制订的计划。这位总督察为此心生一计。

一九九六年二月五日清晨，检察长皮耶罗·托尼用四个小时总结陈词。他说，指控帕恰尼的案子没有证据、没有线索、毫无根据。没有任何手枪部件能将他与连环命案联系到一起，没有任何埋在菜园的子弹能够判他有罪，没有一个证人能够让他信服。没有任何令人信服的证据。对托尼而言，这次指控的基本事实仍然没有点明：探员们没有解释那把在一九六八年命案中用过的臭名昭著的点二二口径贝雷塔手枪是如何从"撒丁小道"转移到帕恰尼的手里的。

"半条线索加上半条线索，"托尼高声道，"并不等于一条完整的线索，而应该是零！"

二月十二日，无话可讲的帕恰尼的律师在总结时只是简单说了几句。翌日，费里和其他法官关在房间里，进行研究讨论。

当天下午，总督察朱塔里穿上他的黑色大衣，竖起衣领，将半根托斯卡纳牌烟塞进嘴里，把手下的人召集到一起。他们没有特殊标记的警车呼啸着驶出警察总局，前往圣卡夏诺。他们在那里包围了马里奥·万尼的家——这位干过邮差的人在对帕恰尼第一次审讯的时候，曾不停地咕哝他和帕恰尼不过是"野餐朋友"。朱塔里和手下逮住万尼，将他硬生生塞进警车里，甚至都不给这个倒霉鬼时间装上他的假牙。据警察说，万尼便是洛伦佐·内西看到的车里的那"另一个人"。警方指控他是帕恰尼作案时的同犯。

此事的时机选择得十分微妙。二月十三日上午，即上诉法庭宣判结果的那一天，各家报纸都大张旗鼓地报道万尼作为帕恰尼的共犯被捕的新闻。

结果，地堡般的大法庭就像即将爆发的火山一样热闹。万尼被捕是直接向法官们发出了挑战，是要检验他们是否真敢宣判帕恰尼无罪。

随着诉讼程序的开始，总督察朱塔里指派的一名警察气喘吁吁地赶到法庭，带去了一包文件。他要求在法庭上讲话。法庭庭长费里对这一最后的举动甚是反感。但是，他还是冷静地邀请警察总局派来的人陈述观点。

此人宣布"恶魔案"中又有四位证人浮出水面。他用希腊字母来称呼他们：阿尔法、贝塔、伽马和德耳塔。出于安全的考虑，他说，法庭不能透露他们的名字。他们的证词对此案至关重要，警察告诉备感震惊的法官，其中两个证人实际上在一九八五年法国游客遇害时就在现场。他们在犯罪现场见到了帕恰尼，目睹了他实施谋杀，其中一个证人还承认协助帕恰尼犯罪；其他两个证人能够证实他们的证词。这四个证人在沉默了十多年之后，突然良心发现，在能够决定帕恰尼命运的最后审判的二十四小时前开口说话了。

整个法庭顿时变得鸦雀无声。连记者的笔尖都在笔记本上停了下来。这一新发现简直不可思议，就像是在演电影一样——不像是真实发生的事情。

如果费里一开始还感到反感，现在他完全被激怒了。但他仍然保持出奇的冷静，声音充满了讽刺的味道。"我们无法听到阿尔法和贝塔的话。我们今天不是来这儿学代数的。我们没时间等待检察院揭开这些名字的神秘面纱。要么他们立刻告诉我这些阿尔法、贝塔、伽马和德耳塔究竟是何方神圣，我们好邀请他们到法庭上作证，否则我们就什么都不管了，也不采取任何行动。"

警察拒绝给出他们的名字。费里认为这是公然藐视法庭，他对此怒不可遏，对那位警察和他的证人消息根本不予考虑。然后，他和其他法官离座返回他们的房间。

后来，我们知道费里落入了一个巧妙设计的陷阱。朱塔里以故意冒犯的方式给出这些证人，用激将法使费里拒绝听他们的证词——这样就为将费里的裁决向意大利最高法院提出上诉提供了借口。

此事发生在上午十一点。到了下午四点，上诉法庭即将宣布审判结果。意大利的所有酒吧里，电视都转到同一个频道，支持帕恰尼派和反对帕恰尼派相互叫板，吵个不休，打赌分输赢。许多人又将印有"I ♥ Pacciani"的T恤衫找出来，将上面的灰尘抖掉，特意为了这个场合穿上。

法庭庭长站在庭上，声音显得有几分苍老，宣布帕恰尼不是"佛罗伦萨的恶魔"，立即无罪释放。

这位虚弱的老农又重获自由了。后来在律师的陪伴下，他透过家中破旧的窗户向别人的祝福表示问候，哭着张开双臂向人们赐福，就好像他是主教一样。

公开审判已经结束，但是公众舆论的审判还在继续。朱塔里对万尼的及时逮捕和他在法庭上的策略发挥了作用。帕恰尼被判无罪，却有两个人看到他行凶，这二人还是他的同犯。这引发了公众的不满。帕恰尼是有罪的——他必须有罪。但上诉法庭却拒绝听那些证人发表陈词，还判他无罪。费里受到了公众的批评。许多人表示，这次司法部门的拙劣表现必须予以纠正。

有一点确定无疑，费里拒绝听这四个证人的证词。意大利的最高法院接手处理此事，取消无罪宣判，为新的审判打开了方便之门。

朱塔里立刻行动起来，搜集证据，为新的指控和审判做准备。只是这一次，帕恰尼不是一个独来独往的连环杀手，他还有同犯：他的"野餐朋友"。

第二十八章

　　斯佩齐和其他记者迎难而上，立刻开始确认这四个代数符号证人的身份。他们神秘的面纱轻而易举就被揭开了。他们原来是一些傻子和底层社会的人。"阿尔法"患有智障，名叫普奇。"伽马"是一个名叫吉里贝丽的妓女，处于酒精中毒的后期，她可以为二十五分钱一杯的葡萄酒与人上床。"德耳塔"是一个名叫加利的皮条客。

　　四个证人中，"贝塔"是最重要的一个，因为他承认帮助帕恰尼杀死了那两个法国游客。他名叫贾恩卡洛·洛蒂，跟万尼一样都来自圣卡夏诺镇。该镇的人都认识洛蒂。人们给他起了个带有种族主义色彩的绰号"Katanga"，这是意大利一句俚语，大致可以翻译成"黑鬼"，而他的皮肤却是白色的。洛蒂是典型的乡下白痴，在现代世界里这一类白痴已经非常少见。他完全靠村里人的施舍生存，衣食住行都少不了同乡的帮助，而他无心的滑稽动作常常成为人们的笑料。洛蒂时常出现在镇里的广场上，咧嘴笑着向人们打招呼。他常常成为学童恶作剧和嘲弄的目标。他们常常追着他到处跑，还大叫："Katanga！ Katanga！快跑！快跑！火星人已经降落在足球场上了！"洛蒂便兴高采烈地开始奔跑。他每天要喝两升酒，逢年过节喝得更多，所以总是处在一种醉醺醺的愉快状态。

为了寻找有关洛蒂的信息，斯佩齐用去一整夜的时间采访一家饭馆的老板——洛蒂每天晚上都会在那里得到一份免费的晚餐。老板给斯佩齐讲了很多有趣的故事。他讲到一个侍者曾经男扮女装，用两张餐巾纸扮作帽子，将破布塞到衬衫里面做乳房。（这个侍者每天晚上都会将一碗免费的"回锅汤"放在这个长有难看下巴和充血眼睛的倒霉鬼面前。）这位侍者在洛蒂面前招摇过市，大摇大摆地走来走去，不停地向他抛媚眼。洛蒂立刻被迷住了。"她"假装接受了第二天晚上在灌木丛与他约会的请求。翌日傍晚，洛蒂返回饭馆，高声夸耀自己即将俘获的女人，吃饭喝酒也显得十分带劲。然后饭馆老板走了进来，告诉洛蒂有人打电话找他。洛蒂对能在饭馆接到电话又惊又喜，表现得像是个见过大场面的人。他大摇大摆地走到电话旁，其实是另一位侍者在厨房里打来的电话，他装作那个"年轻女郎"的父亲。

"你胆敢碰我女儿一下，"那个自称父亲的人咆哮道，"我可要砸烂你那个丑陋的脑袋瓜！"

"什么女儿？"洛蒂吓了个半死，说话语无伦次，双腿直发抖。"我发誓我不认识任何人的女儿，你可要相信我啊！"

听到这句话，所有人都笑得前仰后合。

并不好笑的是洛蒂和其他几个代数符号证人告诉朱塔里的话，很快就传到媒体那里。

据普奇本人说，十年前，即一九八五年九月八日周日晚上，他和洛蒂正在返回佛罗伦萨的路上。警探认定两个法国游客就是在那晚遇害的，当晚洛伦佐·内西声称看到帕恰尼与另外一人在一起。他们在斯科佩蒂空地停下来解手。

"我记得很清楚，"普奇说，"我们当时看到一辆浅色的汽车，停在距离帐篷几米外的地方。我们还看到车里的两个男子下了车，挥舞着手恶狠狠地向我们大喊大叫，我们只好离开。这两个人威胁我们要是不赶快离开的话就杀死我们。'你们干吗要来这里给我们捣乱，赶快滚开，否则要你们的命！'我们吓得要死，赶紧离开了那里。"

普奇还声称，他和洛蒂碰巧经过"恶魔"最后一次犯罪现场的时候，"恶魔"正在行凶。洛蒂证实了他的陈述，还补充说他一下子就认出了那两个人。他们是帕恰尼和万尼——帕恰尼挥舞着手枪，万尼手里紧紧攥着一把刀。

洛蒂还将帕恰尼和万尼与一九八四年"维基奥杀人案"联系到一起。然后，洛蒂解释说他们那天晚上在斯科佩蒂空地小便绝非巧合。他知道那次杀人早有预谋，他到那里去是想协助杀人。洛蒂也表示，是的，他不吐不快，他不能再隐瞒下去了——他自己就是杀人犯！与万尼一样，他是"佛罗伦萨的恶魔"的一个同犯。

洛蒂的认罪对于警方有着非比寻常的意义。作为重要证人，警方对他严加保护。警察将他转移到一个秘密地点，许久之后人们才知道他是被转移到阿雷佐的警察总局，那是佛罗伦萨南部一个美丽的中世纪小镇。在警察局住了数月之后，洛蒂的证词从最初前后矛盾，变得开始与警察已经确定的事实相吻合。但是洛蒂却不能给探员一条他们尚未掌握的、真实可信的证据。另一个问题是，在阿雷佐待上数月之前，他反复讲的那些话与在犯罪现场收集的证据完全不符。例如，洛蒂发誓看到万尼割破了帐篷，然后又说，帕恰尼从那个切口进入了帐篷。克拉韦奇威利立刻从帐篷里跳了出来，闪开帕恰尼，这个六十岁的胖男人追赶着进入森林，并向他开枪，最终将他打死。

所有这些与已知的证据都不相符。帐篷上的切口只不过七英寸长，而且是留在帐篷的遮雨布上面，而不是帐篷本身。谁也无法从那个切口进入帐篷。所有的弹壳都是在帐篷的入口处找到的。如果一切真像洛蒂说的那样，那么弹壳应该散落在追赶受害者的沿途。洛蒂最初对犯罪经过的描述不仅与在斯科佩蒂空地上收集的证据矛盾，而且也与精神病学和行为分析学、验尸结果以及对犯罪过程的重构相左。

更令人难以相信的是洛蒂关于维基奥命案的"招供"。洛蒂说，那个女孩只是被最初几枪打伤，万尼为了不弄脏自己，穿着一件防尘长外衣。然后，在她发出尖叫的时候，他将她从车里拖出来，拽进种满鲜花和药草的田地，用刀结束了她的生命。这一描述再一次与事实不符："恶魔"第一枪击中那个女孩的头部，她当场毙命，根本没时间尖叫。法医确认，所有的刀伤都是在死后留下的。而且，两次命案都没有证据表明，现场存在两个以上的凶手。

最后，还有一个根本性的问题：法国游客究竟是何时遇害的？警方认定周日晚是作案时间。自然而然，洛蒂说犯罪时间是周日，内西的证词也提到周日晚上。但是有很多可靠的证据，包括萨布里纳·卡尔米尼亚尼的证词，表明他们是在周六晚上遇害的。

洛蒂为何要给出错误的证词呢？原因不难理解。洛蒂一夜间从村里的白痴一跃成为重要证人和"佛罗伦萨的恶魔"的帮凶。他成为整个国家注意的焦点，他的照片出现在报纸的头版头条，警方非常重视他说的每一个字。除此之外，他能在阿雷佐享用免费的食宿，而且可能还有喝不完的美酒。

除了这一主要证词之外，朱塔里和他的审讯官还记下了这几位证人讲述万尼的性变态行为的证词。其中一些证词听来十分有趣。有一次，万尼乘坐公交车去佛罗伦萨找妓女。一个转弯处，司机转得稍快了一些，万尼口袋里的振动器掉了出来。振动器在地上滚来滚去，为了抓住它，万尼跪在地上到处乱爬。

"对'佛罗伦萨的恶魔'的第二次调查从对一人进行的连环凶杀案的调查变成对多人进行的连环杀人案的调查。"检察官维尼亚告诉媒体。托斯卡纳的乡间潜伏的不再是一个独来独往的精神变态的杀手，而是一群"恶魔"——"野餐朋友"。

酗酒的妓女吉里贝丽告诉警方另一件事，而此事最终在调查过程中显得十分突出。她声称帕恰尼和他的"野餐朋友"经常出没于一个自封为德鲁伊特教成员或巫师的人家里（此人白天的工作就是皮条客）。他们在那里举行安魂弥撒仪式，对魔鬼顶礼膜拜。"你一进那个房间，"吉里贝丽说，"就会发现一些古老的蜡烛，地板上用石墨画了一个五角星，整个房间污秽不堪，一片狼藉，地上满是避孕套和酒瓶子。大床的床单上还有血迹。有的血迹就如同信纸一般大小。一九八四到一九八五年的每个周日上午都能看到这些血迹。"

她所提到的那个"懂巫术的皮条客"早在十年前就已经去世，验证吉里贝丽这套言论的真伪已经没有可能。但是，朱塔里将她的话都一一记了下来，将案情又向前推了一步，相信自己终于步入了正轨。

上诉法庭的庭长弗朗切斯科·费里，即那个已宣判帕恰尼无罪的男人，看着这新一轮调查的进程，越发感到惊愕和气愤。他辞去法官工作，潜心写书，书名就是《帕恰尼案》，于一九九六年末仓促上市。

在书中，费里公开抨击对"野餐朋友"进行的这新一轮的调查。"最糟糕的事情，"费里如此描写朱塔里的新证人，"不是他们的陈述不具有可能性，也不是缺乏可信性，而是这些描述是彻头彻尾的谎言。这两个人（指普奇和洛蒂）……描述了两次谋杀案的细节，还声称自己是目击者，而事实上他们的话不能与当时警方披露的证据相符……显然，普奇和洛蒂都是惯于说谎的人……很难相信他们的证词具有一丁点儿真实性……"

费里法官继续写道："这一切恶劣至极……而人们却麻木不仁，还未有人站出来揭露普奇和洛蒂证词的严重漏洞，警探、被告律师和记者集体失语……但是最不同寻常的是没人注意到洛蒂连续几个月被监护的秘密地点。他在那里睡觉、吃饭，也许还喝得酩酊大醉，甚至还可能拿到赔偿金。那里是媒体无法接触到的地方，他就像是一只金鸡，他们不时地要求他下颗金蛋。新的证词就这样一点一点地出现，总是有些前后矛盾……"

费里法官进一步作了解释："这些人心理适应能力强，毫无廉耻心，总想不受惩罚或获得其他好处，这种愿望已经足以解释他们扭曲的证词。"费里最后总结："面对如此不合逻辑、司法不公、充满偏见的调查，再加上不惜一切代价都要保留下来的认罪证词，我不能再沉默下去。"

不幸的是，费里终究不是令人敬佩的语言大师，而且他对出版业也知之甚少。他将书稿交给一家销售渠道不畅的小型出版商，发行量十分有限。《帕恰尼案》一上市便石沉大海，几乎没有受到媒体和公众的注意。在总督察米凯莱·朱塔里强硬的领导下，对"佛罗伦萨的恶魔"的新调查顺利进行，根本没有受到费里的指责的影响。

一九九六年十月，接手"恶魔案"的首席检察官维尼亚被任命为意大利"反黑手党调查部"主任，在执法人员中，这是意大利最有权势、最有威望的职务。（您也许还记得，佩鲁吉尼之前凭借"恶魔案"被任命到美国华盛顿工作。）其他负责审判帕恰尼的人也都利用此案作为升官发财的跳板。对于"恶魔案"的调查，一位高级宪兵军官对司法体系有着一套独到的理论，他还曾讲给斯佩齐听。

"你是否想过，"他说，"帕恰尼的审判也许不过是一起被用来获取和操纵权力的案件？"

第二十九章

尽管朱塔里千方百计想对帕恰尼重新提起诉讼，但帕恰尼仍然是自由身，而且从法律层面上讲，他也还是无罪的。但是这个托斯卡纳农民似乎高兴得太早了。一九九八年二月二十二日，这个"温顺的羔羊"因突发心脏病倒地身亡。

很快便谣言四起，说帕恰尼并非死于心脏病，而是遭人暗杀。朱塔里立刻行动起来，亲自指挥挖掘这个农民的尸体。警方对他的尸体进行了毒性检测。得出什么结果呢？他的死"符合"中毒的症状——过量服用心脏病药。医生指出，在忍受心脏病发作的剧痛的时候，病人常会过量服用心脏病药。但这一解释对于总督察朱塔里而言太过平淡乏味，而据他推断帕恰尼可能是被一个或多个来历不明的人谋杀，目的是阻止他说出他所知道的秘密。

对帕恰尼的"野餐朋友"万尼和洛蒂的审判开始于一九九七年六月。对他们不利的证据包括被弱智的普奇证实的洛蒂供词，相比之下，万尼那些逻辑混乱的无罪申诉显得绵软无力。审判最后是一片凄凉的景象。万尼和洛蒂被判犯有十四项"恶魔凶杀案"的罪行；万尼被判无期徒刑，洛蒂被判二十六年有期徒刑。三个近乎文盲的低能酒鬼为了盗取女人的性器官，能够在十一年的时间里成功杀死十四个人，意大利的新闻媒体和公众似乎都没有对这一点表示过质疑。

而且，这次审判一直都未触及核心问题：帕恰尼和他的"野餐朋友"为何要盗取女受害者的性器官？不过，总督察朱塔里已经开始对这一问题展开调查，而且他已经有了答案：在"恶魔凶杀案"的背后潜藏着一个邪恶的组织。这个神秘的集团由权贵显要组成，他们表面上无可挑剔，在商业、法律和医学等领域身居要位，却暗地里雇用帕恰尼、万尼和洛蒂杀害情侣，以获取女孩的性器官，在黑弥撒中用作淫秽下流、亵渎神祇的"圣饼"。

为了验证这一新理论，总督察朱塔里组建了一支精英警察分队，将其称为"连环命案调查组"（GIDES）。他们在一座庞大的现代水泥大楼的顶层设置了办事处。这栋大楼名叫"显赫大厦"，是以"显赫的洛伦佐"命名的，建在佛罗伦萨机场附近。他召集了一支优秀的警探队伍，他们身上只有一项任务：找出并逮捕所谓的"佛罗伦萨的恶魔"谋杀案的幕后mandanti（指使者）或煽动者。

在"恶魔凶杀案"堆积如山的证据中，朱塔里找到几处无足轻重的细节，在他看来这些细节足以支持他的新理论。首先，洛蒂曾随口说过一句话——"一个医生让帕恰尼帮点小忙"，当时此话并未引起人们的注意。在朱塔里看来，这句话又令人想起那个古老的猜疑：杀人案的真凶是个医生——但这一次医生不是杀手，而是变成了幕后指使者。还有一点是帕恰尼的财产。这位老农去世之后，人们发现他其实相当富有。他拥有两处房产，持有的邮局债券价值超过十万美金。帕恰尼的钱究竟来自何处？朱塔里无从查证。这其实没什么好惊讶的——当时，意大利经济的很大一部分都是地下进行的，很多人的经济来源都无法明说。但是朱塔里为帕恰尼的富裕找到了一个更加邪恶的理由：这位农夫是通过兜售他和他的"野餐朋友"在多年来的杀人案中收集的人体器官而发家致富的。

在日后有关此案的书中，总督察朱塔里更加详细地解释了他的那一套邪恶组织理论。"召唤魔鬼的最佳祭品是人体器官，作为祭品的人的最佳死亡时间是性高潮时，称为mors iusti[①]。类似的动机导致'恶魔'进行杀戮，他专挑情侣做爱的时候攻击受害者……恰恰在那个（性高潮）时刻，人体释放出强大的能量，对举行邪恶宗教仪式的人而言这是不可或缺的，这会给他自己以及他举行的仪式带来力量。"

深入研究中世纪的传说和传奇之后，朱塔里为这个邪教找到了一个十分合适的名字："红玫瑰会"。这是一个几乎被人遗忘的古老邪恶组织，在佛罗伦萨几个世纪的历史中留下了深刻的印记。这是一个与"郇山隐修会"截然不同的邪恶组织，包含了所有邪教的元素，比如五角星形、黑弥撒、祭祀杀戮和邪恶祭坛。据说，"红玫瑰会"是古代"玫瑰十字会"的离经叛道的分支，是与"英国金色曙光会"有关的神秘的共济会，因此出现过阿莱斯特·克劳利。这位上世纪最著名的撒旦崇拜者自称是"伟大的野兽六六六"，二十世纪二十年代他在西西里岛的切法鲁建立了一所教堂，名叫"塞拉马修道院"。据说，克劳利曾在那里举行过有众多善男信女参加的堕落而神秘的性仪式。

还有几个因素为朱塔里形成他的理论提供依据，其中尤为重要的是

---

① 拉丁文，刚刚死亡。

加布里埃拉·卡利齐：她是一名个子矮小、精力充沛的罗马女人，时常满脸的笑容。她经营着一家阴谋理论网站，自费出版了一系列书籍。卡利齐宣称知道过去几十年中许多臭名昭著的欧洲罪案不为人知的信息，其中包括绑架和杀害意大利前总理阿尔多·莫罗事件和比利时恋童癖团伙。她声称，所有这些事件的背后都是"红玫瑰会"在作祟。二〇〇一年九月十一日恐怖分子袭击美国的时候，卡利齐向意大利各家报纸发去一份传真："就是他们干的，'红玫瑰会'的成员。现在他们竟然想袭击布什！""恶魔凶杀案"同样也有"红玫瑰会"参与。卡利齐曾被判过诽谤罪，因为她宣称意大利著名作家阿尔贝托·贝维拉夸就是"佛罗伦萨的恶魔"，但打那时起她的"恶魔"理论显然又有进一步的发展。她的网站也登载了许多宗教和励志故事，在一个栏目中她详细介绍了她与法蒂玛的圣母①之间的多次谈话。

卡利齐成为此轮调查的专家级证人。朱塔里和他的"连环命案调查组"的警探将她找来，连续听她讲了几个小时——也许是几天——听她讲述她所知道的潜伏在托斯卡纳群山之间的这个邪恶组织的各种活动。她后来声称，警方曾派专人保护她，因为她随时都有生命危险，那个组织的成员一心要杀她灭口。

在旧证据存物柜中寻觅的时候，朱塔里终于找到能够支持"连环杀人案背后有个邪恶组织"这个观点的物证。第一个物证是一个门掣，是在一九八一年十月巴特兰田地"恶魔"杀人现场几十米外的地方找到的。对朱塔里而言，这块石头远比门掣更加邪恶。他向意大利大型日报社《晚邮报》的记者讲述了它的重要性。他表示，这块石头是"顶端已被切去的角

---

① Fatima，葡萄牙中部村庄，据传是圣母玛利亚的显灵之地。

锥体，底部呈六边形，起到了沟通凡间与地狱的桥梁作用"。他找出一份旧文档，拿出几张警察拍摄的照片，拍的是一些可疑的石圈，上面带有浆果和十字架的图案。一位老猎场看守人声称，这些石圈是在斯科佩蒂空地发现的，两个法国游客遇害前在那里连续露营了四天。（许多证人表示，他们在斯科佩蒂空地至少露营过一个星期。）警探后来得出结论，那些石圈与此案毫无关系。朱塔里却并不认同。他将照片转交给懂得巫术的"专家"。朱塔里在他的书中提到了专家的结论："当石头上的圆圈闭合的时候，那就代表两个人的结合，也就是说一对情侣的结合；但是当圆圈打开的时候，则表示这对情侣被选中了。这张浆果和十字架的照片意指这两个人的遇害；情侣是浆果，而十字架则象征他们的死亡。这些散落在他处的照片表现了这两个情侣遇害之后这一圆圈的毁灭。"

朱塔里注意到帕恰尼和他的"野餐朋友"都是来自圣卡夏诺，他怀疑这个邪恶组织一定将总部设在这个托斯卡纳田园式的村庄里或附近某个地方，如同一颗珠宝一样镶嵌在基安蒂绵延起伏的群山之间。他又一次细心翻查已经发霉的"恶魔"文件，发现了一条惊人的线索。一九九七年春，一对母女向警察汇报了一件十分离奇的事情。她们在一幢名叫"维德别墅"的房子里开了一家养老院，那是一幢美丽的乡村老宅，周围有多座花园和一处公园，位于圣卡夏诺几公里之外的地方。母女俩投诉说，别墅里一个名叫克劳德·法布里亚德的客人，一半瑞士血统一半比利时血统的画家，已经不见了。他的房间里搞得乱七八糟，留下一堆可疑之物——这些东西可能与"佛罗伦萨的恶魔"有关，其中包括一把未登记注册的手枪和一些关于女性的可怕的素描，她们的胳膊、双腿和脑袋都被切掉。她俩将法布里亚德的所有物品打包放在一个箱子里，交给了警察。

当时，警察认为此事与"恶魔案"毫无关联，拒绝受理。朱塔里则从另一个角度审视了这件事，对这两个女人和她们的别墅展开了调查。他立刻又有了新发现：在"恶魔"命案发生期间，帕恰尼曾在维德别墅里做过一阵子园丁！

朱塔里及其手下现在相信，这栋别墅有可能就是"红玫瑰会"的总部，其成员委托园丁帕恰尼和他的"野餐朋友"收集女性器官，用在邪恶的仪式上。在朱塔里看来，那对母女实际上就是邪教的成员。（至于她们为何去找警察而暴露身份这个问题，却没有了下文。）

在"恶魔"犯案和朱塔里的调查之间的那段时间里，维德别墅成为一家超级豪华的酒店，配有游泳池和重新命名为"蟋蟀山"的餐厅。（这个名字推出来的时候，立刻被某个托斯卡纳的小丑改名为"白痴山"。）对于人们因此而关注这家酒店，新老板怎么也高兴不起来。

《国民报》率先报道了此事，各家媒体也都大张旗鼓地跟进。

养老院主人成嫌疑犯
恐怖别墅
据称藏有"佛罗伦萨的恶魔"的秘密

"十点钟之后，这幢别墅便关门大吉，不欢迎外来人员。形形色色的人赶到这里举行神秘而邪恶的仪式。"一位在"蟋蟀山"做过保姆的人如是说道。这幢别墅位于圣卡夏诺和莫卡塔莱之间，曾被控犯有"佛罗伦萨的恶魔"杀人案的彼得罗·帕恰尼在那里干过园丁。在"托斯卡纳连环命案"发生期间，这个"恐怖之屋"为老人开办了养老院，画家克劳德·法布里亚德曾在那里住过几个月，他最初因为非法持有枪械而接受调查。此人日后又成为对"恶魔"系列杀人案幕后策划者调查时的关键证人。

克劳德·法布里亚德此时还在愉快地周游欧洲，根本不知道他已经成为"关键证人"，甚至还是"恶魔凶杀案"的背后指使者。GIDES向国际刑警组织寻求帮助，他们在戛纳附近"蔚蓝海岸"的一座村庄里找到了法布里亚德。得知这位画家初次访问托斯卡纳是在一九九六年，即"恶魔"最后一桩命案的十一年后，他们备感失望。但是法布里亚德还是被带到佛罗伦萨接受审问。他是一个令人失望的证人——一个满腔怒火、精神错乱的衰弱的老男人。他慷慨激昂地回应警察，不分青红皂白地对警察加以指责。

"在维德别墅，"他宣称，"我被硬拽进一个房间，锁在里面。他们抢走了我身上数亿里拉。那里发生了一些怪事，特别是在夜里。"他称那对母女是这一切的幕后指使。

基于法布里亚德的陈述，这两个女人被控犯有绑架罪和诈骗罪。《国民报》发表了一系列有关这栋别墅的耸人听闻的文章。"从养老院的工作人员被免职开始，"一篇文章写道，"出现了很多重要的线索。在五十页的证词中潜藏着令人不安的秘密证据。在'蟋蟀山'里的老人无人照顾，他们上厕所时也无人协助。晚上，老人的护工被禁止进入这所别墅，因为那里成为实施黑弥撒仪式的地方。朱塔里怀疑，从被'恶魔'杀死的人身上切下的性器官和乳房被用在这些神秘的仪式中。"

尽管那幢别墅重新装修过，但朱塔里还是希望"红玫瑰会"能够留下些微痕迹，或者这个邪恶组织仍然活跃在那个别墅中。托斯卡纳的旧别墅都带有巨大的地下室和地下区域，为的是制作和储存葡萄酒，以及窖藏熏火腿、干酪和腊肠。朱塔里相信这里就是用作祭祀神殿的确切地点——没准现在还在使用。

一个晴朗的秋日，GIDES对"蟋蟀山"进行了突袭。在对庞大的别墅进行搜索之后，警察进入了那间他们认为应该就是邪教用作密室的房间，撒旦的神殿。在房间里，他们找到了一些纸板制成的人体骨骼、排成一排的球棒以及其他装饰品。这次搜查发生在万圣节的几天之前，一场晚会正在筹备之中——或者是他们故意这样说的。

"毫无疑问，这是企图转移调查方向。"朱塔里怒不可遏地对《国民报》说。

朱塔里和GIDES在邪恶组织调查中毫无进展，到二〇〇〇年，调查似乎停滞不前。

随后，二〇〇〇年八月，我偕同家人抵达意大利。

第二部
道格拉斯·普雷斯顿的故事

第三十章

一九六六年十一月四日，连续四十天暴雨之后，阿尔诺河河水决堤，席卷了佛罗伦萨这个世界上最不同凡响的城市。

水位上升来势凶猛。阿尔诺河一泻千里，汹涌奔腾的河水漫过伦加尼河的堤岸，裹挟着树干、损毁的汽车和牲口的尸体，以每小时三十英里的速度在佛罗伦萨的大街小巷肆虐。吉贝尔蒂[①]为洗礼堂设计的黄铜大门被洪水冲毁，化为碎片；堪称意大利中世纪艺术最伟大代表作的契马布埃[②]的《耶稣受难像》变成一堆烂石膏；米开朗琪罗大卫雕像的下半身也被燃油沾污。在国家图书馆里，数以万计的珍贵手稿和古版书掩埋在垃圾中。乌菲齐美术馆地下室里数千幅古老的大师级画作上的颜料纷纷脱落，化为粉末层层叠叠地堆积在污泥中。

洪水渐渐退去，全世界惊恐地望着佛罗伦萨，这个文艺复兴的诞生地已经变成一片遍地淤泥和残骸的废墟，众多艺术瑰宝惨遭灭顶之灾。上万名志愿者从世界各地齐聚意大利实施紧急搜救，其中大多是学生、教授、艺术家和艺术史学家。他们在一座没有暖气、水电、食物和公共设施的城市里工作生活。一周后，一些搜救者不得不戴上防毒面具，保护自己免受腐烂书籍和画作散发出的毒气侵害。

这些志愿者被人们亲切地称作"泥潭天使"。

一直以来，我很想创作一本以佛罗伦萨大洪水为背景的谋杀悬疑小说，暂定名为《圣诞马利亚》，故事围绕着奔赴佛罗伦萨志愿做"泥潭天使"的一名艺术史学家展开。他是研究神秘的艺术家马萨乔方面的权威。马萨乔是一位年轻的艺术天才，在布兰卡奇礼拜堂创作了蔚为壮观的壁画，仅凭一人之力就拉开了意大利文艺复兴的序幕。但他后来突然离开人世，死时年仅二十七岁，据传是被人毒死的。我的主人公前往国家图书馆地下室担当志愿者，在淤泥中抢救书稿和手稿。一日，他发现了一份珍贵的文件，里面藏有关于一幅遗失的马萨乔名作下落的线索。此画名叫《圣诞马利亚》，是一组三联画的中间那幅，十七世纪的瓦萨里③曾对该画有过生动的描述，但之后下落不明。此画被视为失踪的文艺复兴画作中最重要的一幅。

我笔下这位艺术史学家放弃了志愿者工作，转而不遗余力地寻找此画。他一下子销声匿迹。几天之后，人们在普拉托马尼奥山区找到了他的尸体。他被人遗弃在路边，双眼已经被剜下。

此案一直悬而未决，那幅画也一直没有找到。三十五年之后，时间飞逝到了今天。他的儿子，一个成功的纽约艺术家，遭遇了中年危机。他突然觉得自己必须要做些什么：破解父亲的凶杀案。破案的关键就是找

---

① Lorenzo Ghiberti（1378—1455），意大利文艺复兴初期雕塑家。
② Giovani Cimabue（约1240—1302），意大利佛罗伦萨最早的画家之一。
③ Giorgio Vasari（1511—1574），意大利画家、建筑师和美术史家。

到那幅遗失的名画。于是，他飞到佛罗伦萨，开始了寻画之旅——从破败不堪的档案馆到伊特鲁亚墓地，最终来到普拉托马尼奥山上一处破败的山庄，那里埋藏着一个令人毛骨悚然的秘密，而且更可怕的命运正在等着他……

这就是我来意大利要创作的小说。但我一直没有动笔，而是被"佛罗伦萨的恶魔"深深吸引。

在意大利生活将是我一生中最大的冒险，因为我们对这一切毫无准备。我们一家人都不会讲意大利语。我在迁往意大利的前一年在佛罗伦萨待过几天，但我的妻子克里斯廷从未到过意大利。不过，还好我们的孩子当时正处在适应能力强的年纪，即使是面对人生中最大的挑战，他们也似乎欣然接受，一副无所畏惧的样子。对他们而言，生活里没有什么事情是非同寻常的，因为他们还不懂什么叫做寻常。在即将离开美国的时候，他们若无其事地登上了飞机，而我们却神经高度紧张。

二〇〇〇年八月，我们全家（我、克里斯廷，以及我们的孩子——五岁的艾萨克和六岁的阿利提亚）抵达佛罗伦萨。我们在意大利当地学校给孩子报了名，阿利提亚念一年级，艾萨克上幼儿园，我们俩则开始修语言课。

我们到意大利的过渡生活并非一帆风顺。阿利提亚的老师告诉我们，她整天唱个不停，班上有如此快乐的孩子，老师感到十分欣慰。她很想知道她到底在唱什么。我们很快得知原来她唱的是：

我听不懂她在说什么，
她一天到晚讲个不停，

但我一个字也听不懂……

我们很快就遇到了文化差异。艾萨克去幼儿园几天之后，他瞪着大眼睛回到家里，告诉我们他的老师在休息时间抽烟，随手将烟蒂扔到操场上，然后又用力拍打一个想要捡起地上的烟蒂抽几口的四岁小孩的屁股。艾萨克称她为"大叫的蜥蜴"。我们随即将他和姐姐转送到城里一家修女开办的私立学校。我们觉得修女应该不会抽烟、打孩子屁股吧。至少我们对于"不抽烟"的判断是正确的，老师偶尔还是会打孩子屁股，我们只能默默接受，把它看作必须忍受的一种文化差异。除此之外，我们还要忍受在饭店里抽烟的人、不怕死的司机，以及在邮局排长队缴费等事情。学校位于一幢外观大气的十八世纪别墅里，四周是高大的石墙，圣乔瓦尼·巴蒂斯塔修会的修女将这里改建成了女修道院。孩子们常在一处两英亩大小的典型意大利式院子里休息，里面种着柏木，有修剪整齐的树篱、花圃、喷泉和一些裸体女人的大理石雕塑。那里的园丁和孩子们总是互相作对。学校里没人讲英语，就算是英语老师也是如此。

校长是一位严厉苛刻、目光犀利的修女，她只需朝学生或家长狠狠地瞪上几眼，他们便会吓得胆战心惊。有一天，她把我们叫到一旁，对我们说我们的儿子是个"un monello"。我们感谢她的夸奖，然后兴冲冲地回家查词典。原来，这个词的意思是"淘气鬼"。打那之后，每次参加家长会我们都无一例外带上一本词典。

正如我们希望的那样，孩子开始学习意大利语了。一天，艾萨克坐下来吃饭，看着我们做好的意大利面，扮了个鬼脸，然后冒出一句"Che schifo！"。这是一种粗俗的表达，意思是"真恶心！"，而我们对此备感骄傲。圣诞节的时候，他们已经可以讲出一些完整的句子；到学期结束时，他们的意大利语已经讲得很好，甚至还开始嘲笑我们的意大利语。我们请意大利朋友吃饭的时候，阿利提亚有时会在家里用力摆动双臂，踱来踱去，模仿我们糟糕的美国口音，用意大利语大叫道："你们好啊，科科利尼先生和夫人！见到你们真高兴啊！还不快进来，请随意，和我们喝一杯吧！"我们的意大利客人听完无不笑得前仰后合。

就这样，我们适应了在意大利的新生活。佛罗伦萨及其周边的村庄面积不大，令人感到十分惬意，似乎每个人都互相认识。当地人重视的是生活过程，而不仅仅是为了获得某种结果。购物不再是每周去一次超市的高效之旅，而是每天要逛十几家店铺，每一家只出售一种商品；如此购物虽然效率极其低下，却令人颇为享受。购物过程中，人们彼此交换信息，议论不同产品的质量，聆听店主的祖母如何准备和烹制正在议论的商品，尽管有人可能意见相左，但这是唯一可行的方法。卖家绝不允许你触碰正在出售的食物；品尝李子是否熟透或自己亲手将洋葱放在购物袋里，这是一种失礼行为。对我们而言，购物是学习意大利语的绝佳机会，同时又充满了危险。在克里斯廷向一位英俊的fruttivendolo(水果店老板)询问熟透的pesce（鱼）和fighe（小猫）而不是pesche（桃子）和fichi（无花果）的价格时，她给老板留下了极为深刻的印象。数月之后，我们才觉得自己开始像佛罗伦萨人，不过我们很快就学会了像所有善良的佛罗伦萨人那样，瞧不起那些来这座城市旅游的观光客。他们张着嘴巴呆望着四周，头戴软塌塌的帽子，身穿卡其布短裤，脚蹬棉花糖色运动鞋，腰间挂着几个巨大的水瓶，活像正在穿越撒哈拉大沙漠。

在意大利的生活既平淡无奇，又充满了崇高的体验，两者奇妙地混合在一起。隆冬时节的清晨，我睡眼惺忪地驱车送孩子上学，车开到焦戈利山上的时候，映入眼帘的是雄伟的中世纪拉切托萨修道院。在黎明的薄雾中，院内众多塔楼和屋舍高耸入云，甚是壮观。在佛罗伦萨鹅卵石街道上漫步的时候，有时兴之所至我会钻进布兰卡奇礼拜堂，花上五分钟欣赏象征文艺复兴肇始的那些壁画，或者晚祷时分穿过佛罗伦萨巴迪亚教堂，聆听教堂里传来的格利高里圣歌。但丁年轻时就曾在这里深情凝望着他的恋人贝雅特里齐。

我们很快就懂得了意大利语中"忽悠"（fregatura）这个词，这是在意大利生活的人必须要明白的一个概念。"忽悠"是以一种不很合法、不很诚实的方式行事，但又不会太离谱。在意大利，这是一种生活方式。在当地剧院预订威尔第的《游吟诗人》戏票时，我们第一次领略了"忽悠"的个中奥妙。我们赶到剧院，出示了订票号码，售票窗口却告知我们，他们没有找到我们的订票记录。他们无能为力，因为戏票已经全部售罄。售票窗口前聚集的激动的人群证实了事实的确如此。

在我们就要离开的时候，恰好遇上住在我们家附近的一位店主。她身穿貂皮大衣，佩戴钻石首饰，打扮得更像伯爵夫人，而不是我们常去买意大利脆饼的那家街角小店的主人。

"什么？卖光了？"她叫道。

我们将事情的经过讲给她听。

"岂有此理！"她说，"他们肯定是把你们的票送给其他什么重要人物了。这事交给我了。"

"你有认识的人？"

"我谁也不认识，但我很清楚在这里生活的潜规则。等在这儿，我一会儿就回来。"她大步而去，我们则等在一旁。五分钟后，她再次出现，身后跟着一个局促不安的男子，他就是剧院的经理。他疾步走来，紧紧握住我的手。"真是抱歉啊，哈里斯先生！"他脱口说道，"我们不知道您今天大驾光临我们剧院！没人通知我们！关于这场票务闹剧，请接受我的道歉！"

哈里斯先生？

"哈里斯先生，"那位店主郑重其事地说，"喜欢低调行事，不喜欢前呼后拥一大帮随从。"

"那是！"经理叫道，"当然！"

我呆若木鸡地盯着她。店主瞪了我一眼，像是在说：都到这个节骨眼上了，可别把事情搞砸了。

"我们还有几张存票，"经理又道，"作为补偿，我希望您不要嫌弃，这是佛罗伦萨五月音乐节的一点小意思！"说着掏出两张票。

还未等我回过神来，克里斯廷已经恢复常态。"您真是太好了。"她一把将票从那人手里抓了过来，紧紧地挽着我的胳膊说："别傻站着，汤姆。"

"是的，当然，"我咕哝道，一想到说谎心里无比羞愧，"非常感谢。那么票钱……"

"不用，不用！这可是我们的荣幸，哈里斯先生！我想告诉您，《沉默的羔羊》是我看过的最最精彩的电影。所有佛罗伦萨人都期待着《汉尼拔》上映。"

那场演出，我们坐在前排中间的座位，剧院里最佳的位置。

从我们位于焦戈利的农舍骑单车或开车到佛罗伦萨，路途并不远。我从佛罗伦萨城墙南门罗马门进入这座老城，看到的是弯弯曲曲的街巷和杂乱无章的旧宅，这里属于奥尔特拉诺区，是佛罗伦萨老城保存最完好的区域。漫步街头，我常会在下午看到一个怪人在狭窄的中世纪街头散步。

她是个身材小巧的老妇，骨瘦如柴，一身毛皮大衣，打扮得珠光宝气，脸上搽着腮红，珊瑚红的嘴唇，小脑袋上戴着一顶老式帽子，帽上挂着一团串成网状的珍珠。她脚蹬高跟鞋，充满自信地走过凹凸不平的鹅卵石。她目不斜视，与熟人打招呼的时候，眼球的移动几乎难以察觉。我打听到她是弗雷斯科巴尔迪侯爵夫人，其家族历史悠久，拥有半个奥尔特拉诺区以及托斯卡纳区的大片土地。这个家族曾资助过十字军东征，还出过一位伟大的作曲家。

克里斯廷经常在佛罗伦萨曲折的中世纪街道慢跑。一天，她停下来欣赏佛罗伦萨一座伟大的宫殿——卡波尼宫，该宫的主人是奥尔特拉诺区另一个大家族，也是意大利最显赫的贵族家庭之一。卡波尼宫锈红色的新古典主义建筑伫立在阿尔诺河畔，连绵几百英尺，宫殿后侧则是建于中世纪的石墙，阴森的墙壁紧挨着下陷的巴尔迪路，即"诗人街"。就在她呆呆地望着这座宫殿雄伟的大门时，一位英国女子走了出来，跟她攀谈起来。那位女士说她为卡波尼家族工作，得知我正在创作有关马萨乔的书之后，她递给克里斯廷一张名片，还说我们应该拜访尼科洛·卡波尼伯爵，他是佛罗伦萨历史的专家。"他挺平易近人的。"她最后说。

克里斯廷带回那张名片，交给了我。我将其扔在一旁，因为我想我肯定不会冷不防地造访佛罗伦萨最显赫、最具威慑力的贵族家庭，不管他有多么平易近人。

我们在焦戈利山上居住的这幢农舍矗立在山坡高处，四周有柏树和五针松的荫蔽。我将房子后面的卧室改造成书房，为的是能在那里专心创作小说。透过书房唯一的窗户，我可以望见三棵柏树，还有一幢邻近房子的红瓦屋顶，极目远眺能看到远方托斯卡纳区的连绵青山。

这里就是"恶魔"活动的腹地。

听完斯佩齐讲述的"佛罗伦萨的恶魔"的故事之后，我连续几个星期都惦记着与我们房子近在咫尺的那个命案现场。某个秋日，在创作那部关于马萨乔的小说的时候，我因缺乏灵感而情绪不佳。我离开家，穿过橄榄树林，爬上那片绿色的草地，亲自察看那个地方。这是一片面积不大的芳草地，从那里放眼望去，佛罗伦萨以南朝瓦利卡亚群山延伸的山脉尽收眼底。秋天的新鲜空气带有碾碎的薄荷和燃烧的青草的味道。一些人说，邪恶在这种地方潜伏，如同某种可怕的传染病一样，而我却毫无这种感觉。此地与善恶无关。我在那里逗留片刻，希望能获得一丝感悟，却毫无收获。几乎完全违背我的意愿，我发现自己在心里开始重现那个犯罪现场，设想大众野营车的位置，想象着那首《银翼杀手》低沉的音乐连续不断地在阴森恐怖的犯罪现场回响。

我深吸了一口气。山下，我们邻居的葡萄园里正在酿酒。我看到一些人在一排排葡萄树上爬上爬下，将大串的葡萄堆放在三轮电动车后面。我闭上双眼，静静地聆听这里的声音——公鸡的啼叫声、远方教堂的钟声、狗吠声、一个不知在何处的女子召唤孩子的声音。

"佛罗伦萨的恶魔"的故事完全攫住了我的心。

第三十一章

　　我和斯佩齐成了朋友。这个"恶魔"故事令我久久不能释怀。于是在我们认识三个月之后，我向他提议我们合作为美国杂志撰写一篇有关"佛罗伦萨的恶魔"的文章。我曾是《纽约客》的撰稿人，便打电话给我在那里的编辑，说出了我的想法。我们顺利获得了约稿。

　　但动笔之前，我需要从这位"恶魔专家"那里恶补整个案件的经过。一周里有几天时间，我会把笔记本电脑放进背包，取出自行车，骑车十公里到斯佩齐的家。最后一公里的路是非常陡峭的上坡，要穿过一大片多节的橄榄树。他与他的比利时妻子米丽娅姆以及女儿所住的公寓占据了修道院的顶层，里面有一间客厅、一间餐厅和能够俯瞰佛罗伦萨的阳台。斯佩齐工作时都待在阁楼里，那里塞满了大大小小的书籍、报纸、图片和照片。

　　每次到他家，都会在餐厅里找到斯佩齐。他嘴里总是叼着根高卢烟，一团团的烟圈飘在空中，餐桌上散落着各种纸张和照片。我们工作的时候，米丽娅姆总是一杯又一杯地将浓咖啡送到我们面前。在她进来之前，斯佩齐总是会将那些犯罪现场的照片收起来。

马里奥·斯佩齐首先要做的是将此案的来龙去脉给我讲清楚。他按照时间顺序介绍了案件全过程，不漏掉任何细节，为了解释清楚，还不时从大叠文件堆里抽出几张文件或照片。整个过程用的都是意大利语，因为斯佩齐的英语还停留在基础阶段，我也决心利用这个机会把意大利语学好。他一边讲，我一边飞快地在笔记本上做笔记。

"真能干，是吧?"在讲完某个特别无能的警官办案经过之后，他常会这样说。

"Si, professore."① 我答道。

他对此案的观点并不复杂。对于那些阴谋理论、所谓的"邪恶集团"、幕后操纵者和中世纪的邪教，他都嗤之以鼻。他认为，最简单、最清楚的解释就是正确的解释:"佛罗伦萨的恶魔"是个孤独的精神变态者，谋杀情侣完全是因为他心理变态、好色淫荡。

"找到他的关键，"斯佩齐反复地说，"就是一九六八年那宗团伙谋杀案中使用的那把枪。找到那把枪，就能找到'恶魔'。"

四月，漫山遍野的葡萄园开始呈现出鲜嫩的绿色，斯佩齐带我实地察看一九八四年位于维基奥城外的皮亚·龙蒂尼和克劳迪奥·斯特凡纳奇被杀的现场。维基奥地处佛罗伦萨北面一片人称"穆杰洛"的地区，这里接近亚平宁山脉地势越加陡峭、越显荒凉。六十年代初，大批撒丁岛的牧羊人迁移到托斯卡纳，在这里定居，在山间的草地上放羊。他们的羊乳干酪广受赞誉，已经成为托斯卡纳的标志性干酪。

---

① 意大利文,是的,教授。

沿着一条奔腾的小溪，我们开车行驶在一条乡间马路上。由于多年未到此地，斯佩齐停下了几次之后才找到那里。马路分出一条岔道，通向芳草萋萋的小径，那里被当地人称作"博斯切塔"。我们把车停好，走了进去。走到尽头是一处山脚，隐藏在一片橡树林中，小径一侧有条出路，通向一片种着药草的田地。几百码开外有一座农民的老式石屋，红陶瓦的屋顶。山下有一片山谷，里面流淌着一条奔腾不息的小河，隐藏在白杨树林中。在农屋的远处，地势开始上升，连着出现几个山丘，延伸到最后是一排青山。山丘大片翠绿色的草地分布在山肩和低矮的山坡上，孩提时代的艺术家乔托曾在十三世纪末穿过这大片草地放羊、做白日梦、在泥地里作画写生。

小路的尽头成为纪念两个"恶魔"受害者的圣地。两个白色十字架立在一块草地上。几朵塑料花摆放在两个玻璃罐里，经过长期的日晒雨淋，花已经有些褪色。十字架的两侧堆放着一些硬币：这里已经成为当地年轻情侣朝圣的地方，他们留下硬币作为彼此爱情的象征。阳光洒进了山谷，空气中弥漫着鲜花和新刈的青草的清香。蝴蝶在空中飞舞，小鸟在树林里不住地啼叫，大片白云在蓝天上疾行而过。

马里奥一手拿着高卢烟，一手为我画出犯罪现场的样子，我则在一旁记笔记。他告诉我那对情侣开的浅蓝色"熊猫轿车"的停车地点，以及凶手在浓密草木丛中的藏身之处。他将子弹射出之后的落地点指给我看，我们可以由此推断凶手开枪的方式和顺序。男孩的尸体被发现困在后座上，身体几乎缩成一团，仿佛是在保护自己。凶手先是开枪将他击毙，然后在其肋骨处捅了几刀，确保他已经死去，或是为了表示轻蔑。

"此案发生的时间大约是九点四十分。"斯佩齐说。他指向河对面的田地。"我们之所以知道时间，是因为有个农夫为了避开酷暑，选择晚上耕地，他听见了枪声。他当时以为是发动机逆火的声音。"

我跟着马里奥来到那片开阔的田地。"他将女孩的尸体拖到这里，完全暴露在那间房子的视野之下。此处十分开阔，毫无遮蔽。"他拿香烟的手指了一下那间农舍，一缕烟圈也随之飘出。"当时的场景非常可怕。我永远都不会忘记。皮亚仰卧在地，双臂展开，仿佛是钉在十字架上一般。她明亮的蓝眼睛圆睁着，盯着天空。我注意到她非常漂亮，这令我感到非常伤心。"

我们站在田间，慵懒的蜜蜂在我们四周的花丛间飞舞。我已经记好了笔记。山谷间小河的潺潺流水声穿过树林传了过来。这里不存在任何邪恶。恰恰相反，这里一片静谧，安静得有些神圣。

随后，我们开车进入了维基奥。这是一座小镇，位于草木茂盛的田野上，塞乌河在一旁静静流淌。一尊十英尺高的乔托铜像伫立在鹅卵石广场中央，铜像手里拿着调色板和画笔。周围商店林立，其中有一家不大的家用电器店仍然为斯特凡纳奇家族所有。克劳迪奥·斯特凡纳奇就曾在这里工作。

我们在广场边一家普通饭馆吃了午饭，然后穿过一条小巷去拜访遇害女孩的母亲温妮·龙蒂尼。我们来到一堵高大的石墙外，墙上配有铁门，墙内是一幢气派的别墅，这是维基奥最高大的房子之一。穿过铁门，我能看到里面有一处无人打理的典型意大利式花园。花园后面就是三层楼别墅的正面，显得破败不堪，浅黄色的灰泥满是裂缝，已经开始脱落。别墅的窗户以百叶窗遮蔽。这里似乎已被人遗弃。

我们摁了摁铁门上的门铃，小巧的喇叭里传出一个颤抖的声音。马里奥自报家门，大门随即"咔"的一声开了。温妮·龙蒂尼在门口迎接我们，邀请我们到阴暗的房子里坐坐。她步伐缓慢而又沉重，仿佛是在水下行动。

我们跟随她走进一间阴暗的客厅，里面几乎空无一物。一扇百叶窗半开半闭，引入一道光线，如同一面白墙将房间一分为二，空气中腾起阵阵尘埃，继而又消失不见。空气中弥漫着一股破布和蜡光剂的味道。房间里几乎空空如也，只剩下几件破旧的家具，因为她已经变卖了所有的古董和银器，用来追踪杀死他们女儿的凶手。龙蒂尼夫人为此变得一贫如洗，连电话都买不起。

我们坐在已经褪色的椅子上，激起一阵尘埃，龙蒂尼夫人站到我们对面，缓慢而又高贵地坐在一把粗大的椅子里。她白皙的皮肤、一头秀发和天蓝色的眼睛显示出她具有丹麦血统。她的脖子上戴着一条金项链，上面刻着姓名首字母P和C，分别代表皮亚和克劳迪奥。

她语速缓慢，说出的每一个字似乎都很有分量。马里奥向她介绍了我们的写作计划，以及我们仍在寻找真相。她说出了她的观点，似乎有些漫不经心。她认为凶手是帕恰尼。她告诉我们她的丈夫伦佐，一位周游过世界的高薪轮机工程师，已经辞去工作，全力为他女儿讨回公道。他每个星期都会去佛罗伦萨的警察总部，打听案件最新动态，咨询警探。他还重金悬赏重要线索。他常常参加电视和无线电节目，寻求人们的帮助。他不止一次地被人愚弄。一切努力最终毁掉了他的健康，花光了他们的积蓄。一次，在拜访了警察局之后，他在街上因突发心脏病而不治身亡。龙蒂尼夫人孤独一人住在这幢大别墅里，一件一件地变卖家具，一步步深陷于债务之中不能自拔。

马里奥问起她戴的那条项链。

"对我而言，"她摸了一下项链说，"生活在那一天就结束了。"

第三十二章

如果相信自己不会受到伤害，你会走进去吗？你是否会走进这座充满鲜血和荣耀的官殿？你是否愿意一直前行，穿过满是蛛网的黑暗世界？……门厅里几乎一片漆黑。穿过一道长长的石阶，我们的手滑过冰冷的栏杆，几百年的脚步将台阶磨损……

一月的某个寒冷清晨，我和克里斯廷沿着托马斯·哈里斯在《汉尼拔》中生动描写过的那段楼梯拾级而上。我们约好与两个人在卡波尼宫见面，他们是尼科洛·皮耶罗·乌贝托·费兰特·加尔加诺·加斯帕雷·卡切多尼奥·卡波尼伯爵和他的妻子罗斯伯爵夫人。我最终还是突然造访了。不久前，由雷德利·斯科特执导的电影《汉尼拔》就是在卡波尼宫拍摄的，在小说中汉尼拔·莱克特化名为"费尔博士"，受聘为卡波尼图书馆和档案馆的馆长。我想，采访卡波尼档案馆的馆长尼科洛伯爵本人应该比较有趣，再借此为《纽约客》的"城市话题"栏目撰写一篇文章，恰好可以在电影上映的时候应景发表。

尼科洛伯爵在楼梯顶端迎接了我们，领着我们进入图书馆，伯爵夫人早已在那里等候。伯爵年纪四十上下，高大结实，卷曲的棕发，下巴上留着短而尖的胡子，敏锐的蓝眼睛，还有一双男孩般的耳朵。他长得极像一五五〇年由布龙齐诺[①]创作的其祖先洛多维科·卡波尼画像的成人版，此画像如今收藏在纽约的弗利克博物馆。尼科洛伯爵问候我妻子的时候，以一种奇特的方式亲吻了她的手，我后来得知这是一种古老的问候方式——贵族握住女士的手，迅速而又优雅地将手提到距离他的双唇六英寸的地方，同时迅速欠一下身。实际上，他的嘴唇绝不会真正碰到她的皮肤。只有封有爵位的佛罗伦萨人才能以这种方式问候女士，其他人都是握手致意。

卡波尼图书馆位于一间阴暗冰冷的大厅尽头，厅里装饰着一些盾形纹章。伯爵安排我们坐在一对巨大的橡木椅子上，他自己则坐在一张古旧的长餐桌后面的金属梯凳上，手里拨弄着他的烟斗。他身后的墙上装着上千个文件架，里面存放着长达八百年历史的家族文件、手稿、记账本以及租金簿。

伯爵身穿棕色夹克、深红色毛衣和一条宽松的裤子，尤为古怪的是，他还穿着一双破旧难看的老式鞋子。他拥有军事史学的博士学位，在纽约大学佛罗伦萨分校任教。他操着一口标准的爱德华时代英语，俨然早期历史遗留下的老古董。我问他是从何处学的英语。他解释说，在他的祖父迎娶了一位英国女人之后，英语随之进入他的家庭，他们在家中跟孩子皆用

---

① Agnolo Bronzino（1503—1572），意大利佛罗伦萨画派画家，风格主义的代表，擅长肖像画。

英语交流。他的父亲内里转而将英语像传家宝一样传给他的孩子。就这样，爱德华时代的英语在卡波尼家族深深扎下了根，近一个世纪都未曾改变。

罗斯是位美国人，漂亮可人但又拘谨刻板，说话时带有一种冷幽默。

"雷德利·斯科特曾在这里抽过雪茄。"伯爵指的是《汉尼拔》的导演。

"摄制组来的时候，"伯爵夫人说，"他们跟着雪茄走，雪茄后面是雷德利，最后是一大帮好奇的人群。"

"他们制造了不少烟雾。"

"应该说是大量的假烟。雷德利似乎对烟雾情有独钟，还有半身像。他总是希望能有更多的大理石半身像。"

尼科洛伯爵瞥了一眼他的手表，然后抱歉地说："恕我无礼，我一天只抽两次烟，一次是十二点之后，另一次是七点之后。"

此时已是十一点五十七分。

伯爵接着说道："拍摄期间他希望大厅里有更多的半身像。他定制了一些纸型雕塑，特意要把它们做旧，但没人愿意接手。后来我说我的地下室里放着几尊先祖的半身像，可以拿出来应应急。他说太棒了。那些雕塑很脏，我问他是否要把上面的尘土掸掉。他当即叫道，噢，千万不要，别碰它们！其中一尊塑像是我的quadrisnonna——高祖母，名叫路易莎·韦卢蒂·扎蒂，来自圣克莱门特公爵家族，是一位贤淑的女子。她生前拒绝去剧院，觉得戏剧有伤风化。而现在她却成为电影里的道具。还是那种电影！充斥着暴力、开膛破肚、同类相残。"

"你怎么知道，没准她还挺高兴的。"伯爵夫人说。

"摄制组都还比较守规矩，反倒是佛罗伦萨人在他们拍摄的时候显得非常粗暴。当然，现在电影已经杀青，这些店主纷纷在他们的窗户上挂出牌子：《汉尼拔》于此地拍摄。"

他看了看表，发现已经到了中午，便点起了烟斗。一团喷香的烟气缓缓向远处的天花板飘去。

"除了烟雾和半身像之外，雷德利还对亨利八世很感兴趣。"伯爵起身，在一堆档案里翻找，最终抽出一封写在羊皮纸上的信。这封信是亨利八世写给卡波尼的一位祖先的，要求派两千名士兵和尽可能多的火绳枪兵支援亨利八世的军队。这封信有亨利本人的亲笔签名，信上还垂着某种棕色蜡质的东西，形如压扁的无花果。

"那是什么？"我问。

"这是亨利八世的御玺封印。雷德利打趣说这个东西更像是亨利的左睾丸。我为他复印了一份。我指的就是这封信。"

我们离开图书馆来到大厅，这里是卡波尼宫的主会客厅，汉尼拔·莱克特便是在这里弹奏拨弦古钢琴，而帕齐警官则躲在楼下的巴尔迪街上偷听。大厅里有一架钢琴而不是拨弦古钢琴，由安东尼·霍普金斯在电影里弹奏。厅内装饰着阴暗的画像、诡异的风景画、大理石半身像、盔甲和武器。为如此巨大的空间供暖成本太高，因此这里的温度与西伯利亚的酷刑室相差无几。

"这里大部分盔甲都是仿造品，"伯爵心不在焉地挥手说道，"但这一套是货真价实的盔甲，可以追溯到十六世纪八十年代。这套盔甲属于尼科拉·卡波尼，他是'圣史蒂芬骑士团'里的一位骑士。我曾经穿过这套盔甲，非常合身。盔甲重量很轻，我穿着还能做俯卧撑。"

这时，一阵强风从宫殿里某个房间呼啸而出，伯爵夫人急忙离开。

"这些大都是美第奇画像。我们家族与美第奇家族曾有过五次通婚。

卡波尼家族有个人与但丁一起离开佛罗伦萨流放他乡。但当时但丁很可能瞧不起我们。但丁曾写道，我们属于 la gente nova e i subiti guadagni——'新贵和暴发户'。内里·卡波尼于一四三四年帮助科西莫·德·美第奇返回佛罗伦萨。对卡波尼家族而言，我们两个家族联姻有利可图。我们在佛罗伦萨很成功，因为我们从未成为第一大家族，一直都屈居第二或第三。佛罗伦萨有句古话：'凸起的钉子必被砸平。'"

伯爵夫人回来的时候怀里还抱着一个婴儿，名叫弗朗切斯卡，是以大美女弗朗切斯卡·卡波尼的名字命名的。她嫁给了维耶里·迪·卡比奥·德·美第奇，但十八岁的时候死于难产。有一幅她脸色红润的画像悬挂在隔壁的房间里，此画出自蓬托尔莫之手。

我问尼科洛伯爵他的祖先里谁最有名。

"那应该是皮耶罗·卡波尼。所有的意大利学童都知道他的历史。就像华盛顿在特拉华州一样，常常被人谈及，还不断被人添油加醋。"

"他总是贬低这件事。"伯爵夫人插嘴道。

"没有啊，亲爱的。这件事就是被人夸大其词了。"

"关于他的故事基本属实。"

"也许如此吧。一四九四年，法国国王查理八世率军征战那不勒斯，途中路过佛罗伦萨。他看到这是大发横财的好机会，便要求佛罗伦萨付他一大笔钱。他宣称如果不快付钱的话，'我们便会吹响战斗的号角'，发起进攻。皮耶罗·卡波尼的回答是'那我们就敲响钟声'，意思是说他会发动百姓予以反击。查理只好撤军。他有一句非常有名的话 Capon, Capon, vous êtes un mauvais chapon——'卡波①，卡波，你是一只邪恶的小鸡'。"

---

① 原文是 Capon，这里一语双关，既指卡波尼（Capponi），又指阉鸡。

"关于鸡的笑话在我们家族无人不晓。"伯爵夫人说。

伯爵说："我们圣诞节的时候会吃鸡，有点像是同类相食。说到吃，我想带你去看汉尼拔·莱克特吃饭的地方。"

我们跟随他来到"玫瑰厅"。这是一间十分雅致的客厅，摆放着几张铺有帷幔的座椅，散放着几张桌子，还有一套装有镜子的餐具柜。四面墙壁饰有红色丝绸，是由两百五十年前卡波尼家族蚕房里的蚕茧抽出的蚕丝编织而成。

"剧组中有个讨厌的女人，"伯爵夫人说，"我反复跟她讲'不经允许不能移动任何东西'，但她还是不停把东西移来挪去。每天剧组进行拍摄的时候，尼科洛的弟弟，掌管卡波尼家族在基安蒂的卡尔奇纳亚别墅的塞巴斯蒂亚诺都会带来一瓶自酿的红酒。他会将酒放在这个房间里显眼的位置上，但酒瓶却始终未能拍进电影里。这个女人不停地把那瓶红酒移开。制片商已经与西格拉姆公司签订了协议，剧组只能使用他们牌子的红酒。"

伯爵这时笑道："不过，每天拍摄结束，总会有人打开瓶塞，将那瓶酒喝得精光。它永远都是最棒的红酒。"

多年前，托马斯·哈里斯为创作他的小说《汉尼拔》而对"佛罗伦萨的恶魔"案进行调研。在参加对帕恰尼的审判的时候，他遇上了卡波尼伯爵，并受邀请到卡波尼宫做客。后来，哈里斯打电话给伯爵，说他想让汉尼拔·莱克特成为卡波尼档案馆馆长，问他是否可行。

"我们开了一次家庭会议，"伯爵说，"我告诉他我们同意这样写，但有一个条件——卡波尼不能成为故事的主线。"

我和卡波尼成为朋友。我们经常在面积不大的博尔迪诺餐馆共进午餐。餐馆位于圣忠诚教堂后面，卡波尼家族的礼拜堂和地下墓室便位于这所教堂里，从他的宫殿走路到该教堂很近。"博尔迪诺"是佛罗伦萨为数不多的几家老式餐厅中的一家，面积不大，总是人满为患，店内的玻璃柜台展示着当天的菜肴。餐厅内部光线暗淡，再配上黑色的石墙、布满疤痕的木桌椅和古老的红陶地砖，看起来活像是个地牢。餐厅供应的是典型的佛罗伦萨菜肴，工薪阶层的价格，简单几碟肉和意大利面，再配上几片粗制的面包和几杯烈性的红酒。

一次午餐，我向尼科洛提及我和马里奥·斯佩齐正在调查"佛罗伦萨的恶魔"案。

"啊哈，"他饶有兴致地说，"'佛罗伦萨的恶魔'。你确定自己想卷入此事？"

"这是个十分有趣的故事。"

"确实是个很吸引人的故事。但换作是我，会格外小心。"

"为什么？会发生什么呢？此事已经十分久远。凶手最后一次作案是在二十年前。"

尼科洛缓缓地摇了摇头。"对于佛罗伦萨人而言，二十年前就如同是前天一样，而且他们还在调查此案。邪恶的势力集团、黑弥撒、恐怖骇人的别墅……意大利人对这些事情非常认真。这件案子曾使一些人飞黄腾达，也毁了很多人的一生。你和马里奥一定要多加小心，不要太卖力地用你们的棍子去捅那网毒蛇。"

"我们会小心的。"

他微笑道："换作我是你，我会拾笔创作你跟我讲述的那本好玩的有关马萨乔的小说，永远不再碰那个'佛罗伦萨的恶魔'。"

第三十三章

一个晴朗的春日，面对面地向马里奥了解案情的过程即将结束。我知道了所有已知的事实，俨然成为此案的专家，仅次于斯佩齐和"恶魔"本人。但有一点斯佩齐却总是在回避，那就是他对"佛罗伦萨的恶魔"真实身份的推断。

"好的，"斯佩齐说，"我们现在知道：邪恶的势力、亵渎神明的主人和幕后的指使者。下一个又是什么呢？"他身体靠在椅背上，一脸坏笑，双手摊开说："要咖啡吗？"

"好的。"

斯佩齐端起一小杯浓咖啡一饮而尽，这种意大利人喝咖啡的习惯我永远也学不会。我抿了一口自己的咖啡。

"还有什么问题吗？"他的眼睛闪闪发亮。

"是的，"我说，"你认为谁是'恶魔'？"

斯佩齐将香烟上的烟灰掸掉，说："都在这里了。"他指了指一堆文件。"你觉得是谁?"

"萨尔瓦托雷·芬奇。"

斯佩齐摇摇头。"让我们像侦探菲利普·马洛那样审视此案。此案的关键是那把贝雷塔枪。是谁将此枪带到一九六八年的犯罪现场?谁开的枪?谁把枪带回了家?但最重要的是,那把手枪后来又流落何处了呢?如果你很想查明真相的话,答案就在整个案子里。"

"那支枪属于萨尔瓦托雷·芬奇,"我说,"他带着枪离开了撒丁岛,他策划了一九六八年杀人案,他有那辆车,是他开的枪。"

"说得好啊!"

"所以他肯定把枪带回了家。"

"没错。他把枪交给斯特凡诺·梅莱,让他开了最后一枪,在他的手上留下火药的残余。梅莱把枪扔在地上。萨尔瓦托雷捡起来带回家中。他可不是个傻瓜。他绝不会把凶器留在犯罪现场。这可是一把杀过人的枪。这种枪非常危险,因为发射特性可以将其与从受害人体内获取的子弹联系在一起。这种枪绝不能出售或送人。要不将其毁灭,要不小心掩藏。我们知道那支枪并没有被销毁,所以萨尔瓦托雷·芬奇一定是将它藏了起来。同时藏起来的还有子弹盒。六年之后,那支枪再次用来杀人——这一回出现在'佛罗伦萨的恶魔'手中。"

我点点头。"如此说来,你认为萨尔瓦托雷·芬奇就是'恶魔'——跟罗泰拉想的一样。"

斯佩齐笑道:"真的吗?"他伸手在一堆文件中翻找,抽出了美国联邦调查局的报告。"你读过这份文件。文件里描述的'恶魔'像萨尔瓦托雷·芬奇吗?"

"一点都不像!这份文件一直在坚持一点:'佛罗伦萨的恶魔'患有阳

痿，或近乎如此。他有性功能障碍，与他这个年龄阶段的女性很少或根本没有性接触。他杀人是为了满足他无法以正常方式满足的性欲。充分的证据表明犯罪现场没有任何强奸、性骚扰或性活动的迹象。但是萨尔瓦托雷恰恰相反，他根本不是阳痿——他是个名副其实的'性爱之神'。而且，萨尔瓦托雷也不符合FBI报告的其他部分，在心理分析方面尤其如此。"

"如果萨尔瓦托雷·芬奇不是'恶魔'的话，"我问，"那么问题出现了：那支贝雷塔枪是如何从他那里转到'恶魔'手上的呢？"

斯佩齐没有立即作答，而是眨了眨眼睛。

"是从他那里偷去的吗？"我说。

"完全正确！那么谁最有可能拿走那支枪呢？"

虽然所有的线索都摆在那儿，但我还是大为不解。

斯佩齐手指轻敲桌子，说道："这起案件一份最重要的文件不在我这里。我知道存在这么一份文件，因为我跟见过那个文件的人聊过。我曾用尽一切方法想要把它搞到手。你知道那是份什么文件吗？"

"是那支枪被盗的报案记录吗？"

"答对了！一九七四年春，就在'恶魔'初次在圣洛伦佐作案的四个月前，萨尔瓦托雷·芬奇到宪兵队里报案。'有人强行打开我的房门潜入我家。'当宪兵问他何物被偷的时候，他的回答是'我不知道'。"

斯佩齐起身打开窗户。一股新鲜的气流卷起房间里层层蓝色烟雾。他从放在桌上的烟盒里甩出一支高卢烟，放在嘴里，将烟点着，然后转身背对窗户。"好好想想，道格。这个家伙，也许是个杀人犯，一个对权威保持古老而又深深怀疑的撒丁人，去宪兵队报案说有人强行进入他的住宅，却声称没有东西被偷。这是为什么呢？还有，为何会有人去他的家里偷窃？那个房子可不怎么样，破破烂烂，也没什么值钱的东西。只有一个可能……难道是为了……一支点二二口径的贝雷塔手枪和两盒子弹？"

他将烟灰轻轻掸掉。我则焦急不安地坐在椅边。

"我还没告诉你最重要的一个证据。芬奇报案时说出了入室抢劫犯的名字。他揭发的那个人不过是个男孩，是他的撒丁岛团伙的成员之一，还是他的近亲。他绝不会将此人交给宪兵队。那如果他什么也没偷，芬奇为何会控告他呢？因为他害怕那个小蟊贼用那支手枪闯祸。萨尔瓦托雷·芬奇希望警方将入室抢劫这件事记录在案，目的是保护自己，以防那个男孩用那支手枪做出一些……可怕的事情。"

斯佩齐的手指向我移近了一些，仿佛是将一份隐形的文件挪到我的面前。"就在那份文件里，我们能找到萨尔瓦托雷·芬奇给宪兵队的那个名字。那个小偷的名字。那个人，我亲爱的道格拉斯，就是'佛罗伦萨的恶魔'。"

"他究竟是谁？"

斯佩齐故作深沉地笑道："别着急！早在一九八八年，就在罗泰拉和维尼亚关系破裂之后，宪兵正式退出对此案的调查。但他们不甘心就此放弃。他们暗中进行调查。那份失踪的文件就是他们从某个阴暗的军营地下室里积满灰尘的故纸堆里找出来的。"

"暗中调查？他们还找到其他什么东西吗？"

马里奥笑道："很多东西。例如，'恶魔'初次杀人之后，萨尔瓦托雷·芬奇到新圣母马利亚医院的精神病科住院。什么原因？我们无从得知，因为医院的记录似乎已经下落不明。也许偷走他的枪的那个男孩用枪去做了一些可怕的事情。"

他伸手在一堆文件中寻找，找出那份FBI的报告。"在这份报告里，你们的FBI列出了一些'恶魔'可能具有的特点。让我们拿这些特点与我们的嫌疑犯比照一下。"

"报告说，那个'恶魔'很可能干过很多鸡鸣狗盗的勾当，比如纵火和盗窃，但没有参与过强奸等暴力犯罪。在警察的犯罪记录中，我们的嫌疑犯干过偷车、非法私藏枪械、破门侵入罪和纵火罪。

"报告说，在一九七四年至一九八一年这两次命案之间的七年里，'恶魔'不在佛罗伦萨。我们的嫌疑犯于一九七五年一月离开了佛罗伦萨。他于一九八〇年底返回佛罗伦萨。几个月之后，他又开始杀人。"

"报告说，'恶魔'在犯案期间很可能独自生活。如果不是独自生活，他可能与一位年纪较长的女性住在一起，姑妈或祖母之类。这七年大部分时间，我们的嫌疑犯没有住在佛罗伦萨，而是与他的姑妈住在一起。最后一次命案的几个月之后，即一九八五年，此人遇到一个比他年长的女性，便搬到她那里住下了，从此没有发生'恶魔凶杀案'。一九八二年至一九八五年期间，他结婚了，但根据参与'恶魔案'秘密调查的宪兵长官的话，这次婚姻却因为 impotentia coeundi——'不能圆房'而取消。老实说，那个年代'不能圆房'有时可以作为要求离婚的理由，即使事实并非如此。

"FBI报告说，这一类凶手常会主动与警方联系，企图误导调查，或至少想要了解关于此案的信息。我们的嫌疑犯也曾主动向宪兵队告密。

"最后，对参与性犯罪的连环杀手的调查发现，凶手通常被母亲抛弃过，在家里受过性虐待。我们的嫌疑犯的母亲在他才一岁时就惨遭杀害。与他父亲相恋多年的女友离开之后，他又一次因为与母亲般的人物分离而遭受严重的心理创伤。他很可能见识过他父亲的古怪性活动。他与父亲住在一间小屋子里，这期间他父亲搞过一些性派对，参加的人有男男女女，甚至还可能有孩子。他的父亲是否强迫他参与呢？没有证据表明他是参加了……还是没有。"

我渐渐明白了他的思路。

斯佩齐深吸了口烟，然后吐了出来。"报告说凶手可能在二十岁的时候开始作案。但是，在第一次命案发生时，此人不过才十五岁。"

"这岂不就将他排除在外了吗？"

斯佩齐摇摇头。"事实上，许多连环杀手都是年纪轻轻便开始作案的。"他抽出一张美国著名连环杀手的名单和他们初次犯案的年纪——十七岁、十六岁、十五岁、十四岁。"一九七四年，他初次杀人，搞得一团糟。那完全是恐慌而又冲动的初犯所为。他能够成功，只是因为他第一枪就打死了那个男子，但也只是巧合而已。那颗子弹击中他的胳膊，碰到骨头偏离了方向，射进了胸部，心脏也随之停止跳动。那个女孩有足够的时间下车逃跑。凶手向她开了枪，却只是击中了她的双腿。他只能选择用刀杀死她。然后，他抬起她的尸体，移到车后面。他想要占有她，却无能为力，因为他是'性无能'。他找到一根葡萄藤，捅进了她的阴道内。他守在女尸旁边，用唯一能给他快感的器具'抚摸'她的身体，那就是他的刀。他在她身上切了九十七刀。他也许想侵犯女尸，但他办不到。他只能在她的乳房和阴部周围用刀切割，仿佛是要表示她现在已经属于他了。"

餐厅里陷入一阵长时间的沉默。桌子远处的窗户正对着"恶魔"潜伏的那些山丘。

"报告说'恶魔'自己有车。我们的嫌疑犯也有车。案发现场都是在凶手熟悉的地方，在他的房子或工作场所附近。如果你用图纸标出此人的生活行踪，会发现他曾住在每个现场附近，或对那里的地形十分熟悉。"

马里奥的手指又敲了一下桌子。"要是我能找到那份入室抢劫的报案报告就好了。"

"他还活着吗？"我问。

斯佩齐点点头。"我还知道他住在哪里。"

"你跟他面对面说过话吗？"

"我试过一次。"

"是吗？"我最后问道，"那他到底是谁？"

"你确定想知道这一点吗？"马里奥挤挤眼睛说。

"真该死，马里奥！"

斯佩齐用力吸了一口高卢烟，让烟气从嘴里慢慢溢出。"据我的线人说，萨尔瓦托雷·芬奇一九七四年控告'入室抢劫'的人就是他的儿子，他的亲生儿子，安东尼奥·芬奇。一九六一年撒丁岛煤气中毒事件中被救出的那个男婴。"

那自然就是他了，我心想。我说："马里奥，你知道我们现在要做什么了吧？"

"做什么？"

"采访他。"

第三十四章

一九六八年巴尔巴拉·洛奇和她的情人遇害三十多年后,与"撒丁小道"相关的人中只有两人还在世:安东尼奥·芬奇和纳塔利诺·梅莱。其他的人不是已经去世就是销声匿迹。当人们找到弗朗切斯科·芬奇的尸体的时候,发现他手脚被完全绑住,锁在一辆烧毁的汽车的后备厢内,他显然是在黑手党的内斗中站错了阵营。萨尔瓦托雷在被判无罪之后就消失得无影无踪,有人传言他客死西班牙。斯特凡诺·梅莱、皮耶罗·穆奇亚里尼和乔瓦尼·梅莱也早已离开人世。

在采访安东尼奥之前,我们决定先采访纳塔利诺·梅莱,他就是一九六八年坐在车子后座的那个六岁男童,他目睹了母亲的遇害过程。纳塔利诺同意接受我们的采访,见面地点定在佛罗伦萨卡奇内公园里的一处鸭池,旁边就是摩天轮和旋转木马。

那天阴沉昏暗,空气中弥漫着潮湿的叶子和爆米花的味道。梅莱双手插着兜来到见面地点。他已是一个四十出头的忧郁男子,身体笨重,一头黑发，满面愁容。他说话的时候，就好像是一个受到不公待遇的男孩，很容易激动暴躁。他母亲被杀、父亲坐牢之后，亲戚立即将他送进了孤儿院。在"家庭至上"的国家里，这无疑是一种非常残酷的命运。

我们坐在长椅上，身后旋转木马的迪斯科节奏震天鸣响。我们问他是否还能想起一九六八年八月二十一日当晚，也就是他母亲遇害那天晚上的任何细节。这个问题一下子激怒了他。

"我当时只有六岁！"他尖声叫道，"你们想让我说什么？事情过去了这么久，我怎么可能还记得起新的东西？他们总是不停地问我：你还记得什么？你还记得什么？"

纳塔利诺接着说，案发当晚他惊恐万状，吓得根本说不出话来，因为宪兵威胁把他送回到母亲的尸体旁边，他才开口讲话。十四年后，警方将一九六八年那宗命案与"恶魔凶杀案"联系起来，又找他问话。他们接连不断地向他发问。他目睹了一九六八年那次命案，他们似乎觉得他隐瞒了什么关键信息。盘问持续了整整一年。他不断地告诉他们，他记不起那晚发生的任何事情。审讯官将受害者惨遭切割的惊心动魄的照片拿给他看，还朝他大叫："瞧瞧这些人！这都是你的错！都是你的错，因为你什么也记不起来！"

纳塔利诺谈起那次残忍的问讯的时候，声音充满了痛苦，音调一下子高了许多。"我告诉过他们我什么也记不起来。什么都记不起来。除了一件事情。我只记得一件事！"他停顿了一下，吸了口气。"我现在唯一记得的是我当时在车里睁开眼睛，看到坐在前排的妈妈死了！这是那晚我唯一能记得的东西。而且，"这时他的声音有些颤抖，"这也是我对她的唯一的记忆。"

第三十五章

多年前，斯佩齐曾与安东尼奥·芬奇通过电话，试图安排对他进行采访，却被他一口回绝。有过那次被拒的经历，我们商量应该如何接近此人。我们决定不再提前给他打电话，不给他再次拒绝的机会，而是直接登门造访，使用化名以避免再次被拒，这样做也是为了在文章发表之后保护自己免遭报复。我的身份是撰写一篇有关"佛罗伦萨的恶魔"报道的美国记者，斯佩齐则是我的朋友，也是我的翻译。

我们于晚上九点四十分来到安东尼奥的公寓楼门前，选择晚上采访是为了确保他能在家。安东尼奥住在佛罗伦萨西部一片整洁的工人阶层居住区。公寓楼位于一条小巷里，是一栋用灰泥砌成的普通楼房，楼前有一处小花园和自行车架。小巷的另一端，一排五针松的后面，是一个废弃的工厂厂房。

斯佩齐摁响了对讲机，一个女子应道："是谁？"

"马尔科·蒂耶齐。"斯佩齐说。

没有再问，楼门随即打开了。

安东尼奥在门口迎接我们，身上只穿着一条短裤。他盯着马里奥。"啊哈，斯佩齐，原来是你!"他立刻认出了他，"我刚才没听清你的名字。我早就想跟你见面了。"

他表现得像个好客的主人，安排我们坐在餐桌旁，给我们送来一杯名叫"桃金娘"的特制撒丁岛烈酒。他的同伴是个沉默寡言、不起眼的老女人，在水槽里洗完菠菜之后便离开了厨房。

安东尼奥相貌英俊，微笑的时候还会露出酒窝。他一头黑色的鬈发，夹杂着几根灰发，身体晒得黝黑，肌肉十分发达。他显得充满自信，身上散发出工人阶级的魅力。在我们闲聊的过程中，他不时地鼓起上臂的肌肉，双手还常常从手臂上滑过，似乎是无意识地在自我欣赏。他的手臂刺有文身，左臂是一株四叶苜蓿，右臂则是两颗心的图案。在他的胸部中央有一道巨大的伤疤。他讲话时声音低沉沙哑，富有磁性，不禁令人想起电影《出租车司机》里年轻的德尼罗。他的黑眼睛富有生气，显得轻松自在，他似乎对我们的突然造访感到开心。

斯佩齐从口袋里掏出一个录音机，漫不经心地开始了谈话。"我能用这个东西吗?"他问。

安东尼奥展示了一下他的肌肉，露出微笑。"不行，"他说，"我很嫉妒我自己的声音。我的声音柔和细腻，动听迷人，不能就这样存在那个盒子里。"

斯佩齐只好将录音机放回到口袋里，然后向他介绍我是《纽约客》杂志的记者，正在撰写一篇有关"恶魔案"的文章。这次采访是对那些与"恶魔案"相关人员的系列采访之一，都是例行公事。安东尼奥似乎对这个解释很满意，显得毫无拘束。

斯佩齐一开始问了一些一般性质的问题，营造出一种亲密的对话气氛，还一边快速地做着笔记。安东尼奥的思路紧跟着"佛罗伦萨的恶魔"案的发展，对很多事实表示出惊人的了解。在一系列常规问题之后，斯佩齐进一步深入。

"你与你叔叔弗朗切斯科·芬奇是何种关系？"

"我们十分亲密，可以说关系很铁。"他顿了顿，随后说的话令人大吃一惊。"斯佩齐，我要告诉你一条独家新闻。你还记得弗朗切斯科是何时因为藏匿他的车而被捕的吧？实话告诉你，那晚我和他在一起！直到今天还无人知道此事。"

安东尼奥指的是一九八二年六月，在靠近波皮亚诺城堡的蒙特斯佩托利发生双重杀人案的那个夜晚。当时，安东尼奥住在六公里外的地方。正是此案导致弗朗切斯科·芬奇被怀疑是"佛罗伦萨的恶魔"而被捕，一条对他最为不利的证据是他令人费解地在案发时将车藏在灌木丛里。这确实是一条重磅新闻：如果安东尼奥那晚与弗朗切斯科在一起的话，那就意味着弗朗切斯科具有一个不在场的证据，而他却从未提及，结果白白在监狱里蹲了两年。

"但那意味着，你的朋友弗朗切斯科当时能找出对他有利的证人！"斯佩齐说，"你本可以帮助弗朗切斯科免于被指控是'恶魔'，他根本不用在监牢里度过那些年头！你当时为何只字不提呢？"

"因为我当时不想卷入他的事情。"

"就因为这个你让他在监狱里服了两年刑？"

"他想要保护我。而且我信任这个体系。"

信任这个体系。这句话从他的嘴里说出来令人难以置信。斯佩齐继续发问。

"那么，你跟你的父亲萨尔瓦托雷之间关系如何？"

安东尼奥嘴角的一丝微笑似乎一下子僵住了，但立刻又恢复了常态。"我们总是意见不合，可以说是脾气不投。"

"你们无法和睦相处，是否有具体的原因？也许你认为是萨尔瓦托雷·芬奇导致了你母亲的去世？"

"不全是。我听说过别人对此事的看法。"

"你父亲有一些奇怪的性癖好。或许你就是因为这个而憎恶他？"

"那个时候我对这些还一无所知。只是到了后来，我才知道他的……"他顿了一下，"小癖好。"

"但你和他之间发生过一些激烈的争斗，甚至在你年纪不大的时候。比如，一九七四年春，你父亲因为你在他家入室抢劫而对你进行了指控……"斯佩齐若无其事地停顿了一下。这是十分关键的问题，因为我们可以由此确定那份失踪的文件是否真的存在过——在'恶魔凶杀案'开始之前，萨尔瓦托雷·芬奇是否真的控告过安东尼奥。

"这样说并不准确，"安东尼奥说，"因为他不清楚我是否拿走什么东西，我只不过是被控私闯民宅而已。有一次，我们打了起来，我将他按住不动，把我的潜水刀架在他的脖子上，但最后还是被他挣脱开了。我将自己锁在卫生间里。"

我们已经证实了这个关键的细节：一九七四年他确实私闯过民宅。但近乎是向我们发出挑战一样，安东尼奥主动地又抖出一个有关他自己的重要事实：他曾用他的潜水刀威胁过芬奇。多年前，"恶魔案"中的法医毛罗·毛里曾在报告中写过，"恶魔"使用的工具很可能是一把潜水刀。

斯佩齐继续发问，迂回曲折地接近我们的目标。

"你认为谁是一九六八年那宗双重杀人案的凶手？"

"斯特凡诺·梅莱。"

"但那支枪却一直没有找到。"

"梅莱也许在出狱之后把枪卖掉或者送人了。"

"这根本不可能。那支手枪在一九七四年又一次被使用，当时梅莱还在监狱里。"

"你确定吗？我从未想过此事。"

"据说你父亲是一九六八年开枪的凶手。"斯佩齐继续问道。

"他胆小如鼠，不可能做出这种事。"

斯佩齐问："你何时离开了佛罗伦萨？"

"一九七四年。我先是去了撒丁岛，然后又到了科摩湖。"

"然后你又回到佛罗伦萨，结婚成家。"

"没错。我与从小青梅竹马的女孩结了婚，但结果行不通。我们一九八二年结婚，一九八五年分的手。"

"为什么行不通？"

"她生不出孩子。"

这就是那桩因为"无法圆房"而取消的婚姻。

"然后你再婚了吗？"

"我与一个女人住在一起。"

斯佩齐随后带着一种漫不经心的口吻发问，仿佛要结束这次采访。

"我是否可以问你一个比较敏感的问题？"

"当然，但我可以不回答。"

"问题是这样的：如果你父亲拥有那把点二二口径的贝雷塔手枪，你应该是最有可能将枪拿走的人。也许就是在一九七四年春那次私闯民宅事件中。"

安东尼奥并未立即回答。他似乎在思考。"我有证据证明我没拿它。"

"什么证据?"

"如果是我把枪拿走的话,"他笑道,"我会对准我父亲的脑门开火的。"

"如此说来,"斯佩齐继续道,"一九七五年至一九八〇年间,你离开了佛罗伦萨,而期间恰好没有发生命案。在你回来之后,又开始有人遇害。"

安东尼奥并没有直接回应那句话。他靠到椅子上,咧嘴笑道:"那是我一生中最美好的时光。我有一栋房子,吃得不错,还有那些女孩……"他吹了声口哨,做出一个表示"性交"的猥琐的意大利手势。

"那么……"斯佩齐若无其事地说,"你不是……'佛罗伦萨的恶魔'吗?"

随之而来的不过是片刻的犹豫。安东尼奥脸上一直挂着微笑。"不,"他说,"我可不想让我的妞死。"

我们起身离开。安东尼奥跟着我们来到门口。在他开门的那一刻,他凑近斯佩齐。他这时声音低沉,语气仍不失真诚,却不再用尊称来称呼我们。"啊,斯佩齐,我差一点忘了。"他突然用沙哑的声音威胁道,"给我听好了:我可不跟你玩游戏。"

第三十六章

二〇〇一年夏，我和斯佩齐向《纽约客》提交了那篇有关"佛罗伦萨的恶魔"的稿子。之后，我和家人返回美国，在缅因州海岸一个旧式家庭农场避暑。那年夏天大部分时间里，我与我们在《纽约客》的编辑一道修改稿件，核查相关事实。稿件暂定于二〇〇一年九月的第三个星期出版。

我和斯佩齐都对这篇稿件的出版满怀期待，希望能在意大利引起巨大的轰动。意大利公众早已对帕恰尼和他的"野餐朋友"的罪行确信无疑。多数意大利人也全盘接受了朱塔里的理论，即帕恰尼及其同党一直都在为一个势力庞大的邪恶组织效力。尽管美国人可能会觉得"连环谋杀案背后有个邪恶组织"这个观点荒唐可笑，但意大利人却不觉得这事有何蹊跷，或多么难以置信。从一开始，就有人传言这一系列杀人案背后，一定藏着一位极有权势的重量级人物在发号施令，他很可能是个出身贵族的医生。对邪恶组织展开调查似乎是顺理成章的事情，大多数意大利人也相信这一切合情合理。

我们希望推翻这种自以为是的态度。

这篇将要发表在《纽约客》的稿件给出强有力的理由，足以证明帕恰尼不是"恶魔"。如果他不是"恶魔"的话，那么他那些自称"野餐朋友"的人都是骗子，以他们的证词为基础的朱塔里的"邪恶组织理论"也将随之土崩瓦解。最终只剩下一个可供调查的途径："撒丁小道"。

马里奥知道，宪兵队仍然在对"撒丁小道"秘密地进行调查。他在宪兵队里的一位密友（他的身份连我都不知道）曾告诉马里奥，宪兵队在等待合适时机将他们的调查结果公之于世。他曾说："时间是一位绅士。"斯佩齐希望这篇稿件在《纽约客》的发表能够促使宪兵队行动起来，使调查工作重回正轨，最终揭露"恶魔"的真面目。

"意大利人，"马里奥对我说，"对美国公众舆论十分敏感。如果像《纽约客》这种高档次的美国杂志宣称帕恰尼无辜的话，那将造成巨大的轰动，绝对是轩然大波。"

二〇〇一年夏天即将过去，我们计划九月十四日从波士顿飞回佛罗伦萨，这样孩子们可以准时在十七日开学。

二〇〇一年九月十一日，一切都发生了改变。

那是漫长而可怕的一天。下午约两点钟，我关掉我们在缅因州老农舍厨房里的电视，准备到户外走走。我带着六岁的儿子艾萨克出去散步。秋日的余晖将天空映亮，这是冬日前生命力最后的绽放。空气清新怡人，带有燃烧的木柴的味道，天空湛蓝无比。我们穿过农舍后面刚刚收割的田地，经过一片苹果园，沿着一条罕无人迹的伐木用的小路前行，路旁长满了矮小的云杉。走过一英里，我们撇开小径，径直进入森林，寻找藏匿在森林最深处的海狸栖居的池塘，那里也是驼鹿的藏身之所。我想远离人类的踪迹，逃离现实，迷失在森林中，寻找一处未被现世的恐怖和邪恶染指的净土。我们在一大片云杉和冷杉中奋力行进，在沼泽地和泥炭藓中艰难前行。走了半英里之后，树林里的阳光开始若隐若现，我们终于来到一处海狸栖居的池塘。池塘表面波澜不惊，一片黑色，倒映出斜生于池塘之上的大树。池塘边一棵老枫树的落叶堆满岸边，水面上不时闪现着枫叶的红色。空气中弥漫着绿苔和潮湿的松针的味道。这是一片原始的森林，这潭无名小湖连着一条未知的小溪，未受污染，纯洁无瑕，已经超越了善恶的界限。

我的儿子开始收集海狸咬过的树枝，而我则在一旁理清思绪。我思忖着在美国受到攻击的时候选择离开祖国是否合适。我还担心与孩子搭乘飞机是否安全。我甚至还想到，如果我们已经返回意大利的话，这一天将会如何影响我们的生活。我随即想到，《纽约客》那篇有关"佛罗伦萨的恶魔"的稿件很可能胎死腹中，不能发表了。

跟多数美国人一样，我们决定继续我们的生活。航班恢复正常不久，我们一家便于九月十八日飞回了意大利。意大利朋友在圣神广场上一处公寓里为我们接风洗尘，那里可以俯瞰由布鲁内莱斯基①建造的文艺复兴大教堂。走进那个公寓，感觉就像是参加一场葬礼。意大利朋友纷纷走上前来，与我们拥抱，一些人眼里还噙着泪水，向我们表达哀思。晚宴在沉重的气氛中进行，即将结束的时候，一位在佛罗伦萨大学教授希腊语的朋友朗诵了一首康斯坦丁·卡瓦菲②的诗，名叫《等待野蛮人》。她先是用希腊语朗诵，然后又用意大利语朗诵了一遍。该诗描述了罗马帝国末期

---

① Filippo Brunelleschi（1377—1446），意大利文艺复兴初期建筑师。
② Constantine Cavafy（1863—1933），希腊诗人，诗多取材于古希腊历史神话。

罗马人等待野蛮人的到来，我永远都忘不了那晚她朗诵的那首诗的最后几行：

……夜幕已然降临，野蛮人却依然未至。
一些人从边境赶来，
言说不再会有野蛮人。

没有野蛮人我们如何是好？
那些人或许就是正解。①

如我所料，《纽约客》将那篇稿件枪毙了，却十分慷慨地将稿费全额支付给我们，允许我们将其投往别处。我心不在焉地试着联系别的杂志出版，但是"九一一"事件之后，没有人会对一宗多年以前发生在别国的连环杀人案感兴趣。

"九一一"事件之后的岁月里，许多电视和报纸评论员都开始自以为是地讲述邪恶的本质。文化界和文学界的名流大腕纷纷受邀发表他们经过一番深思熟虑而得出的沉重观点。政客、宗教领袖和心理学专家也积极就这个话题各抒己见。我对他们竟然无法解释清楚这一最神秘的现象而甚感震惊。我渐渐明白邪恶的"神秘性"可能就是它最基本的特点。你无法正面直视"邪恶"，因为它没有面孔，也不具形体，无骨无血。任何想要描述它的努力最终都会流于形式，变得自欺欺人。我想，也许这就是基督徒为何发明魔王撒旦，"恶魔案"的警探为何杜撰出"邪恶组织"的原因。

---

① 此诗是由乔治·巴贝内斯（George Barbanis）从希腊文翻译而成。——原注

正如那首诗所云，他们都是"正解"。

　　那段时间，我开始理解自己为何如此迷恋"恶魔案"。在创作充满谋杀和暴力的惊悚小说的二十年里，我曾努力试图理解构成小说核心的"邪恶"，却总是不得要领。"佛罗伦萨的恶魔"之所以吸引我，因为它是通向蛮荒的一条路。此案是我所遇到过的不同层次的"邪恶"最本质的表现。首先，它是心理变态者穷凶极恶地无情杀戮的邪恶。但本案也关乎其他类型的邪恶。参与此案的一些高级警探、检察官和法官担负着查明真相的神圣职责，却似乎更想利用此案将手中的权力转化成更加辉煌的个人荣誉。努力编造出漏洞百出的理论之后，在面对自相矛盾的证据的时候，他们拒绝重新考量自己原来的观点。他们关心的是保全面子，而不是挽救生命；一心想要升官发财，而不是将"恶魔"绳之以法。在"恶魔"令人难以理解的邪恶周围包裹着层层叠叠的谎言、虚荣、野心、自负、无能和徒劳无功。"恶魔"的行为就像是一个不断转移的癌细胞，在血液中翻滚，最后停留在某个柔软的阴暗角落，不断分裂、繁殖，衍生出自己的血管和毛细血管系统来满足自身要求，然后膨胀、扩张，最终发出致命的一击。

　　我知道马里奥·斯佩齐已经与"佛罗伦萨的恶魔"案中的邪恶进行过斗争。有一天，我问他如何应付这个令人恐惧的连环杀人案，我觉得这种邪恶也开始影响到我的生活。

　　"没有人能像加利莱奥修士那样洞悉邪恶的本质，"他告诉我，他这里指的是那个改行做心理分析师的方济各会修道士。在不断受到"恶魔案"的恐怖景象侵扰的时候，斯佩齐就是向他求助的。加利莱奥修士如今已经谢世，但马里奥认为他在"恶魔案"发生的时候拯救了他的生活。"他帮我理解了一些难以理解的道理。"

　　"你是否还记得他的话？"

"我可以一字不落地告诉你，道格。我都记了下来。"

他找出在加利莱奥修士谈到"邪恶"的时候他做的笔记，将笔记读给我听。这位老修士先是玩了一个非常生动的文字游戏，"邪恶"和"疾病"在意大利语中是同一个词——male；"说话"和"研究"在意大利语中也都是一个词——discorso。

"'病理学'可以定义为'discorso sul male'（对疾病或邪恶的研究），"加利莱奥修士说，"我更喜欢将其定义为'male che parla'（能讲话的邪恶或疾病）。心理学也是如此，可以定义为'对心智的研究'，但我更倾向于'对竭力通过神经紊乱进行沟通的心智的研究'。

"我们之间不再有真正的交流，因为我们的语言本身就是病态的，我们语言的病态不可避免地导致身体的病态，就算最终不会带来精神疾病，也会导致神经官能症。

"当我不能再用语言交流的时候，我会借助疾病来表达自己。我的病症还有治愈的可能。这些症状表达了我的灵魂希望有人聆听的需要，但是无法做到，因为我无法用语言描述，还因为那些听者无法超越他们自己的声音。病态的语言是最难理解的。这是一种极端形式的勒索，它全然不管我们试图付出的努力，随意将其赶走。这是进行沟通的最后努力。

"精神疾病是努力寻找听众的过程的终止。它是绝望之人的最后一个避难所。他最终明白没有人在聆听，也永远不会有人听。疯狂的行为就是放弃所有希望被理解的努力。这是无休止的痛苦尖叫，需要完全的沉默和无动于衷的社会。这种尖叫声没有回音。

"这就是'佛罗伦萨的恶魔'的邪恶本质。这也是我们每一个人的邪恶本质。我们内心都潜伏着一个'恶魔'；本质都一样，只是程度各有不同。"

我们的稿件未能付梓出版，令斯佩齐痛苦不已。这不啻是对他试图解开"恶魔"真面目的毕生努力的沉重打击。他灰心丧气，失望至极，而对此案的痴迷却又更深了一步。我转而忙于其他事情。那一年，我开始与写作搭档林肯·蔡尔德共同创作一部新的惊悚小说，名叫《硫磺密杀》。我们已经出版了一系列畅销小说，里面都有一个名叫彭德格斯特的警探。《硫磺密杀》的故事部分背景设在托斯卡纳，书里牵涉到一位连环杀手、邪恶的仪式和一把丢失的斯特拉迪瓦里制作的小提琴。"佛罗伦萨的恶魔"已经死了，我开始为我的小说解剖他的尸体。

一天，我在佛罗伦萨的街头漫步，经过一家经营手工装订书的小店，立刻冒出个想法。我返回家中，以八行一段的版式将我们那篇"恶魔"文章打印出来，带到那家店里装订。店主手工装订了两本书，整个外包装是由佛罗伦萨皮革制成，衬页饰有大理石花纹。每本书封面上的书名、我们的名字以及佛罗伦萨百合花都用金叶压制而成。

恶魔

斯佩齐

&

普雷斯顿

两本书都带有签名，印有页码。之后，在斯佩齐家里吃饭的时候，坐在他家能俯瞰佛罗伦萨群山的阳台上，我将第一本拿给他看。他顿时被吸引了。他拿在手里不停把玩，非常喜欢封面上烫压而成的金色装饰和精美的皮革。过了一会儿，他抬头看着我，棕色的眼睛闪闪发亮。"道格，我们已经做了这么多工作……咱们应该写一本有关'恶魔'的书。"

我立刻被这个想法迷住了。我们商量了一下，决定应首先在意大利出一个意大利语版，然后再为美国读者进行改写，尽力使其在美国出版。

多年来，我的小说的意大利语版本都是由RCS图书集团旗下的松佐诺出版社出版。RCS图书集团隶属于一家大型传媒出版集团，旗下拥有里佐利出版公司和《晚邮报》。我打电话给我在松佐诺的编辑，她很感兴趣，特别是后来我们又将没能在《纽约客》发表的那篇文章寄给她之后。她邀请我和马里奥前往米兰，洽谈出版事宜。一天，我们搭乘火车来到米兰，对编辑说出了我们的想法，然后带着一份稿费不菲的合同离开。

RCS图书集团对这个构思很感兴趣，因为他们最近出版了另一本有关"恶魔案"的书，此书十分畅销。知道作者是谁吗？总督察米凯莱·朱塔里。

第三十七章

与此同时，朱塔里的调查在"恐怖别墅"事件之后停滞不前，现在却又重新活跃起来。二〇〇二年，在邻近的翁布里亚省，一条新的调查战线突然出现——在美丽而又古老的山城佩鲁贾，那里距离佛罗伦萨一百五十公里。此事最初迹象是斯佩齐同年早些时候，接到加布里埃拉·卡利齐打来的一个奇怪的电话。你或许还记得，卡利齐就是那个声称"红玫瑰会"不仅指挥"恶魔"进行杀戮还是"九一一"事件幕后指使的疯女人。

卡利齐有一件"大事"要告诉"恶魔专家"斯佩齐。一天，在向罗马附近雷比比亚监狱的囚犯提供帮助的时候，她从一名囚犯那里获悉一条惊天秘闻，那人是意大利臭名昭著的"马利亚纳匪帮"的成员。据他所言，佩鲁贾一位医生于一九八五年在特拉西梅诺湖畔溺水而亡，他的真正死因并非当时的调查结论所称属于意外或自杀，而是被人谋杀。他是被"红玫瑰会"杀害的，他本人就是该教一名会员。"红玫瑰会"其他成员将其斩草除根是因为他已经靠不住，正打算向警方告发他们邪恶的活动。为了掩盖罪证，他的尸体与另一人调包之后被投进湖中。因此，那个医生坟墓里的尸体并非他本人，而是另外一人。

斯佩齐与阴谋理论家打过多次交道。他向卡利齐表示了感谢，但遗憾地表示不想对此事进行跟踪报道。他十分客气地以最快速度结束了与她的对话。

斯佩齐还隐约记得那个淹死的医生的事情。一九八五年最后一起"恶魔谋杀案"的一个月后，一位来自佩鲁贾一个富有家族的帅气年轻男子淹死在特拉西梅诺湖中，他名叫弗朗切斯科·纳尔杜奇。当时人们风传，他之所以自杀是因为他就是"恶魔"，因无法承受自己的滔天罪行而选择自尽，或者是因为他的家族已经发现了真相，所以对他痛下杀手。最初调查"恶魔"的警方当时对这个传言进行了常规调查，最终否定了这些传言。

二〇〇二年年初，在斯佩齐拒绝对此事进行报道之后，不知疲倦的卡利齐又将这事讲给佩鲁贾的公诉人听。此人名叫朱利亚诺·米尼尼，整个佩鲁贾省属于他的管辖范围。（公诉人是负责某个地区的公共检察官，这个职位与美国的地方检察官有些相似。公诉人代表了国家的利益，在法庭上站在国家的立场上对案件进行辩论。）米尼尼法官对此很感兴趣。此事似乎与他当时正在调查的另一个案子有所关联。此案牵涉到一些放高利贷者，他们以最高的利息贷款给店主和职业人士，倘若不还钱的话，这些人就会进行野蛮报复。曾有个小店主未能按时支付利息，决定告发他们。她将那些人的恐吓电话录音，将磁带寄给了公诉人办公室。

一天早晨，我正在焦戈利的农场办公室工作，接到了斯佩齐的电话。"'恶魔案'又上新闻了，"他说，"我马上赶到你家。准备好咖啡。"

他到的时候手里攥着一堆那天早上的报纸。我看了起来。

"小心点，否则我们会像在特拉西梅诺湖里对付那个死医生一样对付你。"报纸引用了恐吓电话录音里放高利贷者的一句话。要紧的是，这里并未提及名字和事实。而公诉人米尼尼却从字里行间读出很多信息。显然是在卡利齐告诉他信息之后，他得出了如下结论：弗朗切斯科·纳尔杜奇是被放高利贷的人所杀，其中一些高利贷者也许与"红玫瑰会"或其他邪恶集团有干系。因此，放高利贷者和纳尔杜奇遇害可能与"佛罗伦萨的恶魔"连环杀人案有关。

公诉人米尼尼法官向总督察朱塔里通报了与"恶魔案"有关的这件事，朱塔里和他的"连环命案调查组"立刻行动起来。纳尔杜奇不是自杀，而是他杀。凶手要杀他灭口，是为了不让外人知道他知道的可怕秘密。

"这一切简直无法理喻，"我说，已经读不下去了，"全是一派胡言。"

斯佩齐点点头，冷冷地笑道："在我年轻的时候，他们绝不会报道这种无稽之谈。意大利新闻开始走下坡路了。"

"但起码，"我说，"我们的书有了更多的创作素材。"

没多久，报纸上出现了更多类似的新闻。这一次，虽然还是引自身份不明人士，但多家报纸报道了最新版的"磁带录音"。现在，那个高利贷者这样说道："小心点，否则我们会像对付纳尔杜奇和帕恰尼那样对付你！"

后来，斯佩齐从别人那里得知，磁带上的录音并非如此具体，原文是：我们会在湖边像对待那个死医生一样对付你。根本没有提及纳尔杜奇和帕恰尼的名字。一番调查之后，斯佩齐发现了另一个医生的存在，此人在赌博中输掉了二十多亿里拉，他的尸体在那个恐吓电话出现前不久在特拉西梅诺湖岸找到，脑袋里有一颗子弹。与之前"在湖里"不同的是，磁带里说的是"在湖边"，似乎指的就是这个医生，而不是纳尔杜奇，毕竟纳尔杜奇早在恐吓电话出现的十五年前就已经过世。

但在这条新消息公布之时，对死去的纳尔杜奇医生的调查已经如离弦之箭，收不回来了。佩鲁贾公诉人米尼尼法官下令把纳尔杜奇案当作谋杀案来调查，朱塔里和他的精英警队随即展开了调查。他们开始寻找纳尔杜奇之死与"佛罗伦萨的恶魔"杀人案之间的关联，而且还真找到了许多联系！新的调查理论提出了一些饶有趣味的哥特式想法，并透露给媒体。据媒体报道，纳尔杜奇医生一直都负责看守从女人身上切下的那些性器。杀他的目的是为了阻止他泄露秘密。一些佩鲁贾最富有的家族参与了邪恶的祭礼，也许是打着"共济会"的旗号，纳尔杜奇的父亲和岳父皆属于这个组织。

朱塔里和GIDES的警探拼命地将纳尔杜奇生命里最后日子的碎片拼凑到一起，以期找到破案线索。

弗朗切斯科·纳尔杜奇医生来自佩鲁贾一个富有的家庭，他才华横溢，聪颖好学，三十六岁便成为意大利肠胃病学界最年轻的医学教授。照片里，他看起来英俊潇洒，还带有几分男孩般的稚气，皮肤晒得黝黑，脸上总挂着微笑，显得健康而又优雅。纳尔杜奇的妻子名叫弗朗切斯卡·斯帕尼奥利，娇美可人，是时尚女装制造商路易莎·斯帕尼奥利的财产继承者。

也许正是因为纳尔杜奇家族有权有势，这一家人在佩鲁贾并不受人喜爱。在财富和权力的光鲜表面背后，也同样有着烦恼和忧愁。有一段时间，弗朗切斯科·纳尔杜奇一直都在服用哌替啶（德美罗止痛药），而且剂量越来越大。根据一份医学报告，他死前每天都在服用此药。

一九八五年十月八日上午，阳光灿烂，天气炎热。纳尔杜奇在佩鲁贾的蒙泰卢切医院里巡视病房，中午十二点半左右有位护士叫他接电话。此后，发生的事情有些混乱。有证人称，接了那个电话后，纳尔杜奇停下手上的工作，显得神情紧张、心事重重。还有人表示，他有条不紊地完成了工作，然后若无其事地离开了医院，走之前还询问同事是否想乘船到特拉西梅诺湖上兜风。

下午一点三十分，他回家与妻子共进午餐。两点钟，纳尔杜奇的别墅所在的码头主人接到他的电话，询问他的摩托艇是否可以开进湖里。码头主人回答一切准备就绪。但是在纳尔杜奇离开家的时候，却跟妻子撒谎，说要回医院一趟，会早早回家。

纳尔杜奇骑着本田四〇〇越野摩托车直奔特拉西梅诺湖，不过并没有直接驶向码头。他先是去了一趟他的家族在圣菲利奇亚诺的房子。传言说，他在那里写了封信并置于窗台上，但警方已无从查证。如果这封信真的存在的话，警方一直都未公之于世。

下午三点三十分，纳尔杜奇医生终于赶到码头。他跳进摩托艇，一艘豪华的红色"格里福"，发动了七十马力的引擎。码头主人建议他不要走得太远，因为油箱里只剩下半桶油。弗朗切斯科告诉他不用担心，然后径直向一公里半之外的保尔维赛岛驶去。

这一去就再也没有回来。

大约五点半，天色渐暗，码头主人感觉不妙，立刻给弗朗切斯科的哥哥打电话。晚上七点三十分，宪兵驾船展开搜救。但是特拉西梅诺湖是意大利最大的湖泊之一，直到翌日傍晚，他们才发现空荡荡的红色"格里福"漂在湖上。摩托艇上有一副太阳镜、一个钱包和一包纳尔杜奇钟爱的梅力特牌香烟。

五天之后，人们发现了他的尸体。尸体被运到岸上，一张黑白照片记录了当时的场景：纳尔杜奇直挺挺地躺在码头上，周围站着一圈人。

卡利齐告诉公诉人，纳尔杜奇的尸体已经被人调包，扔进湖里的不过是骗人诱饵。为了核实这句话的真伪，朱塔里委托专家对照片进行分析。将码头上的木板作为标准比对之后，专家们最终认定照片中的尸体是一个比纳尔杜奇矮四英寸的男子。他们还算出，尸体的腰围要远远大于身材修长的纳尔杜奇的腰围。

其他专家表示反对。一些人指出，在水里漂浮五天的尸体肯定会出现浮肿。码头的木板宽度也并非都是一样的，况且出事的码头已经被人整修过。谁还知道十七年前码头木板的宽度？站在尸体四周的所有人，包括法医，都发誓尸体肯定是纳尔杜奇本人。当时，法医将死因定性为"溺死"，据他估计，此事发生在一百一十个小时之前。

与意大利法律相违背的一点是，当时没有进行尸检。以他父亲为首的纳尔杜奇家族成功绕开这一法律规定。当时，佩鲁贾人心里都明白，这是因为该家族担心尸检报告将会显示，纳尔杜奇大量服用了德美罗止痛药。但对于朱塔里和GIDES而言，漏掉尸检却具有重要意义。他们声称，纳尔杜奇家族利用欺诈手段，避开尸检，是因为那具尸体根本不是纳尔杜奇。他的遇害以及尸体被调包这件事，整个家族串通一气，想要掩盖他们的罪恶。

朱塔里推断，弗朗切斯科·纳尔杜奇是被人谋杀的，因为他是"佛罗伦萨的恶魔"杀人案背后的邪恶组织的一员，是他父亲拉他入伙的。他被委以重任，负责保管那些帕恰尼和他的"野餐朋友"获取的令人毛骨悚然的生殖器。这位年轻的医生发现自己变得如此堕落大为震惊，他变得优柔寡断，意志消沉，已经靠不住了。那个邪恶组织的领袖决定将他除掉。

由总督察朱塔里领导的对邪恶组织的调查一度毫无进展，现在又重新活跃起来。他现在至少已找出了那个"恶魔凶杀案"背后令人深恶痛绝的组织的一个成员——纳尔杜奇。剩下要做的就是找到凶手，并将该组织的余党绳之以法。

第三十八章

　　随着对"恶魔"的调查不断升温，马里奥隔三差五就要跟我通一次电话。"你看过今天上午的报纸吗？"他常会这样问我，"真是越来越离谱了！"然后，我们会聚在我家里享用咖啡，认真阅读那些新闻，然后一起摇头。当时，我觉得这一切非常好笑，甚至令人着迷。

　　斯佩齐却不觉得有何好笑。他只希望"恶魔案"的真相能够水落石出。他满怀激情，全身心地投入到查明"恶魔"真实身份的过程中。他见过那些死去的受害者，而我没有。他遇到过大多数受害者家庭，目睹了他们为此遭受的伤害。我在离开温妮·龙蒂尼阴暗房子的时候擦掉了几滴眼泪，但是二十多年里斯佩齐不知擦过多少次眼泪。他目睹了无辜的生命被莫须有的罪名毁掉。我觉得离奇古怪甚至饶有趣味的事情，在他看来却极为残酷而又严肃。看到警方在一个荒唐无序的世界里越陷越深，令他十分痛苦。

　　二〇〇二年四月六日，在新闻记者的众目睽睽之下，弗朗切斯科·纳尔杜奇的棺材从墓中挖出，随即被人打开。棺材里装的是他的尸体，即使是十七年后他的面容仍然清晰可辨。DNA测试验证了这一点。

这是对警方理论的一次打击，却没有阻止"连环命案调查组"、朱塔里和佩鲁贾公诉人的脚步。即使没有找到替代他的人的尸体，他们仍然找到了证据。在水里浸过五天又在棺材里放了十七年之后，竟然仍能一眼辨认出死者的身份。朱塔里和米尼尼立即得出结论，尸体又一次被人调包。没错——纳尔杜奇的尸体在掩藏了十七年之后，被重新放回棺材里，另一人的尸体被转移至别处，因为阴谋家们提前得知尸体即将被挖掘出来。

纳尔杜奇的尸体被运往帕维亚的法医办公室，检查是否有谋杀的迹象。是年九月，检查结果出来了。法医报告指出，尸体喉部软骨左侧角质物撕裂，这"极有可能"是由于"脖子收缩而造成的猛烈的机械窒息（或是被人勒死，或是通过其他杀人手段将其勒死）"。

也就是说，纳尔杜奇是被人谋杀的。

各家报纸又借机大肆渲染。《国民报》大张旗鼓地报道：

谋杀案已成定论
惊天秘闻

纳尔杜奇遇害，是因为他知道什么秘密，还是看到了他不应该看到的什么东西？几乎所有警探都笃信帕恰尼和他的"野餐朋友"犯下的双重杀人案背后确实藏有神秘邪教和阴谋家……一伙人，约十个，对他们的亲信帕恰尼和他的"野餐朋友"下令行凶杀人……对疯狂收集可怕"牺牲品"的变态秘密组织的追查甚至将佩鲁贾警方也吸引进来。

我和斯佩齐又一次对新闻媒体这种信口雌黄的无端猜测瞠目结舌，这些令人咋舌的所谓"真相"出自对"佛罗伦萨的恶魔"历史一无所知的记者之笔，他们从未听说过"撒丁小道"，只会鹦鹉学舌般将警探或检察官透露的消息进行重复。条件句时态几乎不再使用，同样，类似"嫌疑的"和"根据"等限定词也极少出现。问号的使用只是为了获得耸人听闻的效果。斯佩齐再一次哀叹意大利新闻业的悲惨境地。

"杀害纳尔杜奇的人，"他说，"为何要策划如此复杂的杀人计划？难道这些记者就不会问一下自己这个显而易见的问题？为何不只是将他淹死，使其看起来像是自杀？为何要一而再、再而三地调换尸体？那第二具尸体到底来自何处？最初检查纳尔杜奇尸体的法医以及他的家人、朋友和那张照片里亲眼看到那具尸体的所有人都坚持认为死者就是纳尔杜奇。直到今天，他们还如此认为！难道所有这些人都参与了这起阴谋吗？"说完他难过地摇了摇头。

我难以置信地读完余下的文章。《国民报》这位幼稚的记者继续写道，警方报告表示"尸体的皂化（即内部器官、皮肤和毛发保存完好）与在水里浸泡五天的状况不符"。这对"尸体替换论"给出了更多的支持。

"'不符'是什么意思？"我将报纸放在一边，向斯佩齐问道。这个词我在"恶魔调查案"中见过不止一次。

斯佩齐笑道："'符合''不符'以及'相互矛盾'都是意大利专家生造的怪词，为的是不想承担责任。用'符合'这个词是为了免于承认他们其实什么都不明白。帕恰尼院子里的那颗子弹是否装进过'恶魔'的手枪？'这是符合的。'受害者喉部的断裂是不是某位带有杀人意图的人所为？'这是符合的。'那幅画是不是一位穷凶极恶的心理变态者所画？'这是符合的。'也许是，也许不是——简言之，我们不知道！如果鉴定专家是警方找来的话，专家们会说他们的结果与检察官的推断'符合'；如果是被告找来的专家，他们会说他们的结果与被告的推断'符合'。应该禁用这个词！"

"那么此案将会如何发展?"我问，"最终会怎样收场?"

斯佩齐摇摇头。"一想这个问题，我就害怕。"

第三十九章

与此同时，在风景如画的圣卡夏诺小镇，为了寻找"恶魔杀人案"的幕后指使者，朱塔里又开辟了一条新的战线。圣卡夏诺似乎位于这个邪恶势力集团的中心，与"恐怖别墅"（维德别墅）相距不过几公里。这里是那个不幸的邮差万尼以及被判为帕恰尼同犯的乡下白痴洛蒂的家乡。

一天清晨，斯佩齐打电话给我。"你有没有看过今天的报纸？别买了，我马上过来。这简直令人难以置信。"

他来到我家，显得心神不宁，手里紧攥着那份报纸，嘴里叼着根高卢烟。"这事有点太不可思议了。"他"啪"的一声把报纸放在桌上。"瞧瞧这篇文章。"

文章宣称，一个名叫弗朗切斯科·卡拉曼德雷伊的男子——曾是圣卡夏诺的一位药剂师——受到了GIDES的调查。他被怀疑是"恶魔凶杀案"的幕后策划者之一。

"卡拉曼德雷伊是我的一位老朋友，"斯佩齐说，"是他介绍我认识了我的妻子！这简直荒唐透顶、愚蠢可笑。那个人连个苍蝇也不会伤害。"

斯佩齐随后给我讲述了此人的经历。他与卡拉曼德雷伊认识是在六十年代中期，两人当时都是学生，斯佩齐学习法律，而卡拉曼德雷伊则研修药理学和建筑学。卡拉曼德雷伊聪颖好学，是圣卡夏诺唯一的药剂师的儿子。药剂师在意大利是个收入丰厚、地位颇高的职业，对卡拉曼德雷伊而言更是如此，因为圣卡夏诺是个富裕的小镇，镇上只有一个药房。卡拉曼德雷伊当时在佛罗伦萨开着一辆帅气的蓝旗亚富尔维亚跑车，出尽了风头。他高大、优雅、帅气，着装带有无可挑剔的佛罗伦萨风格。他说话带有一种机敏尖刻的托斯卡纳人式的幽默感，新交的女友似乎总要比上一个漂亮。在一家有名的餐厅里，卡拉曼德雷伊将马里奥介绍给后来成为他妻子的米丽娅姆（"我有个不错的比利时姑娘介绍给你，马里奥。"）后来，他俩都挤进卡拉曼德雷伊的车，开始了前往威尼斯的疯狂之旅，去赌场玩巴卡拉纸牌。卡拉曼德雷伊生动再现了意大利的那段短暂历史，即费里尼拍摄的电影《甜蜜的生活》中捕捉到的那段令人难忘的时光。

六十年代末，卡拉曼德雷伊与一位富有的工业家的女儿结婚。她身材娇小，一头红发，生性敏感。两人在圣卡夏诺举行了盛大的婚礼，马里奥和米丽娅姆都出席了。几天后，这对新人在度蜜月的途中，顺便拜访了斯佩齐的家。卡拉曼德雷伊当时开着一辆崭新的奶油色梅赛德斯300L敞篷车。

在随后的几十年中，斯佩齐就再也没有见过他。

二十五年后，他与卡拉曼德雷伊不期而遇，对他身上发生的变化颇感震惊。卡拉曼德雷伊变得身材臃肿，患上了重度抑郁症，身体每况愈下。他已经把药店卖掉，改行从事绘画，画的都是些带有悲剧和痛苦色彩的作品。他不是用画笔和画布，而是用橡胶管、金属片和柏油，有时还会用上注射器和止血带，还常用他的社保号码在画上签名，因为他说在当代意大利社会人们就是这个样子。卡拉曼德雷伊的儿子吸毒成瘾，为了能够吸毒沦为小偷。卡拉曼德雷伊陷入了绝望，不知还能做些什么，只得去警察局告发儿子，希望坐牢可以使他幡然醒悟，重新做人。但儿子出狱之后，仍然未能戒掉毒瘾，最终销声匿迹。

发生在他妻子身上的事情同样非常悲惨。她罹患精神分裂症。一次在朋友家的宴会上，她开始尖叫，乱摔东西，脱掉身上所有的衣服，在街上裸奔。后来，她被送往医院治疗。像这样因突然精神失常而被送往医院的事随后接踵而至。最终，她被诊断为精神机能紊乱，被转到疗养院治疗，直到今天还在那里。

一九九一年，卡拉曼德雷伊与她离婚。她随后给警察写了一封信，控告她的丈夫就是"佛罗伦萨的恶魔"。她宣称找到藏匿在冰箱中的受害者的身体碎片。她的信完全是无中生有，当时警方对此及时进行了调查，认为其荒唐可笑而不予受理。

但总督察朱塔里在整理警察局旧文件的时候，看到了卡拉曼德雷伊妻子的这封手写信。信上的字迹形状古怪，向信纸顶部倾斜。对朱塔里而言，"药剂师"几乎等同于"医生"。卡拉曼德雷伊曾是圣卡夏诺当地显赫富有的居民，而圣卡夏诺又是那个假想的邪恶势力集团的中心，这一事实更是激发了朱塔里的兴趣。这位总督察查看了对卡拉曼德雷伊以及该镇其他几个显贵人物的调查报告。二〇〇四年一月十六日，朱塔里请求得到对该药剂师的家进行搜查的许可证；十七日他顺利拿到搜查令；十八日清晨，朱塔里及其手下擂响了卡拉曼德雷伊在圣卡夏诺皮耶罗齐广场的房子的门铃。

十九日，"佛罗伦萨的恶魔"的新闻又一次充斥各家报纸。

斯佩齐不停摇头，显得难以置信。"我不喜欢事态如此发展。Mi fa paura. 这真让我担心。"

在佩鲁贾，对纳尔杜奇死因的调查进展迅速。警方得出结论，为了将尸体调换两次，那些有权有势的人一定策划了一个可怕的大阴谋。佩鲁贾的公诉人米尼尼法官下定决心解开这个秘密。他很快就做到了。又一次，意大利各家报纸，甚至包括客观严肃的《晚邮报》都开始连篇累牍地加以报道。这条新闻颇具轰动效应：据称，纳尔杜奇死后，佩鲁贾前总督察与宪兵队一位上校以及家族律师勾结在一起，极力阻止公开他的死因。这三人与这位死去的医生的父亲、哥哥以及在死亡证明上签字的医生串通一气，制造假象。他们犯下的罪行包括密谋罪、诈骗罪、破坏公物罪和私藏尸体罪。

除了揭发纳尔杜奇被杀的阴谋之外，检察官们还必须证明纳尔杜奇与帕恰尼、他的"野餐朋友"以及邪恶势力集团中心地带圣卡夏诺村之间有关联。

他们也成功证明了这一点。加布里埃拉·卡利齐向警方提供了一项证词，声称弗朗切斯科·卡拉曼德雷伊是在他的父亲介绍下加入了"红玫瑰会"，父亲这样做是想解决他儿子身上存在的一些性问题。卡利齐还说，这个邪恶团体几个世纪以来在佛罗伦萨以及周边地区十分活跃。警察和检察官似乎坚信卡利齐的供词是可以用来起诉的可靠证据。

就像提前安排好了一样，朱塔里和他的GIDES也找到一些证人，他们一口咬定见过弗朗切斯科·纳尔杜奇曾出现在圣卡夏诺，与卡拉曼德雷伊见面。很长一段时间之后，这些新目击者的名字才被公布。最初听到这些名字，斯佩齐觉得这完全是个笑话，因为他们还是那些代数符号目击者"阿尔法"和"伽马"，他们多年前在帕恰尼的上诉审判时出其不意地作为目击者出席。这些证人包括普奇——那个声称目睹了帕恰尼杀死法国情侣的智障男子，以及吉里贝丽——那个酗酒的妓女，为了一杯酒她什么都可以做。然后又冒出了第三个目击者——此人不是别人，正是洛伦佐·内西！他一下子就记起帕恰尼和某个同伴驾驶那辆"微红"（实际应为白色）汽车，在法国游客遇害的那个"周日"晚上，出现在距离斯科佩蒂空地一公里的地方。

这三个目击者有惊天动地的新线索要透露，而八年前他们却都忘记提及，当年他们就以耸人听闻的证词震动了意大利全国。

对于那个"来自佩鲁贾的医生"，吉里贝丽虽然叫不出他的名字，但她从一张照片里认出是纳尔杜奇，她声称纳尔杜奇几乎每个周末都会来圣卡夏诺。她怎么会忘记呢？她自豪地告诉调查官，她跟他在一家宾馆里发生过四五次性关系，"每做出一个新花样，他会付我三十万里拉"。

在GIDES的办公室里，警察将很多人的照片拿给患有智障的普奇看，问他之前是否见过他们，是在哪里见过的。普奇的记忆力不可思议，二十年前的事情他还历历在目，虽然他不知道他们的名字。他认出了弗朗切斯科·纳尔杜奇，"又高又瘦，有点娘娘腔"。他认出了詹尼·斯帕尼奥利，那个淹死的医生的姐夫。他认出了佛罗伦萨最著名的一位医生，他因为对儿童性骚扰而麻烦缠身，他之所以被加进嫌疑犯的照片里，是因为调查官们认为这个邪恶的集团还牵涉到恋童癖。他认出一位受人尊敬的皮肤科医师和圣卡夏诺一位著名的妇科医师，两人也都被怀疑是那个邪教的成员。他还认出了卡洛·圣安杰洛，那个喜欢午夜时分在公墓出没的冒牌法医。

他还认出一位年轻的美国非洲裔发型师，他因患艾滋病已于几年前在佛罗伦萨病逝。

但对此次调查最为重要的是，他认出了圣卡夏诺的药剂师，弗朗切斯科·卡拉曼德雷伊。

普奇对于细节似乎毫无保留。"我在圣卡夏诺见过所有这些人，他们围聚在中央酒吧的大钟下面。我不敢保证他们每一次都在一起，因为我碰巧见到的都是他们单个人，但不管怎样这些人经常见面。"

洛伦佐·内西，连环杀人案的目击者，也认出了这些人，他还补充了另一个人的名字。他曾见过此人混迹于这群形形色色的人中间，此人不是别人，正是罗伯托·科尔西尼王子，一个被偷猎者打死的贵族，跟纳尔杜奇一样，被传是"佛罗伦萨的恶魔"。

被称为"伽马"的妓女吉里贝丽讲述了另一件事，牵扯到斯法恰塔别墅——就位于我在焦戈利的房子附近，马路对面就是那两个德国游客遇害的地方。"一九八一年，"她说，就像警察记录的正式证词一样，"有个医生在那幢别墅里为了将尸体制成木乃伊而进行实验……洛蒂也在多个场合谈起这个地方，而且时间也总是在八十年代，我们就是在那个年代去的那里。他告诉我房间的墙上涂满了壁画，但没告诉我具体位置。壁画就像帕恰尼画的那样。洛蒂总是跟我说，这幢别墅有个地下实验室，那个瑞士医生就在那里将尸体制成木乃伊。让我解释得再清楚一些：洛蒂说这位瑞士医生在去过埃及之后，搞到一张古老的莎草纸，上面详细介绍了如何将尸体制成木乃伊。他说那张莎草纸缺了关于如何将柔软的器官制成木乃伊的一块，我指的就是性器官和乳房。他告诉我这就是在'佛罗伦萨的恶魔'谋杀案中尸体会被切割的原因。他跟我解释，一九八一年这位医生的女儿遇害，死因也未被报告，因为这位父亲说他必须回到瑞士才能解释她失踪的原因。制作木乃伊的过程要求他必须将女儿的尸体藏在那个地下实验室里……"

　　也许想起了那些塑料蝙蝠和纸板骨架的尴尬经历，警方决定不去斯法恰塔别墅搜查帕恰尼的壁画、地下实验室和那个被制成木乃伊的女儿。

第四十章

"Dietrologia（动机研究），"尼科洛伯爵说，"要想理解'佛罗伦萨的恶魔'的调查，只要理解这个意大利词汇就行了。"

我们跟往常一样在博尔迪诺餐馆共进午餐。我吃的是咸鳕鱼，而尼科洛伯爵则在享用八珍烤鸡。

"Dietrologia？"我问。

"Dietro意指'后面'，Logia意指'对某物的研究'。"尼科洛伯爵一本正经地说，仿佛还身处演讲大厅，他优美的英语口音在这家洞穴般的饭馆内产生了回响。"'动机研究'指的是，显而易见的东西不可能是真的。总有什么东西隐藏在'后面'。这跟你们美国人所称的阴谋论不大一样。阴谋论含有理论的意思，有不确定性和可能性。研究别人动机的人只跟事实打交道。事实怎样就怎样。除足球之外，'动机研究'也是意大利的民族运动。每个人都对真正发生的事情颇有研究，即使……你们美国人是怎么说来的？……就算他们他妈的什么都不知道。"

"为什么？"我问。

"因为这让意大利人具有成就感！这种感觉也许只局限于一个白痴般的朋友组成的小团体，但至少他们熟悉内情。我知道你不知道的东西，这就是能力。'动机研究'与意大利人的'potere'（权利）心理紧密相连。你必须显得对什么事情都很了解。"

"这个词怎么会用在这次'恶魔'调查上呢？"

"我亲爱的道格拉斯，这才是事情的关键。他们必须不惜一切代价在这一显而易见的真相背后找些什么。绝不能什么事情都没有。为什么？因为你目睹的一切不可能就是真相。一切并没有看上去那么简单。这看起来是一次自杀吗？确定吗？回答是这肯定是一次谋杀。有人出去喝咖啡了？啊哈！他出去喝咖啡……但他到底是要做什么呢？"

他笑了笑。

"在意大利，"他接着说，"一直以来都有政治迫害的风气。你知道意大利人本质上容易嫉妒别人。如果有人赚钱了，那一定牵涉到欺诈行为。自然而然，他肯定与某个人串通一气。因为崇尚物质主义，所以意大利人非常嫉妒那些有权有势的富人。他们既怀疑富人，又想成为他们。他们对这些人有一种既爱又恨的感情。贝卢斯科尼[①]就是一个典型的例子。"

"这就是警探为何要寻找一个由权贵组成的邪恶集团的原因？"

"没错。他们不惜一切代价一定要查出什么东西来。一旦开始，为了保全面子就必须进行到底。为了达成目标，他们什么都愿意做。他们不能半途而废。你们盎格鲁-撒克逊人是不会理解地中海人的面子这个概念的。我曾在一个古老家族的档案馆里进行过历史研究，发现了一位先祖三百年

---

① Silvio Berlusconi（1936—2023），意大利前总理。

前做过的一件有趣的事。那并不是件罪大恶极的事，不过是一桩风流韵事而已，已经有很多人知道。那个家族的家长吓呆了。他说：'你不能将此事传出去！这会给我们家族带来多大的羞耻啊！'"

饭罢，我们起身到柜台买单。尼科洛伯爵照旧坚持要付钱。"他们认识我，"他解释说，"会给我打折的。"

在我们来到饭馆外铺满鹅卵石的大街上的时候，尼科洛神情严肃地盯着我。"在意大利，对敌人的仇恨即是如此。必须先竖个靶子，使其成为最终的敌手，认定他带来了所有的邪恶。调查'恶魔案'的警探们都知道，在这个简单事实的背后一定藏匿着一个邪恶集团，其势力已经渗透到上层社会。他们会千方百计地证明这一切。"他意味深长地看着我，"而对他们的理论表示怀疑的人可要遭殃了，因为这会使他成为共犯。他越是努力否认参与其中，证据越是真实可信。"

他将一只大手搭在我的肩上。"不过话又说回来，也许他们的推断也有些道理。也许确实存在一个邪恶的集团。毕竟，这是意大利啊……"

第四十一章

二○○四年是我们在意大利度过的最后一年。那一年对"恶魔"的调查掀起了新高潮。几乎每个月，都会有一则令人难以置信的报道堂而皇之地登上报纸。我和马里奥继续创作我们的书，不断收集和总结信息，积累了大量"恶魔案"最新进展的新闻剪报。马里奥也在继续做他自由新闻调查记者的事情，定期探访他在宪兵队里的熟人，打听新的信息，或者到处闲逛，寻找新闻线索。

"道格，"一天马里奥给我电话，"到里奇酒吧见我。我搞到一些劲爆新闻！"

我们又一次在常去的酒吧里碰头。我和家人在意大利一连住了四年，在里奇酒吧已经小有名气，不仅对酒吧老板及其家人直呼其名，而且有时也会享受到"打折"优惠。

斯佩齐那天迟到了。他依旧违规将他的车停在广场上，把他的"记者"牌置于车窗上，旁边还放着允许他将车开进古城的记者特许证。

他大步走进酒吧，扬起了一缕尘土。他点了一杯特浓咖啡和一杯矿泉水，大衣里还裹着一件重物。

他将鲍嘉式软呢帽随手扔到软长椅上，顺势坐到椅子上，将包在报纸里的一件东西拿出来，置于桌上。

"这是什么？"

"你会明白的，"他停下来将咖啡一饮而尽，"有没有看过 *Chi L'ha Visto?*（《谁是目击者》）这档电视节目？"

"没有。"

"这是意大利收视率最高的电视节目之一，是仿效你们的《美国头号通缉犯》制作的。他们请我在一个系列节目中合作，旨在重现'佛罗伦萨的恶魔'案的历史，揭示整个案件的来龙去脉。"

斯佩齐洋洋得意地吸了几口烟，四周随之烟雾缭绕。

"太棒了！"我说。

"还有呢，"他接着又说，眼睛闪烁起来，"我为这个节目找到一条独家新闻，连你也不知道！"

我呷了口咖啡，等他说下去。

"还记得我曾跟你提到过的一个侦探吗？他告诉我那对法国游客肯定是在周六晚上遇害的，因为他们身上有一些跟烟蒂一般大小的幼虫。我成功搞到那个周一下午法医团队拍摄的照片。照片一角印着照片拍摄的真实时间，大概是下午五点钟左右，即尸体被发现三个小时之后。放大这些照片，你能清楚地看到幼虫，它们个头很大。我做了一些研究，发现意大利有一位法医昆虫学领域的顶级专家，享誉海外，十年前他跟一位美国同事共同创造出一种基于幼虫的发育情况来确定死亡时间的破案手段。他名叫弗朗切斯科·因特罗纳，是帕多瓦的法医学院院长，兼任巴里法医学院的法医昆虫学实验室主任，还在那里担任教职。他在医学期刊上发表了三百篇学术文章，还是美国联邦调查局的专家顾问！所以我跟他通了电话，将照片寄给他，他随后把研究结果发给了我。结果十分理想！这就是我们一直在寻找的权威性证据，道格，帕恰尼是无辜的，洛蒂在撒谎，他的'野餐朋友'跟这宗谋杀案毫无干系。"

"太好了，"我说，"但这如何才能起作用？其背后的科学原理是什么？"

"那位教授简单地跟我介绍了一下。幼虫对得出死者确切的死亡时间非常重要。那些所谓的蓝蝇成群地在死尸上产下大量的卵。蓝蝇只在白天产卵，晚上不活动。蝇卵孵化需要十八到二十四个小时。然后，蓝蝇按照严格的生长周期发育长大。"

他拿出那份报告。"你自己看看吧。"

报告简明扼要。我费力地阅读了这份密密麻麻地写满意大利文的科学报告。报告表示，照片中法国受害者身上的幼虫"已经度过了发育的第一阶段，正处于第二阶段……那些虫卵不可能是在不到三十六小时前产在尸体身上的。人们现在持有的观点是：谋杀案发生在九月八日当晚（周日晚上）；蓝蝇应该是在九日清晨产下蝇卵，照片是在案发十二小时后即下午五点钟拍摄的。但从昆虫学的数据上看，这一观点没有任何事实依据。这些数据将遇害者的死亡时间至少再往回推了一天。"

也就是说，这些法国游客一定是在周六晚上遇难的。

"你知道这意味着什么吗？"斯佩齐问。

"这意味着，那些自称目击者的人都是些该死的骗子，因为他们无不表示在周日晚上目睹了那起凶杀案！"

"还有，洛伦佐·内西认定帕恰尼那个周日晚上在犯罪现场附近的证词根本不靠谱！如果这还不够的话，还有证据能够证明发生谋杀案的周六当晚帕恰尼并不在场。他那晚一直都待在农村集市里!"

这个观点至关重要。昆虫学的证据表明(似乎还需要更多的证据),帕恰尼和他的"野餐朋友"与"佛罗伦萨的恶魔"命案毫无关系。它也因此推翻了"邪恶组织说"的观点——因为这个推论完全构建在帕恰尼有罪、洛蒂的错误认罪以及其他代数符号证人的证词之上。他们确实就是费里法官在他的书中所称的"惯于说谎的粗鄙之徒"。

斯佩齐说,这个新证据会迫使警方重新对"撒丁小道"展开调查。在那个撒丁岛团伙阴暗深处的某个地方,真相终将大白,"恶魔"也将被揭露。

"这真是难以置信,"我说,"这个消息传播出去的话,肯定会引起巨大的轰动。"

斯佩齐默默地点点头。"这还不是全部。"他将放在桌上的东西的包装纸剥开,露出一块形状奇特的石头,形如截去一块的金字塔,侧边磨得光亮。石头带有缺口,显得年代久远,重量约为五磅。

"这是何物?"

"据总督察朱塔里所言,这块神秘莫测的石头是现实世界和阴曹地府之间沟通的媒介。在其他人看来,这不过是个门揳。我在佛罗伦萨的'罗马别墅'(现为'德国文化中心')的门后发现了这块石头。中心主任约阿希姆·布尔迈斯特是我的朋友,石头是他借给我的。它跟一九八一年'恶魔凶杀案'现场附近的巴特兰田地里找到的石头几乎一模一样。"

"《谁是目击者》,"斯佩齐继续说,"会在巴特兰田地案发现场拍摄一段短片。我会站在之前那块门揳被找到的地方,手握这块石头——证明朱塔里所谓的'神秘莫测的物体'不过是个门揳而已。"

"朱塔里会不高兴的。"

斯佩齐一脸坏笑。"这可不能怪我。"

二〇〇四年五月十四日，那集节目播出了。因特罗纳教授出现在节目中，给出了他的数据，并解释了法医昆虫学的原理。斯佩齐也出现在电视上，手拿门掣站在巴特兰田地里。

节目播出之后，并未如我们期待的那样激起轩然大波，似乎什么也没有发生过。检察机构和警方都未表现出丝毫兴趣。总督察朱塔里立刻将因特罗纳教授的调查结果视为无稽之谈。警察和检察官们也未对门掣进行任何评论。至于对帕恰尼所谓的"野餐朋友"洛蒂和万尼的定罪，执法官们发表了一项乏味的声明：意大利司法体系已经对那些案件作出了裁决，没有必要将其推翻重审。基本上，政府官员都小心翼翼地避开对这个节目进行评价。新闻媒体也没有追究此事。意大利绝大多数的报纸对这一切熟视无睹。这是纯科学，而不是有关"邪恶组织"的趣闻，对于提高报纸销量并无益处。对"邪恶组织"、幕后的策划者、墓中尸体的调换、有权有势的人们的阴谋诡计和被误认为是神秘物体的门掣的调查仍然势头不减。

斯佩齐出现在电视上确实产生了另一种明显的效果：激发了总督察朱塔里无尽的仇恨。

返回美国之前在佛罗伦萨度过的最后一夜，我们与马里奥和米丽娅姆以及其他朋友在他们能够俯瞰佛罗伦萨山脉、建在水磨石上的公寓里举行了欢送晚宴。那一天是二〇〇四年六月二十四日。米丽娅姆准备了一桌丰盛的饭菜，先上桌的是烤面包、甜椒和凤尾鱼，配以产自上阿迪杰地区的苏打白葡萄酒；紧随其后的是包在葡萄叶子里的野鸡和鹌鹑，是一位朋友头一天刚打的；还有产自维蒂基奥庄园的基安蒂经典红葡萄酒；长在荒野里的绿色蔬菜，配有当地辛辣的橄榄油和口感醇厚的十二年陈酿黑葡萄醋；产自马里奥的家乡圣安杰洛的新鲜羊乳干酪和英式甜羹。

前一天早晨，即六月二十三日，斯佩齐在《国民报》上发表了一篇文章。他采访了曾是圣卡夏诺邮差的万尼，后者被判为帕恰尼的共犯。我们饶有兴趣地听斯佩齐讲述他是如何非常偶然地遇到万尼的。当时他正在一家养老院里准备一些毫不相关的材料，没有人知道万尼因为年老体弱已经出狱。斯佩齐认出了他，赶紧抓住时机对他进行了采访。

"我到死都会被认为是'恶魔'，但我是无辜的"，这便是那篇报道的大字标题。斯佩齐说他之所以得到采访机会，是因为他让万尼想起了在圣卡夏诺的"美好旧时光"。当时他和万尼在一次节日里有过一面之交，而若干年后这个可怜的邮差却成为帕恰尼臭名昭著的"野餐朋友"。他们当时坐在一辆挤满了人的车里转来转去，万尼挥舞着意大利国旗。万尼还记得斯佩齐，让他不由勾起了对往昔的回忆。斯佩齐就是这样让万尼开口说话的。

在我们共进晚餐的时候，太阳还高悬在佛罗伦萨的群山上，在橄榄树林里洒满了金色的光辉。附近的中世纪蒙蒂奇圣玛格丽塔教堂响起送客的钟声，藏在我们四周深山里的教堂也纷纷鸣钟呼应。在夕阳的余晖中，暖风将金银花的香味传遍四周。在山谷里，一座巨大城堡的雉堞状塔楼在四周葡萄园里投下了长长的阴影。我们一边吃饭一边看着屋外的景色从金色慢慢褪成紫色，最终化为晚霞的余光。

那一刻，这一片美不胜收的风景与曾出没于此地的"恶魔"的鲜明对比，让我永世难忘。

马里奥趁机拿出一份礼物给我。我打开外包装，映入眼帘的是一尊仿造奥斯卡小金人的塑料雕塑，底座上写着："佛罗伦萨的恶魔"。

"这是为以我们的书为蓝本拍摄电影而准备的。"马里奥说。

他还送给我一幅铅笔素描,那是他多年前为彼得罗·帕恰尼创作的肖像画,画的是他受审时坐在审判席上的样子。马里奥在画上写着:"送给道格,谨此纪念一个卑鄙的佛罗伦萨人和我们之间的伟大合作。"

在回到我们在缅因州的房子之后,我将这幅素描挂在房后树林里一间供写作用的小木屋的墙上,旁边还挂着一张斯佩齐的照片。照片上他身穿大衣,头顶软呢帽,嘴里叼着高卢烟,站在屠宰场悬在空中的一排猪颊肉的下面。

我和斯佩齐当时仍然还在创作这本有关"恶魔"的书,所以经常通话。我怀念在意大利的生活,而缅因州十分静谧,尽管经常出现坏天气,还有浓雾和严寒,但我发现这里是工作的绝佳地点。(我开始明白为何意大利出画家,而英国出作家。)我们的小镇"圆塘"住有五百五十位居民,看起来活像一幅柯里尔和艾夫斯的平版画。镇上有一座教堂、一座白色尖塔、一排装有楔形板的房子、一家杂货铺,还有一个港口,里面满是捕龙虾的船。港口四周是一片橡树和五针松的树林。冬天,小镇铺满了一层厚厚的闪闪发亮的白雪,海上也会升腾起一层水雾。这里根本不存在"犯罪率"这个词,人们都懒得锁门,甚至在出行度假的时候也是房门大开。在当地农场,每年一次的"豆子盛宴"肯定会登上当地报纸的头版头条。十二英里以外是座"大镇",名叫"达马里斯科塔",常住人口有两千。

美意两地的文化冲击是相当大的。

我们继续通过电话和电子邮件撰写本书。大部分写作都由斯佩齐完成,而我则负责审稿并对他的文字提出修改意见,用我蹩脚的意大利语添加几个章节,斯佩齐只能对其重写。(我写的意大利文充其量算是五年级水平。）我还用英语写了一些材料，安德烈亚·卡洛·卡皮热心地将其翻译成意大利文。他是将我的小说译成意大利语的译者，我住在意大利的日子里我们成为至交。我们定期联系，这本书也因此进展顺利。我们当时还期待着那年年底将这份原稿交给意大利出版社。

二〇〇四年十一月九日上午，我走进书房，查收电子语音邮件，却发现马里奥发来了一份紧急邮件。一件令人震惊的事情发生了。

第四十二章

"警察！我们要进屋搜查！"

二〇〇四年十一月十八日凌晨六点十五分，马里奥·斯佩齐被门铃声和一个要求开门的警探的沙哑声音惊醒。

斯佩齐醒来后脑子里的第一个念头是将存有我们共同创作的书稿的软盘藏起来。他跳下床，沿着狭窄的楼梯迅速赶到顶楼的办公室，猛地将装有老式计算机磁盘的塑料箱打开，将一个标签上用英语注明"恶魔"的磁盘取出，塞进内裤里。

警察正要破门而入的时候，他恰好赶到了前门。一大群人涌进他家，三个……四个……五个。斯佩齐数了数，总共七个警察。他们多数人体形肥硕，身上肥大的灰褐色皮夹克使他们显得更加臃肿。

年纪最大的是朱塔里的GIDES的一名指挥官，其他人是警察和宪兵。"老家伙。"指挥官冷冷地朝斯佩齐打了个招呼，将一张纸塞到他的手里。

信的抬头写着"Procura della Repubblica presso il Tribunale di Perugia"——

"佩鲁贾法院检察官办公室",下面写着"搜查令,对被告的辩护权提供足够的信息和保证"。

此信直接发自佩鲁贾的公诉人朱利亚诺·米尼尼的办公室。

信纸上写着:"此人兹接受正式调查,因其犯下以下几项罪行:A),B),C),D)……"字母一直罗列到R,共十九项罪名,但没有一项罪行得以具体说明。

"这些ABC等罪行到底是什么?"斯佩齐问年长的那位警察。

"一时跟你解释不清。"那人应道。斯佩齐不可能知道这都是些什么罪名,因为它受到了司法保密令的保护。

斯佩齐难以置信地看着这次搜查的原因,上面写着他"对佩鲁贾调查部门表现出古怪而可疑的兴趣","一种狂热的情绪,企图通过电视媒体来破坏这次调查"。他猜想此项指控一定跟五月十四日播出的电视节目《谁是目击者》有关。在节目中因特罗纳教授现身说法,对邪恶集团的调查因此变得毫无意义;而斯佩齐挥动着那个门禁,使总督察朱塔里看起来活像个傻瓜。

那张搜查令批准对他的房子进行搜查,同样也批准可以对"在场的人或到场的任何人"进行搜身,以找到任何可能与"恶魔案"相关的物件,即使是关联不大的物件。"有充分的理由相信,这些物件也许就在上面提到那人的屋宅之中,或在他身上。"

读到这里,斯佩齐全身一阵颤栗。这意味着他们可以对他进行搜身。他能感到那张磁盘尖尖的塑料盒子正在刺进他的身体。

与此同时,斯佩齐的妻子米丽娅姆和二十岁女儿埃莱奥诺拉身着睡衣,站在起居室里,惊恐不安,大惑不解。

"告诉我你们都对什么感兴趣,"斯佩齐说,"我会给你们看的,可不要把我的家搞得乱七八糟。"

"我们想要你关于那个'恶魔'的所有东西。"老警察说。

这不仅包括斯佩齐在过去二十五年多的时间里调查和报道此案过程中收集的所有文档，还包括我们创作这本有关"恶魔"的书的所有材料。所有的调查资料都在斯佩齐手上，而我只有最近几份文件的副本。

他一下子明白这些人此行的目的。他们是想阻止他出版这本书。

"该死！你们什么时候能还给我？"

"我们检查完毕就给你。"老警察说。

斯佩齐将他带到阁楼上，将几大堆存档文件拿给他看：几包已经发黄的剪报、大量法律文件的影印品、弹道分析、法医报告、完整的庭审记录、审讯记录、判决书、各种照片和书籍。

他们将所有这些文件装进几个巨大的纸板箱里。

斯佩齐打电话给他在安莎社的一个朋友，该社相当于意大利的"美联社"，他幸运地拨通了那人的电话。"他们正在搜查我的家，"斯佩齐说，"他们正在把我与道格拉斯·普雷斯顿要创作的有关'恶魔'一书的材料拿走。没有材料，我一个字也写不出来。"

十五分钟后，有关这次搜查的报道出现在意大利各家报纸和电视台的网站上。

与此同时，斯佩齐打电话给"记者联合会"会长、"报纸联合会"会长，以及《国民报》社长。他们备感震惊，但更多的是义愤填膺。他们告诉他，会对此事提出强烈抗议。

斯佩齐的手机也快被人打爆。他的同事接连不断地打来电话，即使是在搜查缓慢进行的过程中也从未停过。他们都想采访他。斯佩齐向他们保证，警察完成搜查之后，他会亲自与他们见面的。

警察仍然在搜查他家的时候，记者纷至沓来。

警察并不满足于将斯佩齐展示给他们看的文件带走。他们开始翻箱倒柜，取下书架上的书籍，打开CD盒。警察还进入他女儿的房间，搜查她的衣柜、文件夹、书信、日记、剪贴簿和照片，把东西随手乱丢，搞得一片狼藉。

斯佩齐一把搂住米丽娅姆。他的妻子在不住地发抖。"别担心，这不过是次常规检查。"米丽娅姆当时身穿夹克衫，斯佩齐趁没人注意将手伸到内裤里，取出那张磁盘，偷偷塞进她的衣服口袋里，然后亲了一下她的脸颊，似乎是想安慰她。"把它藏起来。"他低声耳语道。

几分钟后，装作心烦意乱的样子，她一屁股坐在一张低矮的软垫椅子上。她知道软垫上有一处地方已经开缝。当警察背向她的时候，她迅速将软盘塞进椅子的开缝处。

搜查了三个小时之后，警察似乎完成了任务。他们将找到的东西全部装进纸板箱里，用带子将纸箱绑在行李架上。他们要求斯佩齐跟随他们到宪兵队的营地，他们会在那里编制一份清单，需要他在上面签字。

来到营地，他坐在一把褐色的瑙加海德皮沙发里，等着在清单上签名。就在这时他的手机响了，是妻子米丽娅姆打来的，她正在家里收拾东西。她在电话里不明智地用法语跟丈夫说话。斯佩齐和妻子在家中习惯用法语交流，因为她是比利时人，所以他们是双语家庭。他们的女儿在佛罗伦萨的法语学校里念书。

"马里奥，"她用法语说道，"不用担心，他们没有找到你最关心的那个东西。不过我找不到那些有关仿云石的文件了。"仿云石是一种古董桌，斯佩齐有一张非常珍贵的仿云石桌子，可以追溯到十七世纪，他们刚刚对其进行了修补，正打算出售。

在这个节骨眼上，用法语讲这些话是非常不合时宜的，因为很显然他们的手机已经被人窃听。他立即将她打断。"米丽娅姆，现在不好讲这些话……时机不对……"斯佩齐挂断电话的时候脸唰地一下子红了。他知道妻子这番话完全出于无心，但别人可以对其进行恶意曲解，特别是他们又是用法语对话。

没多久，老警察走了进来。"斯佩齐，我们需要你到里面待一会儿。"

斯佩齐站起身，跟随他们走进隔壁房间。老警察转过身，狠狠地瞪着他，脸上写满了敌意。"斯佩齐，你没有跟我们合作。这不会起任何作用的。"

"没有合作？'合作'这个词是什么意思？我让你们随意处置我的房子，这样你就能把你肮脏的双手随意放在你想放的地方，你还想怎样？"

他冷酷无情地瞪着斯佩齐。"我说的不是这个东西。不要摆出一无所知的样子。乖乖合作的话，对你只有好处没有坏处。"

"噢，我明白了……肯定是跟我妻子说法语有关。你认为她是在用暗语告诉我什么事情吧。但你知道法语是我妻子的母语，她讲法语是很正常的事情，我们经常在家里说法语。至于她说的内容，"斯佩齐猜想那个老警察只会说意大利语，"也许你听不懂，她指的是你没有看到过的一份文件，那份文件是我与出版社之间有关'恶魔案'这本书的一份合同。她想要告诉我你没有将其拿走。仅此而已。"

老警察依然眯着眼睛盯着他，表情毫无变化。斯佩齐心想，问题可能出在"仿云石"这个词上。文物收藏界之外，极少有意大利人知道这个词的意思。

"是不是那个仿云石？"他问，"你知道仿云石是什么吗？这是不是就是问题所在？"

警察没有回答，但很显然这就是症结所在。斯佩齐试图解释，但徒劳无益。警察对他的解释并不感兴趣。

"斯佩齐，很抱歉告诉你，我们将重新对你家进行搜查。"

他们转身就走。警察和宪兵回到他们的警车里，带着斯佩齐重返他的家中。在随后的四个多小时里，他们将他家里翻了个底朝天，这一次是真的将家里搞得一片狼藉。

他们什么东西都没有放过，连书房里书籍后面的空隙都查了个遍。他们带走了电脑和所有的软盘（除了藏在软垫里的那个软盘），甚至还拿走了"扶轮社"的菜单，斯佩齐曾在那里参加过一次有关"恶魔"的会议。他们带走了他的电话簿和所有信件。

他们一个个都显得气势汹汹。

斯佩齐也开始失去耐心。在穿过书房房门的时候，他指了指从德国朋友那里借来的那块门掣，他在电视节目里向观众挥舞的就是这块石头。石头位于门口，正起到门掣应有的作用。"你看到那个东西了吗？"他不无讽刺地对警探说道，"它就像在'恶魔案'的案发现场找到的那个截掉上半截的金字塔状的石头，你们坚称这是个'神秘莫测的物体'。就在那里，看个清楚：难道没发现这只不过是个门掣而已？"斯佩齐一脸鄙夷地笑道，"托斯卡纳农村的房子里到处都是这玩意儿。"

他犯了一个极为严重的错误。警探抓起门掣，将其带走。这样，又多了一个指控斯佩齐的物证。此物与GIDES和朱塔里认为对他们的调查至关重要的那个物证完全一样，《晚邮报》曾在头版头条对其进行过报道，极为严肃地称其为"将世俗世界与阴曹地府联系在一起的物体"。

在警察准备的从斯佩齐家取走物品的报告里，这个门掣被描述成"截断的锥体，基部呈六角形，隐藏在门后"，这种措词暗示了斯佩齐特别努力地将它藏了起来。佩鲁贾的公诉人朱利亚诺·米尼尼在一份报告里辩解他为何要留下这个门撑，声称此物"将被调查的这个人（即斯佩齐）直接与系列双重杀人案联系在了一起"。

换句话说，正是由于这个门撑，斯佩齐不再被怀疑只是妨碍或干预对"佛罗伦萨的恶魔"的调查。现在，警方相信在他家里发现的门撑直接将他与"恶魔案"联系在了一起。

《谁是目击者》节目和六月二十三日的文章令朱塔里对斯佩齐深恶痛绝、心生怀疑。在朱塔里出版的一本有关此案的著作《恶魔：调查的剖析》中，这位总督察解释了他是如何产生怀疑的。书中的内容有助于我们窥探他的内心世界。

"六月二十三日，"朱塔里写道，"一篇（斯佩齐的）文章刊登在《国民报》，是对无期徒刑犯马里奥·万尼的一次'独家'专访，标题是'我到死都会被认为是"恶魔"，但我是无辜的'。"

在那篇文章里，斯佩齐提到他曾与万尼在圣卡夏诺见过一面，那是"恶魔凶杀案"多年以前的事情。朱塔里认为这是一条重要线索。"令我有些吃惊的是，两人年轻时期就认识了，"他在书中写道，"但更令我惊讶的是，这个极力妨碍警方对'恶魔案'进行调查并极力袒护'撒丁小道'的全民公敌，不仅透露过自己与被起诉的前药剂师（卡拉曼德雷伊）过从甚密……现在又爆料自己是马里奥·万尼的老朋友。"

朱塔里后面又说，斯佩齐"参加电视系列片"，企图将人们的注意力重新转移到"撒丁小道"上，"重新搬出那个令人厌烦且无从证实的理论"，人们早已不再相信这个理论。

"现在，"朱塔里写道，斯佩齐"不断干扰公务，已经开始令人生疑"。

拥有了那个门撑，朱塔里和米尼尼掌握了能够将斯佩齐和"恶魔"

犯罪现场联系起来的物证。

警察离开之后，斯佩齐顺着楼梯脚步缓慢地向顶楼走去，害怕看到他担心的一幕。情况比他担心的还要糟糕。他一屁股坐在我离开佛罗伦萨之前送给他的椅子上，面前曾摆放着电脑的桌子现在空荡荡一片。他呆呆地凝望着乱糟糟的房间。那一刻，他回想起一九八一年六月七日那个清澈明朗的周日早上，那已经是二十三年前的事情。当时他的同事求他帮忙值班，还向他保证"周日一切太平"。

他永远也无法想象此事将会如何收场。

他后来跟我讲，当时想给我打电话，但那时美国已是深更半夜。他不能发电子邮件，因为没有电脑了。他决定离开家，在佛罗伦萨的街上找一家网吧，发邮件给我。

屋外，一大群记者和电视摄像机已经等候多时。他说了几句话，回答了几个问题，然后钻进他的车里，开车进了城。在本奇街上，距离圣十字教堂几步路的地方，他走进一家网吧，屋里满是满脸青春痘的美国学生，他们正在通过网络电话与父母通话。他在一台电脑前面坐下，耳边传来一段声音低沉、曲调哀怨的长号音乐，是由马克·约翰逊演奏的查尔斯·明戈斯[①]作品《别了，平顶帽》。斯佩齐链接上他的邮件服务器，输入电子邮箱信息，发现已经收到我的一封邮件，里面还带有附件。

在撰写此书的时候，我们一直都通过电子邮件联系，讨论如何修改对方的章节。他当时看到的是本书的最后一章，是对安东尼奥进行的访谈。他回给我一封邮件，告诉我他家遭警方搜查的事情。

翌日清晨，收到那封邮件之后，我立刻打电话给他，他给我讲述

---

① Charles Mingus（1922—1979），美国爵士乐作曲家、低音提琴家。

了事情的经过，寻求我的帮助，希望我能公布我们的研究材料被查封的事情。

在警察带走的资料中，有我们为《纽约客》写的那篇未曾发表的文章的草稿和所有笔记。我给《纽约客》的总编辑多萝西·威肯登打去电话，她给了我一个能够帮上忙的人员名单，同时还向我解释，因为他们并未登载这篇文章，所以《纽约客》编辑部觉得直接干预并不妥当。

连续几日，我不停写信和打电话，却很少有人回应。可悲的是，没有几个美国人对一位因激怒警方而致使文件被人带走的意大利记者感兴趣，人们更多地关注在伊拉克被炸死和在俄罗斯被杀的记者。"如果斯佩齐被监禁的话……"这种话我听了不知道多少遍，"我们可以帮你。"

最终，"国际笔会"干预了此事。二○○五年一月十一日，伦敦"国际笔会"的"狱中记者委员会"向朱塔里寄了封信，谴责警方对斯佩齐家进行搜查并查封我们的文件。信里写道："'国际笔会'认为此举违反了欧洲人权公约的第六条第三款，该条款保证每个被控违法的人都有权立即被通知，而且都应详细地被告知对其指控的性质和原因。"

作为回应，朱塔里又一次下令对斯佩齐的家进行搜查，这一次发生在一月二十四日。在此次搜查中，警方带走了一台坏电脑和一根拐杖，他们怀疑拐杖里兴许藏有一个秘密的电子装置。

但他们始终未能拿到斯佩齐塞在内裤里的那张磁盘，我们因此得以继续创作这本书。在随后几个月里，警方断断续续地将斯佩齐的大部分文件、公文、我们的笔记和他的电脑还给了他，但那个臭名昭著的门掣却一直未还。朱塔里和米尼尼现在十分清楚我们这本书的内容，因为他们得到了斯佩齐电脑上的所有草稿。而且，他们似乎很不喜欢他们读到的东西。

一个晴朗的清晨，斯佩齐翻开报纸，映入眼帘的大字标题差点让他从椅子里摔到地上。

纳尔杜奇谋杀案
记者受到调查

朱塔里对斯佩齐的怀疑逐渐明朗起来，如同葡萄酒在一个密封性不佳的木桶里变成了醋一样。斯佩齐一下子从妨碍司法的记者变成了命案嫌疑犯。

"当读到这条新闻，"斯佩齐在电话中跟我说，"我觉得自己就像是在杰里·刘易斯和迪安·马丁执导、改编自卡夫卡《审判》的那部电影之中。"

第四十三章

从二〇〇五年一月至二〇〇六年一月整整一年的时间里，斯佩齐的两个律师想努力查明警方究竟是以什么罪名控告他，却都无功而返。佩鲁贾的公诉人依照segreto istruttorio——"司法保密令"向外界封锁了这几项指控的具体内容，这使得披露任何与指控相关的信息都是违法的。在意大利，"司法保密令"发布之后，检察官常会对他们选定的记者进行有选择性的透露，这样这些记者报道的时候便不用担心会受到指控。这样一来，检察官允许记者报道的都是符合他们利益的细节，而记者被禁止报道其他东西。现在发生的事情似乎就是如此。多家报纸表示，斯佩齐被怀疑妨碍对纳尔杜奇谋杀案的调查，这不禁令人怀疑他可能是这起谋杀案的从犯，并且极力想要掩盖自己的罪行。这样做的真正意图并不明朗。

二〇〇六年一月，我们的书完成结稿，发给了出版社。书的名字是 *Dolci Colline di Sangue*，直译过来是《血色的大好河山》，是对一个意大利短语"佛罗伦萨的大好河山"（*dolci colline di Firenze*）的戏仿。此书计划于二〇〇六年四月出版。

二〇〇六年初，斯佩齐从佛罗伦萨的公用电话亭里给我打来电话。他说，在写另外一篇与"佛罗伦萨的恶魔"毫无关系的文章时，他遇到一个名叫路易吉·罗科的人。此人服过刑，但不是重刑犯，他竟然是安东尼奥·芬奇的老朋友。这个罗科告诉斯佩齐一件非比寻常的事情——此事会使此案真相大白。"这是我二十年来一直苦苦寻觅的突破口，"马里奥告诉我，"道格，这真是令人难以置信。有了这条新信息，此案终于可以告破了。他们对我的电话进行了监听，电子邮件也不安全。所以你必须要来意大利一趟，然后我告诉你全部。道格，你是此事的一部分。齐心协力，我们肯定能揭开'恶魔'的身份！"

二〇〇六年二月十三日，我和家人飞抵意大利。我将家人安置在吉贝利纳大街一处漂亮的公寓里之后，便直奔斯佩齐的家，听他讲述这不可思议的故事。

在饭桌上，马里奥给我讲述了此事。

几个月前，他一直都在为一篇文章进行调研，那是有关一名女子被替一家制药公司服务的医生欺骗的事。那个医生利用了她，没有经她同意，让她服用一种新研制的心理药物，使她成为试验品。此案是费尔南多·扎卡里亚告诉斯佩齐的。扎卡里亚曾是一名警探，十分擅长打入贩毒集团，现在成为佛罗伦萨一家私人保安公司的总裁。扎卡里亚对不公的事情深恶痛绝。他免费搜集证据，协助寻找那个医生通过非法实验伤害那位女性的罪证。他想让斯佩齐对此事进行曝光。

一天晚上，斯佩齐来到这位受伤女性的家中，在场的还有她的母亲和扎卡里亚。他随口提及他对"佛罗伦萨的恶魔"案的调查，取出一张他碰巧带在身上的安东尼奥·芬奇的照片。她的母亲正在倒咖啡,凝视着照片,突然高声叫道:"哎呀! 路易吉认识那个男人! 在我还是个孩子的时候,我也认识他和他们那帮人。我记得他们常常带我到农村参加他们的节日。"她提到的那个路易吉是她的前夫,名叫路易吉·罗科。

"我一定要见见你的前夫。"斯佩齐说。

翌日晚上,他们再次围坐在同一张桌子前,在场的有扎卡里亚、斯佩齐、那个女子、还有路易吉·罗科。罗科长得活像一个地痞流氓,沉默寡言,脖子粗得像头公牛,一张四方大脸,一头棕色鬈发。他穿着运动服。不过,他的蓝眼睛里带有一种谨慎但又坦率的神情,让斯佩齐喜欢。罗科看了看那张照片,证实他非常了解安东尼奥和其他几个撒丁人。

斯佩齐简要地向罗科介绍了"佛罗伦萨的恶魔"案,并表示他相信安东尼奥可能就是"恶魔"。罗科饶有兴致地听他讲述整个案子。几分钟之后,斯佩齐谈起了问题的关键:罗科是否知道连环杀人案期间安东尼奥可能用过的秘密房子? 斯佩齐常跟我说,"恶魔"很可能在使用一幢乡间被遗弃的房子,或者一座废墟,在杀人前后作为藏身之处,那里藏着他的枪、刀以及其他物品。连环命案发生期间,托斯卡纳乡间布满了这种被遗弃的房子。

"此事我早有耳闻,"罗科说,"我不知道房子在哪里。但我认识的一个人应该知道。他叫伊尼亚齐奥。"

"没错,伊尼亚齐奥!"扎卡里亚大叫,"他认识一大堆撒丁人!"

罗科几天之后打电话给斯佩齐。他已经与伊尼亚齐奥谈过,知道了安东尼奥的藏身之处。他们在佛罗伦萨城外一家超市里见了面。斯佩齐和罗科找了家咖啡馆,马里奥大口喝浓咖啡,而罗科喝堪培利开胃酒,掺着马提尼和罗西酒。罗科的话令人非常激动。伊尼亚齐奥不仅知道那个藏身处，而且一个月前还与安东尼奥去过那里。伊尼亚齐奥注意到里面有个大衣橱。衣橱正面装的是玻璃，他能透过玻璃看到里面有六个上锁的金属箱子，摆成了一排。他的目光落在下面并未完全合上的抽屉里，他瞥见了抽屉里面有两把或许是三把手枪，其中一把可能是点二二口径的贝雷塔。伊尼亚齐奥问安东尼奥，那些金属箱子里装了什么东西，他态度傲慢地回答："那是我的东西。"他一边说一边拍拍自己的胸脯。

六个金属箱子。六个女性受害者。

斯佩齐几乎无法掩饰兴奋之情。"那就是我想要的细节，"他吃饭的时候说，"六个。罗科怎么能知道？大家都在说'恶魔'行凶过七八次。但是罗科说六个箱子。六个：'恶魔'杀死的女性的数量，要排除一九六八年凶杀案，因为那不是他干的，还有他误杀了一对男同性恋。"

"但是他并没有切割所有的受害者。"

"是的，但是心理学专家说，他会从每一个受害者身上带走纪念品。在犯罪现场，女孩的钱包几乎无一例外都在地上，袋口敞开着。"

我近乎陶醉地听着。如果那个"恶魔"的贝雷塔，意大利历史上最有名的手枪，就在那个衣橱里，还有受害者其他的物品，那这将成为我这一生最大的新闻。

斯佩齐继续说："我让罗科亲自去一趟那房子那里，告诉我具体位置，描述给我听。他答应了。几天之后，我们又在同一地点见面。罗科告诉我，他去了一趟，向屋内望了望，能够通过窗户看到装有六个金属箱子的衣橱。他告诉我如何去那里。"

"你去了吗？"

"我当然去了！我和南多一起去的。"斯佩齐说，那个废弃的房子位于佛罗伦萨西部巨大的千亩庄园，名叫"比比亚尼别墅"，邻近卡普拉伊亚镇。"那是栋非常漂亮的别墅,"斯佩齐说,"带有花园、喷泉、雕像和种着稀有树种的巨大公园。"

他拿出手机,给我看他拍下的几张那幢别墅的图片。看到照片上的别墅如此大气,我不禁惊呆了。

"你是如何进去的?"

"这不是问题!那里向公众开放,出售橄榄油和葡萄酒。他们还出租场地,供人举办婚礼等。那里的大门敞开着,甚至还有一个公共停车场。我和南多在附近走了走。在那幢别墅几百米外,一条泥路通向两幢破败的石屋,其中一幢符合罗科的描述。可以通过森林里一条单独的小路抵达那两幢石屋,那里非常隐秘。"

"你没有破门而入吧?"

"没有,当然没有!不过我当时确实想这样干!只是想看看那个衣橱是否真的在那里。那样做极为愚蠢。这不仅是非法闯入别人的领地,而且我一旦找到那些东西,该如何处理那些箱子和枪呢?不,道格,我们必须报警,让他们来处理此事——希望随后能搞到新闻。"

"那你当时报警了吗?"

"还没有。我在等你来呢。"他身体前倾,说道,"好好想想,道格。在随后两个星期里,'佛罗伦萨的恶魔'案也许就破解了。"

我接着提出了一个重要的请求。"如果那幢别墅向公众开放,我是否能去看看?"

"当然,"斯佩齐说,"我们明天就去。"

第四十四章

"你的车到底怎么了？"翌日清晨，我们站在斯佩齐公寓楼旁边的一个停车场上。他的雷诺特温戈像是被人用撬棍强行打开的，车门和汽车右侧大部分地方已经被毁。

"他们偷走了我的收音机，"斯佩齐说，"你敢相信这一切吗？这里停着奔驰、保时捷和阿尔法·罗密欧，却偏偏选中我的特温戈！"

我们驱车来到扎卡里亚经营的保安公司，在佛罗伦萨市郊工业区里一幢不起眼的大楼里。这位退休的警察在他的办公室里迎接了我们。他浑身上下活像电影中出现的侦探，身穿一套细条纹蓝色西装，是佛罗伦萨最时髦的样式，灰色长发几乎齐肩长，英俊潇洒、风度翩翩、充满活力。他说话时带着一种粗俗的那不勒斯口音，为了某种效果不时会甩出几句带些匪气的俚语，说话时的手势也带有那不勒斯人鲜明的特点。

在去那幢小屋之前，我们一起吃了顿午餐。扎卡里亚请我们在一家当地的低级酒吧吃饭。我们一边吃意大利猪肉面，他一边给我们讲他如何偷偷地混进一些毒品走私集团，其中一些还跟美国黑手党有关系。我惊叹于他竟然还能活到今天。

"南多，"斯佩齐说，"给道格讲讲卡塔帕诺的故事。"

"对了，卡塔帕诺！这可是个地道的那不勒斯人！"他说着转向我，"那不勒斯的克莫拉①曾经有个老大叫卡塔帕诺。他因谋杀罪被关在波焦雷亚莱监狱。说来也巧，杀死他哥哥的凶手也关在那个监狱里。卡塔帕诺发誓要报仇雪恨。他说：我要吃了他的心。"

扎卡里亚吃了几大口他的猪肉面，喝了一大口酒。

"慢慢吃，"斯佩齐说，"别老用方言。道格听不懂方言。"

"很抱歉。"他接着讲了下去。监狱当局将两人分开关在监狱的两端，确保他们永远也不会遇到对方。但有一天，卡塔帕诺听说他的死敌恰好就在医务室里。他用一把磨成刀的勺子将两个狱警扣留作为人质，利用他俩强行来到医务室，搞到钥匙走了进去，把里面的三个护士和一个医生吓了一跳。他立即扑向他的死对头，切断了他的喉咙，用刀将他刺死，医生和护士们惊恐万状地看着一切。然后，他压低了声音喊道："心脏在哪里？肝脏在哪里？"在胁迫之下，医生简单地给卡塔帕诺讲述了如何进行解剖。卡塔帕诺用刀猛地将敌人的身体开膛，挖出他的心脏和肝脏，一手一个，各咬了一口。

"卡塔帕诺，"扎卡里亚说，"在他的组织里是个传奇人物。在那不勒斯，心脏象征着一切——勇敢、幸福和爱情。掏出你敌人的心脏，咬上一口，意味着使你的敌人沦为禽兽，成为行尸走肉。这样做剥夺了他的人的

---

① Camorra，一八二〇年前后在意大利那不勒斯组成的一个秘密团体，一度发展成颇有势力的政治组织，后因从事诈骗、抢劫等非法恐怖活动而被取缔。

本性。后来所有关于此事的电视报道都十分明确地向卡塔帕诺的敌人传达了这样一个讯息，那就是他可以用最优雅的方法惩罚敌人，即便是在监狱里。卡塔帕诺证明了他的勇气、组织能力、敏锐的造势能力，而且他是在意大利最安全的监狱里，在惊恐万状的五个人的注视之下做到了这一点！"

吃完午饭，我们动身前往比比亚尼别墅。当时正下着冰冷的冬日小雨，天空带着腐肉的颜色。在我们到达的时候天还在下雨。我们穿过两扇铁门，来到一片空地，然后又驶上一条弯曲的长长的车道，路两旁种着高大的五针松。我们将车停在停车场里，拿出雨伞，朝门票零售处走去。那里的木门紧锁，门上还装着栅栏。一个女子身子从窗户里探出来，说已是午餐时间，零售处临时关门。帅气的扎卡里亚吸引了她。扎卡里亚询问那个园丁在哪里，她回答我们也许能在后院找到他。我们穿过一道拱门，来到别墅后面一处巨大的花园，里面配有一大片大理石台阶、喷泉、波光粼粼的池塘、雕塑和树篱。这幢别墅建于十六世纪，由佛罗伦萨弗雷斯科巴尔迪家族建造而成。这一片花园一百年后由科西莫·里多尔菲伯爵建造；到十九世纪，数以万计的珍稀植被和树种被一位意大利探险家和植物学家栽种到这片花园和公园里，他从世界各地采集了大量植物。即使是在这场灰色冬雨里，这一片花园和滴着水的高大树木仍然保留着一种冷酷的宏大感觉。

我们经过那幢别墅，来到公园的远端。一条泥路在这片植物园的一侧蜿蜒进入一片茂密的树林，我们能看到在树林后面的空地上有几处破败的石屋。

"就是那幢。"斯佩齐咕哝道，指着其中一幢房子。

那幢石屋里藏着"佛罗伦萨的恶魔"最重要的秘密。我低头望着通向那里的那条泥泞小路。一片带着寒意的薄雾从树林里飘过，雨水如击鼓般落在我们的雨伞上。

"也许我们可以走过去看几眼。"我说。

斯佩齐摇了摇头："不行。"

我们原路返回，来到车前，将雨伞上的水抖掉，上了车。此行令人失望，至少对我是如此。罗科的故事似乎太过完美，那间石屋让我觉得不像是"佛罗伦萨的恶魔"的藏匿之处。

在我们驱车返回扎卡里亚公司的路上，斯佩齐介绍了他和扎卡里亚为了将这一信息传达给警方而想出的计划。如果他们只是将此事告诉警方的话，警察因此找到"恶魔"的枪，那么意大利各地都会报道这则新闻，而我和马里奥则错失报道的先机。如果安东尼奥知道是我们将他告发的话，我们还要考虑自己的人身安全问题。最终的计划是，斯佩齐和扎卡里亚会将一封所谓的匿名信交到某位他们认识的总督察的手里。作为遵纪守法的好公民，这是他们的举手之劳。这样的话，他们既搞到了独家新闻，又不用承担责任。

"如果咱们成功的话，"扎卡里亚拍了拍马里奥的膝盖说道，"他们一定会让我做司法部长的！"说完，我们都笑了。

在我们去过比比亚尼别墅的几天之后，斯佩齐拨通了我的手机。"我们做到了，"他说，"我们完全做到了。"他没有透露细节，但我知道他的意思：他已经将那封匿名信交给了警察。我开始问很多问题，斯佩齐立刻打断我，说："Il telefonino è brutto。"字面意思是"电话是丑陋的"，意思是他知道他的电话正在被人窃听。我们相约在镇上见面，这样他可以告诉我整件事情的来龙去脉。

我们在奇布雷奥咖啡馆见了面。斯佩齐说，在他们找到那个总督察之后，一件奇怪的事情发生了。不知何故，总督察拒绝接受这封信，直率地让他们将这封信和他们的消息交给一支专门调查凶杀案的特别警队的队长。他显得有些焦虑，似乎不想跟此事扯上任何关系，明显对我们怀有敌意。

斯佩齐问我，为什么总督察会当场拒绝接受也许是他的职业生涯中最重要的线索？

曾做过警官的扎卡里亚也回答不上来。

第四十五章

二月二十二日清晨，我离开公寓，到佛罗伦萨街上买浓咖啡和馅饼带回家里做早饭。在我正要穿过马路到一家小型咖啡馆的时候，手机响了。一个操着意大利语的男子通知我，他是警方探员，想要见我，而且是立刻见面。

"得了，"我笑着说道，"你到底是谁啊？"我对这个说话无懈可击、咄咄逼人的意大利人印象深刻，我绞尽脑汁想要知道对方是谁。

"不是跟你开玩笑，普雷斯顿先生。"

沉默良久之后，我才明白过来这不是闹着玩的。

"很抱歉，这是怎么回事？"

"我现在不能告诉你。你必须来见我们。这是命令。"

"我很忙，"我说，越发有些慌乱，"我没有时间。实在抱歉。"

"你必须安排时间，普雷斯顿先生。"对方答道，"你现在在哪儿？"

"佛罗伦萨。"

"具体什么位置？"

我是应该拒绝告诉他，还是撒个谎呢？这似乎并不是明智之举。"吉贝利纳大街。"

"哪儿也不要去，我们来找你。"

我打量了一下四周。这附近只有几条狭窄的小巷和零星几个游客，我对这里的地形并不熟悉。这里不行。我需要目击者——美国的目击者。

"我们在市政广场见面吧。"我应道，说出了佛罗伦萨最重要的公共广场。

"哪里？那个地方太大了。"

"就在萨伏那洛拉被烧死的地方。那里有块铭牌。"

对方一阵沉默。"我对那里并不熟悉。我们换个地方，在韦奇奥宫门口见面吧。"

我打电话给克里斯廷："恐怕今早我不能给你捎咖啡了。"

我提前赶到那里，在韦奇奥宫四周转了转，思绪纷飞。作为一个美国人、作家和记者，我总是自鸣得意，觉得自己不会受到伤害。他们会对我做些什么呢？此时，我开始觉得自己不再那么安全了。

到了约定的时间，我看到两个男子在拥挤的游客中穿行，一身休闲打扮，穿着蓝夹克、牛仔裤和黑皮鞋，留着平头，太阳镜推到头顶。他们是 in borghese——"一身便衣"，但即使是在一百码之外，我也一眼就能看出他们是警察。

我走上前去。"我是道格拉斯·普雷斯顿。"

"这边走。"

两位警探将我带进韦奇奥宫，在四周都是瓦萨里壁画的宏伟的文艺复兴式庭院内，他们出示了一张法庭传票，要求我接受佩鲁贾司法部长朱利亚诺·米尼尼的审讯。其中一位警探客气地解释说，拒绝出庭将是重罪，这样的话他们只能奉命将我抓起来。

"在这里签个名，表示你已经收到这张传票，了解了上面的内容和你必须要做的事情。"

"你还是没有告诉我这是怎么回事。"

"等明天到了佩鲁贾，你自然就知道了。"

"至少告诉我这一点：此事是否跟'佛罗伦萨的恶魔'有关？"我问。

"没错，"警探说，"现在签名吧。"

我签上了名。

随后，我给斯佩齐打去电话，他感到十分震惊和担心。"我从未想过他们竟然会对付你，"他说，"去佩鲁贾回答他们的问题吧。他们问什么就回答什么，不用多讲话。还有，一定不要撒谎。"

第四十六章

翌日，我带着克里斯廷和两个孩子驱车前往佩鲁贾，沿途经过特拉西梅诺湖。佩鲁贾是个美丽而又古老的城市，地处台伯河流域上游一处地形不规则的多石丘陵，四周竖立着一道防护性围墙，直到今天仍然完好无损。一直以来，佩鲁贾是意大利的学术中心，因拥有众多高校而名扬海外，其中一些学校已有五百多年的历史。克里斯廷打算在我接受审问的时候，与孩子一同观光游览，然后吃顿午饭。我心里坚信这次审问不过是虚张声势，是为了吓唬我的拙劣之举。我没做错事，也没有犯法。我是一名记者和作家。意大利是个文明的国家。一路上我心里不断重复这几句话。

公诉人工作的检察院设在一幢石灰粉刷的现代大楼里，大楼恰好耸立在古城墙外。我被带进高层的一间漂亮办公室里。透过办公室的窗户，能够俯瞰翁布里亚乡村。面前雾霭朦胧，满眼的绿色，包裹在蒙蒙细雨中。我衣着整齐，胳膊下夹着一份叠成两半的《国际先驱论坛报》，作为壮胆的道具。

房间里共有五人。我询问了他们的名字，然后一一记下。传唤我的一个警探也在那里，他叫卡斯泰利，身穿黑色的运动夹克和黑色衬衫，衣领处的纽扣也已经扣紧，头上喷了很多发胶，显然是为了这一重要场合而特意打扮成这样。有一位身材小巧、紧张不安的警察队长，名叫莫拉，戴着橙色的假发，似乎下定决心要为公诉人上演一出好戏。现场还有一个金发女警探，在我的请求下，她在我的笔记本里十分潦草地签下了她的名字，直到今天我依然看不懂写的是什么。此外，还有个速记员坐在电脑前。

佩鲁贾公诉人朱利亚诺·米尼尼坐在一张桌子后面。他个子不高，四十来岁，衣冠整洁，肥嘟嘟的脸上胡须刮得十分干净。他一身蓝色西装，跟所有有教养的意大利人一样彬彬有礼，举手投足间透出几分庄严。他的动作流畅到位，声音镇定而又优美。他用"博士"这样的敬语来称呼我，这在意大利是最高的敬词。他一口一个"您"，十分有礼貌地称呼我。他告诉我，我有权为自己配备一位译员，但找一位译员也许要花上很多时间，在这期间我必须受到拘留。在他看来，我的意大利语说得已经很流利了。我问是否可以请个律师，他说，这是我的权利，但没这个必要，他们只想例行公事地问我几个问题而已。

我早已决定不要维护记者的特权。在祖国，为你自己的权利奋斗是一回事，但我不想因为坚持原则而在异国坐牢。

他温和地问了几个问题，显得有几分胆怯。速记员将问题和我的回答输进了电脑里。有时，米尼尼会用更加清楚的意大利语重复我的回答，急于知道我是想要表达同样的意思。起初，他很少看我，总是低头看他的笔记和文件，偶尔回头看一下速记员，看她都往电脑里输了些什么。

审问结束的时候，他们拒绝给我审问记录和一份要求我签名的"声明"。我在此讲述的审问过程是来自审讯后我迅速记下的笔记和两天之后我凭借记忆写下的一份更加完整的叙述。

米尼尼问了很多有关斯佩齐的问题，总是恭敬而又认真地听我的回答。他想知道我们关于"恶魔案"得出了什么理论。他主要向我询问了斯佩齐两位律师中的一位——亚历山德罗·特拉韦尔西。我是否认识他是谁？我是否见过他？斯佩齐是否跟我讨论过特拉韦尔西的辩护策略？如果讨论过，那么又是什么辩护策略？对于最后一点，他一再地追问，很想知道我对斯佩齐的法律辩护所知道的一切。我如实地回答不知道。他拿出几份名单，问我是否听说过这些名字。大多数名字都显得十分陌生，而我只知道几个，比如卡拉曼德雷伊、帕恰尼和扎卡里亚。

审问就这样持续了一个小时，我开始感到放心了。我甚至还抱着希望，没准还能及时离开，与妻子和孩子们共进午餐。

米尼尼接着又问我是否听说过"安东尼奥·芬奇"这个名字。我感到背上一阵凉意。我回答说，是的，我知道那个名字。他又问，我是怎么知道的，对他有何了解。我说，我们采访过他。在不断的追问下，我描述了当时的情景。问题又转向了"恶魔"用过的枪。斯佩齐是否提及那把枪？他有何理论？我告诉他我们相信那把手枪一直都在那个撒丁人的圈子里，他们中某个人后来成了"恶魔"。

听到这句话，米尼尼顿时失掉彬彬有礼的口气，声音一下子激昂起来。"你的意思是，即使'撒丁小道'已经在一九八八年由罗泰拉法官结案，那些撒丁人已经正式解除与此案的任何关系，你和斯佩齐还一直这样认为？"

我回答，是的，我们仍然如此认为。

米尼尼将问题转到我们的别墅之行上。此时，他的音调变得更加阴沉，带着非难的味道。我们在那里都干了什么？我们都去过哪里？我们谈了什么？斯佩齐和扎卡里亚是否总是在我的视野之内？他们是否有过不在我视野之内的时候，即使是十分短暂？他们谈过枪吗？谈过铁箱子吗？我是否曾背对着斯佩齐？我们谈话的时候，我们距离有多远？我们在那里是否见过别人？都见过谁？他们说了什么？扎卡里亚在那里都做了什么？他扮演了什么角色？他是否说过他渴望被任命为司法部长？

我尽量如实地回答了，尽力遏制自己喜欢过多解释的该死的习惯。

你们为什么要去那儿？米尼尼最终问道。

我说那里是公共场所，我们是以记者的身份去那里的，因为——

一提到"记者"两字，米尼尼便高声将我打断，完全不理会我后面说什么。他厉声表示这跟新闻自由没有任何关系，还表示我们有报道的自由，而他毫不在乎我们写的东西。他接着说，这可是起刑事案件。

我说此事很重要，因为我们是记者——

他又一次打断我，不理会我的解释，教训我说不管怎样，这跟新闻自由没有任何关系。他以一种讽刺的口吻问我，是不是觉得因为我和斯佩齐都是记者，就意味着我们不可能也是罪犯。我清楚地感受到，他不想给我任何机会提到新闻自由或新闻记者特权，不希望将其录到审问过程的录音磁带里。

我身上不由开始直冒冷汗。这位公诉人又开始不断重复同一个问题，对我旁敲侧击。随着挫败感增强，他的脸也涨得通红。他频繁地要求他的秘书重复我之前的回答。"你刚才那样说，现在又这样说？哪个是真的，普雷斯顿博士？究竟哪个是真的？"

我说话开始结巴起来。其实，我的意大利语讲得远不够流利，特别是在用到一些法律和刑事词汇的时候更是如此。由于变得越加沮丧，我发现自己口吃起来，吞吞吐吐，听起来就像是在撒谎一样。

米尼尼带着讥讽的口气问我是否还记得二月十八日与斯佩齐通过电话。内心一阵慌乱，我说我记不起某一个具体的日子进行的对话，但我知道自己几乎每天都会跟他通话。

米尼尼说："听听这个吧。"他朝速记员点点头，她随后按下了电脑上一个按钮。通过接在电脑上的一套扬声器，我听到了电话的铃声，然后是我接电话的声音："喂？"

"你好，我是马里奥。"

他们窃听了我们的电话。

我和马里奥谈了一会儿，而我惊愕地听着我自己的声音，窃听器里的声音要比我那部糟糕的手机上的声音清楚得多。米尼尼放了一遍，又接连放了两遍。在马里奥说到"我们完全做到了"，他一下子停了下来。他的眼睛闪烁着光芒，盯着我问："你们到底做了什么，普雷斯顿博士？"

我解释说，斯佩齐指的是将那条信息交给了警察。

"不对，普雷斯顿博士。"他不断放着那段录音，反复地质问，"你们做的这个事情是什么？你们究竟做了什么？"他又抓住斯佩齐的另一句话——"电话是丑陋的。"

"'电话是丑陋的。'这句话什么意思？"

"这句话的意思是，他认为他的电话被窃听了。"

米尼尼身体靠在了后面，自鸣得意起来。"怎么会这样，普雷斯顿博士，如果你没有参与非法行为的话，你干吗要担心电话被窃听？"

"因为电话被人窃听并不是件好事。"我心虚地回答，"我们是记者。我们的工作是保密的。"

"这根本不算是回答，普雷斯顿博士。"

米尼尼一遍又一遍不停地放这段录音。每隔几个字他都会按一下暂停键，不停地要求知道我或者斯佩齐到底是什么意思，就好像我们是在用暗语交流，这是黑手党常用的伎俩。他问我斯佩齐与我们一起乘车的时候车上是否有枪。他问我在我们去那幢别墅的时候是否带枪。他想知道我们在那里的每一分钟究竟都做了什么，都去了哪里。米尼尼毫不理会我的回答。"这次对话背后的东西要远远超过你告诉我的内容，普雷斯顿博士。你知道的要远远多于你告诉我们的。"他要我告诉他那些撒丁人可能在哪间别墅、在哪些箱子里留下了何种证据，我回答不知道。不妨猜猜，他说。我回答也许是武器或其他什么证据，比如受害者身上的珠宝，也许是那些尸体上的器官。

　　"那些尸体上的器官？"米尼尼法官不可思议地大声叫道，望着我的神情就好像我是个疯子，居然能想出如此可怕的事情。"但那些谋杀案可是发生在二十年前！"

　　"但联邦调查局的报告说……"

　　"听好了，普雷斯顿博士！"说着他摁下了电脑的按钮，又将那次通话播放了一遍。

　　这时候，那位警察队长突然打断谈话，第一次开口说话，他的声音像一只猫一样紧张而尖厉。

　　"我觉得斯佩齐在那个时候大笑很奇怪。他为何要笑？'佛罗伦萨的恶魔'案是意大利共和国历史上最悲惨的案件之一，这没什么好笑的。所以斯佩齐为何要笑？究竟什么如此好笑？"

　　我没有回答这个问题，因为这不是朝我发问的。但这个不知疲倦的警察希望我能回答，他转过身，直接又向我重复了一遍这个问题。

　　"我不是心理学家。"我故作冷漠地回答，却没有达到理想的效果，因为我读错了psicologo这个词的音，不得不纠正一遍。

警察队长盯着我，眼睛眯了起来，然后转向米尼尼，脸上露出一种拒绝自己被人耍弄的表情。"我注意到这段录音某个地方有问题，"他厉声说，"他在那一刻大笑起来，这真是非常奇怪。从心理学的角度而言，这并不正常，不，根本就不正常。"

我记得此时我看了一眼米尼尼，发现他正瞪着我。他的脸上泛红，带着轻蔑的神情，还带有几分得意。我立刻明白了原因：他早就盼着我撒谎，而现在我实现了他的期盼。令他满意的是，我正在向他证明我是有罪的。

但我犯了何罪呢？

我结结巴巴地提出一个问题：他们是否认为我们在别墅那里进行了非法行动？

米尼尼在椅子上挺直了身子，得意地说道："是的。"

"什么行动？"

他厉声吼道："你和斯佩齐或者已经把枪或其他伪造的证据放到那间别墅里，或者当时正要这样做，以栽赃陷害一个无辜的人是'佛罗伦萨的恶魔'来误导这次调查，使人们不再怀疑斯佩齐本人。这就是你们当时做的事情。'我们完全做到了'这句话就是这个意思。然后你们试着去报警。但我们已经提前警告过他们，他们不会搅和进这场骗局来！"

我吓得不知所措。我张口结舌地说这只是个理论，但米尼尼又立刻打断我，说："这不是理论！这是事实！还有你，普雷斯顿博士，你对这件事知道得要比你说的多得多。你是否意识到这些犯罪行为的严重性，这可是罪大恶极。你很清楚斯佩齐正因为纳尔杜奇死因不明而被调查，我想你一定对此了解很多。这使你成为一名共犯。没错，普雷斯顿博士，我可以从你在电话里的声音听出来，我能听出你知道很多，对这些事情可谓了如指掌。给我听好了，"他竭力遏制狂喜，高声说道，"你自己好好听听！"

然后他又放了一遍那次对话，也许已经是第十次了。

"也许你一直蒙在鼓里，"他接着说，"但我不这样认为。你知道一切。现在，普雷斯顿博士，你还有一次机会，最后一次机会，告诉我们你知道的一切，否则我要以伪证罪起诉你。就算这条新闻明天传遍世界，我也不在乎，我说到做到。"

我感到一阵恶心，突然很想方便一下。我问了一下洗手间的位置。几分钟后我回到原位，有些沉不住气。我吓坏了。审问结束，我便会被抓起来关进大牢，再也见不到我的妻子和孩子。栽赃虚假证据、伪证罪、谋杀同案犯……不是别的什么凶杀案，而是与"佛罗伦萨的恶魔"联系到了一起……我很容易就会在意大利监牢里度过余生。

"我已经把真相告诉你了，"我竭力用嘶哑的声音说道，"你还想让我说什么？"

米尼尼挥了一下手，别人递给他厚厚的一本法律条文，他小心翼翼地将其放在桌上，然后打开翻到对应的一页。他用一种适合在葬礼致词的声音开始朗声读起法律条文。我听到我现在被 indagato——"控告"犯了沉默罪和伪证罪。[1]他宣称对我的调查推迟举行，允许我离开意大利，但对斯佩齐的调查结束的时候又会重新开始对我的调查。

---

① 在本书中，我将"indagato"一词译作"被指控"或"被起诉"。准确地说，"indagato"的意思是，被官方正式认定为一项罪行的嫌疑犯，被告的名字与控告原因一同记录在案。在美国人看来，"indagato"缺乏"真正的起诉"这一步，尽管在意大利它们几乎就是一回事，特别是从舆论和对当事人的名誉的影响而言。——原注

换句话说，我必须离开意大利，不能再回来。

他的秘书打印出一份审讯记录。两个半小时的审讯减缩成两页写满问题和回答的纸，我做了一些修改，签上了名。

"能否也给我一份？"

"不行。这受到司法保密令保护。"

我双手僵硬地将我的《国际先驱论坛报》拿起来，叠起夹在胳膊下面，转身离开。

"你若是决定说出真相的话，普雷斯顿博士，我们在此恭候。"

我双腿麻木地下楼来到街上，走进寒冷的冬雨中。

第四十七章

我们开车回佛罗伦萨的时候，下起了倾盆大雨。在路上，我用手机打电话给在罗马的美国大使馆。一位在法律事务办的官员解释，他们对我爱莫能助，因为我未被逮捕。"在意大利陷入麻烦的美国人，"他说，"需要聘请律师。美国大使馆不能对地方的刑事调查进行干涉。"

"我不是那些做蠢事、卷入地方刑事调查的美国人！"我嚷道，"他们因为我是记者而骚扰我。此事事关新闻自由！"

这并没有打动那位使馆官员。"不管你怎么想，这是一起地方刑事案件。你是在意大利，而不是美国。我们不能干涉刑事调查。"

"那你能不能给我介绍个律师？"

"我们不负责对意大利律师进行等级评估。我们会将大使馆了解的律师的名单寄给你。"

"谢谢。"

最重要的是，我必须跟马里奥联系。即将发生惊天动地的事情——

对我的审讯不过是一次警告。即使对于一个像佩鲁贾的公诉人这样强势的人而言，将美国记者拘留并严加审问，这也是一种厚颜无耻的行径。如果他们甘愿冒着"臭名远扬"的风险，对我做出这种事（我很想将一吨砖砸到他们的头上），他们会怎样对待斯佩齐呢？他才是他们真正想抓的人。

我不能用我的手机给斯佩齐打电话。在回到佛罗伦萨之后，我用借来的手机和公用电话安排了一次碰面。临近午夜时分，斯佩齐、扎卡里亚和米丽娅姆出现在我们在吉贝利纳大街上的公寓里。

斯佩齐嘴里叼着高卢烟，在典雅的客厅里来回踱步，身后弥漫着烟雾。"我从未想过他们竟会干出这种事。你确定他们是以伪证罪控告你？"

"我确定。我现在是调查对象。"

"他们是否给了你法院通知书？"

"他们说会寄到我在缅因州的地址。"

我凭记忆向他们讲述了这次审问。在讲到米尼尼指责我将一把枪放在那幢别墅里栽赃一个无辜的人，使人们不再怀疑斯佩齐的时候，斯佩齐打断了我。

"他亲口说了'从我身上转移怀疑'这句话吗？"

"他就是这么说的。"

斯佩齐摇摇头。"真该死！朱塔里和米尼尼这两个家伙不仅认为我耍了一些记者的诡计，为了获取轰动新闻暗中偷偷把枪放在那里，还认为我直接参与了'恶魔凶杀案'，或者说至少参与谋杀了纳尔杜奇！"

我说："他们疯狂地将幻想与现实联系在一起。我们先从他们的角度看一下此事。多年来，我们一直坚持安东尼奥就是'恶魔'的观点从未有人予以关注。所以我们就去那幢别墅，考察了一番，然后几天之后我们报警说安东尼奥将证据藏在那幢别墅里，快来取吧。马里奥，我不得不说，我们在那里藏匿赃物还是有几分可信度的。"

"算了吧!"斯佩齐叫道,"这个论断不仅缺乏调查的逻辑,而且是毫无逻辑可言!简单想想便可以将其推翻。如果我是纳尔杜奇谋杀案的幕后指使,为了从我自己身上'转移怀疑',难道会在我的阴谋里加入一个不认识的有前科的人,一个曾是佛罗伦萨缉捕队最优秀的警探,还有一位著名美国作家?道格,谁会相信,你来到意大利,像个骗子一样鬼鬼祟祟地编造证据让警察找到?你在这里已经是个畅销书作家了!不需要什么独家新闻了!而南多已经是一家重要的保安公司的总裁。他为何要为一个肮脏的内幕消息而甘冒失去一切的风险?这一切根本讲不通!"

他踱起步来,掸掉烟灰。

"道格,你问问自己:为何朱塔里和米尼尼现在要如此拼命地攻击我们?这是否因为,两个月之后我们会出版有关此案的书,对他们的调查进行质疑?他们是否想要在书出版之前,败坏我们的名声?他们知道书里的内容——他们已经读过一遍。"

他在房间里转了一个弯。

"道格,对我而言最糟糕的一点,是说我这样做是为了'转移怀疑'的这个指控。怀疑什么?怀疑我是纳尔杜奇谋杀案的幕后指使之一!报纸都在报道同样的内容,这明显表明他们是在使用同一个消息源,来自消息灵通人士,肯定是官方来源。他们想让我怎么样呢?"

他又踱了几步,然后转身。

"道格,你明白他们心里到底想什么吗?我不仅仅是个从犯,或者是参与了纳尔杜奇谋杀案的成员。我现在是'恶魔凶杀案'背后的幕后策划者之一。他们认为我就是'恶魔'!"

"给我一支烟。"我说。我一般不抽烟,但现在我非常需要。

斯佩齐递给我一支烟，然后给自己也点了一支。

米丽娅姆开始哭泣。扎卡里亚坐在沙发边上，一头长发凌乱不整，曾经笔挺的西装也变得满是褶皱。

"想想看，"斯佩齐说，"我被别人认为将'恶魔'的枪放在那幢别墅里，栽赃陷害一个无辜的人。如果我自己不是'恶魔'的话，我又从哪里搞到那把'恶魔'用的枪呢？"

烟蒂上的烟灰卷成一团。

"该死的烟灰缸在哪里？"

我从厨房给斯佩齐和我自己拿了个碟子。斯佩齐用力摁灭抽了一半的香烟，又点了一支。"让我告诉你米尼尼是从哪里得到这些想法的。一切都源自那个罗马女人，加布里埃拉·卡利齐，就是那个声称'红玫瑰会'一手制造了'九一一'事件的女人。你有没有看过她的网站？佩鲁贾的公诉人听信这个女人说的一切！"

斯佩齐从"恶魔专家"摇身一变成了"恶魔"。

翌日上午，我离开了意大利，返回缅因州的家中。我的房子伫立在一处悬崖峭壁上，能够俯瞰灰色的大西洋。听着悬崖下浪花撞击岩石的富有韵律的声音，望着海鸥在空中盘旋，我十分高兴自己重获自由，十分庆幸自己没有在某个意大利监狱里憔悴老去。我的眼泪不由得顺着脸颊流淌。

回国第二天，尼科洛伯爵给我打来电话。"道格拉斯啊！我知道你在意大利惹麻烦了！干得不错啊！"

"你怎么知道的？"

"今天的早报都报道了，你现在已经成为'佛罗伦萨的恶魔'案的官方嫌疑犯。"

"都上报纸了?"

"到处都是,"他静静地笑了笑,"不用担心。"

"尼科洛,看在老天爷的分上,他们控告我是谋杀案的同犯,他们声称我将一支枪藏在那幢别墅里。他们控告我作伪证,还说我妨碍司法!他们对我进行威胁恐吓,警告我不要回意大利。都这个样子了,你还跟我说不用担心?"

"我亲爱的道格拉斯,只要是意大利人都会'受到指控'。恭喜你成为真正的意大利人。"说着,他的声音不再拖腔拖调地充满嘲讽,而是变得严肃起来。"我们要担心的是我们共同的朋友,斯佩齐。真是令人担心啊。"

第四十八章

一到家里，我便开始给各家新闻媒体打电话。我非常担心马里奥的安危，显然他才是他们真正的目标。我想自己若能在美国制造点声势的话，也许能保护斯佩齐免于被警察随意逮捕。

斯佩齐家里被警察搜查的时候，美国新闻界可能不会对一个私人文件被警察带走的意大利记者产生什么兴趣。而现在，一个美国人成为攻击目标，新闻媒体迅速行动起来。"卷入自己的惊悚小说"成为《波士顿环球报》的头版头条。"道格拉斯·普雷斯顿在创作一本新作的时候，一切都还进展不错，然后，他就成为故事的一部分了。"《华盛顿邮报》也有一则报道："最佳惊悚小说作者道格拉斯·普雷斯顿纠缠于托斯卡纳连环凶杀案的调查。"美联社也相继进行了报道，CNN和ABC的新闻也随后跟进。

在意大利，很多报纸也都在报道我受审的事情。《晚邮报》的大字标题上写着：

恶魔案：

公诉人与美国作家之间的较量

佛罗伦萨连环杀人案。惊悚小说家被判伪证罪。他的同事行动起来。

意大利通讯社——安莎社也进行了报道："佩鲁贾检察院将美国作家道格拉斯·普雷斯顿视为重要证人，对其进行了审讯，然后控告他犯了伪证罪。普雷斯顿和马里奥·斯佩齐共同就此案写了一本书，该书将于四月出版，书名为《血色的大好河山》，斯佩齐称该书内容与官方调查背道而驰。两年前，斯佩齐被当作参与谋杀纳尔杜奇的从犯而被调查，后来他被指控参与此次谋杀案。"其他文章里的信息似乎来自米尼尼办公室，声称我和斯佩齐企图将那把臭名昭著的点二二口径的贝雷塔，即"恶魔"用过的手枪，藏在那幢别墅里，为的是陷害一名无辜的男子。

但新闻媒体的认真审查和大肆曝光，似乎使朱塔里和米尼尼更加咄咄逼人。二月二十五日，即我离开意大利两天之后，警察又一次突然搜查了斯佩齐的公寓。他的一举一动都处在警察的严密监视之下，离开家便会有人跟踪。他的行踪还被秘密拍摄了录像。他的电话遭人窃听，他觉得他的公寓里同样也装了窃听器，而且电子邮件也会遭到拦截。

为了能够及时交流，我和斯佩齐决定使用不同的电子邮件地址，借用别人的手机联系。在甩开警察的跟踪之后，斯佩齐在一家网吧里给我发来一封电子邮件。在信中，他建议我们采用一种特殊的沟通方法：他用常用邮箱给我发邮件时，若是说"salutami a Christine"——"代我向克里斯廷问好"，那便意味着他想让我在第二天某个时间用别人的电话跟他联系。

尼科洛定期告诉我关于此案的一些新进展，我们常常通过电话联系。

三月一日，斯佩齐开车到邻近一家修理厂修理破损的车门，配上新的收音机。修理工从他车里出来，手里拿着一大把精密的电子装备，连在上面的一些黑色和红色的电线还在空中摇摆。其中有个香烟盒大小的黑色盒子，上面有一块胶带缠着液晶显示屏，标着"开"和"关"。小黑盒还连着一个神秘的装置，两英寸宽五英寸长，一直连到那台老收音机的电源线上。

　　"我不是很懂，"机修工说，"我觉得这个东西像是个麦克风和录音机。"

　　他绕到车的前部，打开引擎盖。"还有那里，"他指着另一个藏在角落里的黑色烟盒说，"一定是个全球定位系统。"

　　斯佩齐立刻给《国民报》打去电话，报社派了一个摄影师拍下斯佩齐两手拿着这些电子设备的照片，好像一手抓了一条鱼一样。

　　当天，斯佩齐去了佛罗伦萨检察院，对那些损坏他的车的人提出刑事诉讼。他手拿诉状，亲自找到一位他认识的佛罗伦萨的检察官。那人不想接手此事。"斯佩齐先生，此事太棘手，"他说，"你亲自将诉状交给检察长吧。"这样，斯佩齐带着诉状又来到检察长的办公室，在等了一段时间之后，一位警察到他那里取走了诉状，声称检察长会接手此事。但此后，斯佩齐再也没有收到任何消息。

　　二〇〇六年三月十五日，斯佩齐接到当地宪兵营地打来的电话，邀请他前往营地。在一个小房间里，一位军官接待了他，样子显得窘迫不堪。"我们是要将您的汽车收音机还给您。"那人解释道。

　　斯佩齐大吃一惊："你这不是……承认，是你们将其偷走，还因此将我的车搞坏了？"

　　"不，不是我们！"他不安地摆弄着他的文件。"是佩鲁贾的检察院安排我们物归原主，是米尼尼法官命令GIDES的总督察朱塔里归还您的收音机。"

斯佩齐想大笑，但还是强忍住没有笑出来。"真是令人难以置信！你的意思是，为了偷走我的收音机，他们搞坏了我的车，还将其记录在正式文件中？"

那位军官不自在地换了一个姿势。"请在这里签字。"

"好吧，"斯佩齐得意地说道，"可如果他们把它弄坏了怎么办呢？我不能在不知情的情况下将其带回去吧！"

"斯佩齐，你能不能就签一下名字，好吗？"

斯佩齐很快提出第二份诉讼申请，进行索赔，这一次是控告米尼尼和朱塔里，因为他们（莫名其妙地）给他提供了他最需要的证据。

还是二〇〇六年三月，朱塔里关于"佛罗伦萨的恶魔"的新书由RCS图书集团独家出版，书名是《恶魔：调查的剖析》，一上市便成为畅销书。书中，朱塔里多次对斯佩齐进行攻击，控告他是纳尔杜奇凶杀案的从犯，还阴险地影射斯佩齐以某种方式参与了"恶魔凶杀案"。

斯佩齐随即提出民事诉讼，控告这位总督察，控告他在书中进行恶意诽谤，而且违反了与"恶魔案"相关的司法保密法令。诉讼是在米兰起草的，朱塔里的书由米兰的里佐利公司出版，是我们的出版商RCS图书集团旗下另一家出版社。（在意大利，诽谤诉讼案必须在出版地进行申请。）斯佩齐要求没收并销毁市面上所有朱塔里的书。"对于作家而言，将一本书查封绝不会是件开心的事情，"斯佩齐写道，"但这是唯一能将对我名誉的伤害降到最低程度的办法。"

诉讼申请基本上都由斯佩齐本人完成，每一个词都经过仔细斟酌，足以激怒他的敌人：

一年多来，我不仅是愚蠢的警察工作的受害者，而且可以说是真正侵犯民权行为的受害者。这一现象不仅与我有关，还牵涉到其他很多人，不禁让我想起那些最混乱的国家，例如某些亚洲或非洲国家。

　　米凯莱·朱塔里先生，国家警察机构的官员，凭空捏造了一个理论，还不知疲倦地告诉别人，按照他的理论，所谓的"佛罗伦萨的恶魔"的罪行，是一个神秘莫测、阴险邪恶的秘密教派所为，一个由上层阶级的专业人士组成的"集团"（包括官僚、警察和宪兵、地方法官——以及为其服务的作者和记者），他们指使一些社会最底层的贫民连续杀人，杀的都是成双成对的情侣，支付重金获取女性身体的器官，为的是在某些令人费解、不可能发生的神秘"仪式"里使用。

　　按照这位自认聪明过人、勤奋努力的调查官这些异想天开的臆说，这一由上层人士组成的犯罪集团纵情于放荡的生活，以及施虐-受虐狂、恋童癖和其他卑鄙可憎的勾当。

　　斯佩齐随后又朝朱塔里的软肋使出一记勾拳——攻击他的写作才能。在法律诉讼里，斯佩齐从朱塔里的书中大段大段地进行引用，抨击他错误的逻辑，嘲讽他的理论，奚落他的写作能力。

　　诉状于三月二十三日写好，一周之后即二〇〇六年三月三十日，斯佩齐提起诉讼。

第四十九章

　　回到美国，我隔岸观火般关注着大洋彼岸一发不可收拾的事态。我和斯佩齐收到了我们在RCS图书集团的编辑发来的一封简短电子邮件，她对正在发生的一切感到震惊。她十分担心RCS图书集团会卷入一场法律纠纷，尤其对我将她的电话号码告诉《波士顿环球报》的记者这件事耿耿于怀。那个记者打过电话，让她发表意见。"我必须告诉你们，"她在信中对我和马里奥说，"这个电话令我很生气……不管孰是孰非，你们的私人恩怨跟我没有任何关系，我也不感兴趣……我恳请你们不要把RCS拖下水，卷入跟你们的私事相关的法律纠纷。"

　　与此同时，我很想进一步了解这位加布里埃拉·卡利齐和她的网站。一时兴起，我上网登录了她的网站。网站里的内容一下子将我激怒。卡利齐发布了一些登载我个人信息的网页。像老鼠努力收集过冬的种子一样，她从互联网上收集了各种与我相关的信息，找人翻译成意大利文（她本人只懂意大利语），还从我的小说中断章取义地截取了一些段落放在一起——基本上都是描述谋杀案的经过。她还找到我在意大利公共场合说过的一些话，我不知道这些话竟然被人录音。她充分利用我在一次新书发布会上讲过的一则蹩脚的笑话，大意是如果马里奥·斯佩齐决定不再写犯罪故事的话，他自己就可以成为一个高明的罪犯。此外，她还在网站里增加了用心险恶的影射、离奇恐怖的评论和批评。最终结果是，她对我极尽丑化之能事，将我描述成一个精神错乱的人，创作了多部充斥着赤裸裸的暴力情节的小说，这些书直抵最卑鄙的人类本能。

这一切已经非常糟糕了，但最令我怒不可遏的是，她从我的传记里找到我妻子和孩子的名字，放在连环杀手杰弗里·达莫①和燃烧的双子塔的图片旁边。

我怒不可遏地给卡利齐发去一封电子邮件，要求她立刻将我家人的名字从她的网站上撤掉。

出乎意料的是，她态度温和地回复了我的邮件，甚至还有些想要讨好的意思。她向我道歉，许诺一定把名字撤掉。她随后立即将名字撤掉了。

我的电子邮件获得了想要的效果，但现在卡利齐知道了我的电子邮件地址。她给我回了一封信："我们之间尽管交流不多，却充满了人情味，从某种意义上说是推心置腹的交流，令人感动。我们十分正式地用'您'来称呼对方，听起来太傻。用心交流的话就使用'你'来称呼对方好了。道格拉斯，不知用'你'来相互称呼，是否会让你不快？"

我知道应该不要理她，但还是回复了邮件。

卡利齐随后回复了一大堆邮件，每封邮件都写了很多页，写的意大

---

① Jeffrey Dahmer（1960—1994），美国历史上最著名的连环杀手之一，曾杀害十七名男子和男孩。

利词都扭在一起，充满了虚情假意的悄悄话和疯狂的阴谋逻辑，几乎无法理解。不过，我还是读懂了她的意思。

加布里埃拉·卡利齐知道"佛罗伦萨的恶魔"的真相，她迫不及待想要告诉我。

你好，道格拉斯。你是否收到我长长的邮件？我让你预订《纽约客》的头版披露"佛罗伦萨的恶魔"的名字和面孔的时候，你是否吓了一跳？……我会在我的网站上刊登一篇文章，宣布我邀请你保存这份颇有声望的头版，我也会通知《纽约客》的……

回复：我恳请你……你一定要相信我……真希望你和你的妻子能够看着我的眼睛……

亲爱的道格拉斯：

……知道即使我给你写信，我想到的不仅是你，还有你的妻子和那些你爱的人，我非常了解他们对你的生活有多重要，你不仅仅是个记者和作家，你还是个男人、朋友和父亲……我已经开始了这场战斗，开始寻找真理的旅程，这样做只是为了兑现一个我向上帝和我的精神导师许下的诺言。他是加布里埃莱神父，一位著名的驱魔师……道格拉斯，我许下这个诺言，是要感谢上帝让我的儿子富尔维奥经历奇迹，他降生六个小时之后夭折。在医院里，人们给他穿戴整齐准备下葬的时候，我打电话给加布里埃莱神父祈求赐福，神父跟我说："不用太担心，我的孩子，你的儿子会比玛士撒拉①还要长寿。"没过多久，罗马的圣乔万尼医院里上百名医生

---

① Methuselah，《圣经》人物。据《创世记》记载，他在世九百六十九年，是传说中最长寿的人。

惊呼："这真是个奇迹，这个婴儿又活过来了！"当时，我并没有我现在的信仰，但对于上帝送给我的这份大礼，我迟早会报答他的……亲爱的道格拉斯，我拥有每一次犯罪活动的照片，当受害者意识到"恶魔"的存在的时候，他们惊声尖叫，那样子被特工的微型照相机拍了下来……

……亲爱的道格拉斯，我在日本找到一份文件，我觉得非常有用，可以阻止"恶魔"杀害与你关系亲密的人。我正在对这份文件进行调查……

看一看我在我的网站里登载的文章，在文章里我真诚地邀请你与我见面，准备在《纽约客》的头版发表文章……我这样写只是想让你相信我不是跟你开玩笑……

她多次提到《纽约客》以及"恶魔"会谋杀与我"亲密的人"让我很惊讶，这些令人毛骨悚然的提示似乎指的是我的妻子。我又重新登录卡利齐的网站，发现她又增加了一个网页，在里面增加了我的小说《硫磺密杀》的封面，旁边是斯佩齐的小说《魔鬼的脚步》。

加布里埃拉（网站上这样写道）立刻邀请普雷斯顿来看她，亲眼看一下"恶魔"和他的受害者。她十分明确地讲清楚一切，并回复了普雷斯顿的邮件："请预留《纽约客》的头版，来找我，我会给你一条你已经等待良久的重要新闻。"道格拉斯会做出何种反应呢？他是否会接受这个邀请，还是在一位意大利朋友的阻挠下作罢呢？《纽约客》肯定不会让这条新闻溜走……

她接着写道，最重要的是，我想心平气和地问道格拉斯·普雷斯顿："如果某一天有证据表明'你的''恶魔'是个错误，真正的'恶魔'是另一个人，你将怎样面对……你会发现他与你非常亲密，你与他共事过，你与他结为朋友，你对他的职业精神十分敬重，却从未发现在这样一个富有教养、敏感和友善的人的内心深处藏着一个迷宫，里面潜伏着一只已经完成伟大的死亡工作的野兽……一个受到尊敬的'恶魔'知道如何戏弄每个人……亲爱的普雷斯顿，对你而言，这难道不是你的生活中最令人心烦的经历吗？凭此经历，你肯定可以写出世界上最独一无二的惊悚小说，你赚得的版税甚至可以买下整个《纽约客》……"

这就是她想传达给我的信息：斯佩齐就是"恶魔"。疯狂的电子邮件就像满月时的潮汐一样汹涌袭来，每天都会多次袭击我的收件箱。在邮件里，卡利齐详细介绍了她的理论，催促并恳请我到佛罗伦萨走一趟。她暗示她与公诉人之间的关系不一般，如果我到意大利的话，她可以保证我不会被逮捕。她会确保检察院免除对我的指控。

……佛罗伦萨总是有人下令保护真正的"恶魔"。这些指令发自高层，因为"恶魔"随时都可以揭露著名执法官的恋童癖的可怕事实。在"恶魔"的威胁下，这些执法官永远都不会逮捕他。亲爱的道格拉斯，你在意大利不知不觉中正在被"恶魔"利用，他将那些赫赫有名的大人物作为挡箭牌……我请求你，道格拉斯，立刻来找我，可以带上你的妻子，或者将你的电话号码给我，我们一起商量此事……不要告诉斯佩齐任何事情……我会解释一切……我向上帝祈祷，你和你妻子会相信我的……我可以向你展示所有证据……

※ ※ ※

将来，你若愿意撰写我的传记的话，你会发现你可以跳过幻想和虚构，只剩下真实的故事。

※※※

你可以尽情想象，晚上和节日里调查工作也没有片刻松懈。为此，我请求你尽快与我联系！……记住：此事必须秘密地进行。

※※※

亲爱的道格拉斯，我仍未收到你对我的邮件的回复：有什么问题吗？我请求你，告诉我，我很担心，我想知道怎样才能把事情讲清楚。

很快我不再读来信的内容，只是看看标题：

回复：你在哪里？

回复：让我们为马里奥·斯佩齐祈祷。

回复：现在你是否相信我？

回复：紧急紧急！

最终，在收到四十一封邮件之后：

回复：你到底怎么了？

潮水般的邮件让我有些晕眩，不仅因为此事太过疯狂，而且因为佩鲁贾的公诉人和一位总督察竟如此重视这样一个人。但是正如卡利齐自己声称的那样，斯佩齐后来的调查工作也印证了这一点：这个女人是一个关键证人，她能说服米尼尼法官和总督察朱塔里，将纳尔杜奇的去世通过一个邪恶组织与"佛罗伦萨的恶魔"的罪行联系起来。是卡利齐将公诉人的怀疑转移到斯佩齐身上，她也是第一个声称斯佩齐参与了所谓的"纳尔杜奇谋杀案"的人。（斯佩齐后来能够证明，公诉人办公室颁发的法律文件的全文与卡利齐早先在她的网站刊登的痴人说梦极为相似。卡利齐似乎对米尼尼具有拉斯普廷般的影响力。）

更令人难以置信的是，加布里埃拉·卡利齐竟然成为"恶魔案"的"专家"。在她给我的收件箱塞满电子邮件的同时，她成为意大利各家报纸杂志的红人，被邀请对"恶魔案"调查进行评价，她的话也被人视为权威而广为引用。她参加了一些意大利最著名的脱口秀，被看作一个真诚而又有思想的人。

在收到大量信件的过程中，我向马里奥提及我与卡利齐互通邮件。他斥责我说："道格，你可能觉得这事挺有趣的，但你是在玩火。她可以带来巨大伤害。看在上帝的分上，离她远点。"

疯狂的卡利齐似乎拥有绝佳的信息来源。对她找到的关于我的信息，我甚感震惊。有时，在对这宗案子的预测上，她似乎有先见之明，使我和斯佩齐不禁怀疑她是否在公诉人办公室里有内线。

三月底，卡利齐在她的网站上宣布了一条特殊的消息：马里奥·斯佩齐即将被捕。

第五十章

二〇〇六年四月七日星期五，那个电话终于打了过来。尼科洛伯爵低沉的声音从大洋彼岸传来。"他们刚刚逮捕了斯佩齐，"他说，"朱塔里的手下在他家门口，把他骗了出去，硬生生地把他塞进车里。我只知道这些。新闻刚播没多久。"

我顿时语塞。我从未想过事情会发展到今天这步田地。我声音嘶哑地问了一个愚蠢的问题。"被捕了？为什么？"

"你很清楚个中原因。这几年，马里奥使朱塔里这个西西里人在所有意大利人面前活像是个愚蠢至极的傻瓜。没有哪个意大利人能容忍这一点！我不得不说，亲爱的道格拉斯，马里奥有一支邪恶而犀利的笔。一切都关乎'面子'，你们盎格鲁-撒克逊人永远都不会明白的。"

"事态将如何发展呢？"

尼科洛深吸了一口气。"这一次，他们做得太过火了。朱塔里和米尼尼跨越了那条底线。真是太过分了。意大利将在全世界面前蒙羞，这本不该发生。朱塔里要为这一切负责。至于米尼尼，意大利司法部沆瀣一气，不会让家丑外扬的。朱塔里会受到报应的，这种惩罚也许来自一个完全不同的方向，但他肯定会倒台的——记住我的话。"

"但是马里奥怎么办呢？"

"很不幸，他要在监狱里待上一阵子。"

"老天保佑，希望时间不要太长。"

"我会努力跟踪最新消息，然后给你电话。"

我心里突然想到了什么。"尼科洛，你要小心啊。你可是这个邪恶组织的绝佳人选……一位来自佛罗伦萨历史最悠久的家族的伯爵。"

尼科洛哈哈大笑起来。"我早就想到这一点了。"然后他突然语调平淡地说了几句意大利语，仿佛是在背诵一首童谣，不像是对我说话，而是对窃听我们谈话的某个人讲话。

Brigadiere Cuccurullo,

Mi raccomando, segni tutto！

库库鲁洛旅长，

一定要录下所有东西啊！

"我总是为那个可怜的家伙感到难过，他必须听我所有的电话。Mi sente, Brigadiere Gennaro Cuccurullo? Mi dispiace per lei! Segni tutto?"（"你在听吗，杰纳罗·库库鲁洛旅长？我为你感到难过！一定要录下所有电话！"）

"你真的认为你的电话被人窃听了？"我问。

"哼！这是意大利。他们可能现在正在窃听教皇的电话。"

斯佩齐家里的电话一直没人接。我只好上网寻找新闻。路透社和意大利的安莎通讯社刚刚对此事进行了报道。

佛罗伦萨的恶魔： 斯佩齐记者因妨碍司法罪被捕

我们的书将于十二天之后出版。我心里七上八下，生怕此事会使这本书的出版打水漂，或者我们的出版商临阵畏缩，提前退出。我打电话给我们在松佐诺出版公司的编辑。她已经为此事开过会了，我当时没联系上她，但后来终于找到了她。她对斯佩齐被捕大为光火——某个畅销书作家下令逮捕另一个畅销书作家，这种事情鲜有发生——她对我和斯佩齐非常生气。她的态度是，斯佩齐是纠缠在与朱塔里的个人恩怨里，他根本用不着去招惹这位总督察，这很可能会使RCS图书集团也官司缠身。我激动地指出，我和斯佩齐是在捍卫作为记者寻求真理的合法权利，而且我们既没有犯法，也没有干过什么伤天害理的事情。令我惊讶的是，她对我最后的观点保持怀疑。我发现，这种态度在意大利人中还是十分普遍的。

不过，这次会议传来的消息还是鼓舞人心的。RCS图书集团决定继续出版我们的书。而且，出版社会提前一周发行，迅速将书摆在各大书店里。为了这一目的，RCS要求此书以最快的速度从仓库里发货。一旦运出仓库，警察就很难再查封这本书了，因为到那时此书已经散布在意大利全国上千家书店里了。

我终于联系上了米丽娅姆·斯佩齐。她还是撑了下来，但也近乎崩溃。"他们骗他下楼到门口，"她说，"他穿着拖鞋，身上什么也没带，甚至连钱包都放在家里。他们拒绝出示逮捕证。他们对他威胁恐吓，强迫他进了车，把他带走。"他们先是带他到了GIDES在显赫大厦的总部，对他进行审讯，然后警报器呼啸着把他带到佩鲁贾阴森的卡帕内监狱里。

意大利的晚间新闻报道了此事。斯佩齐的照片、"恶魔"作案现场、遇害者、朱塔里和米尼尼的照片在屏幕上不断闪现，播音员声音缓慢而又庄重地说道："马里奥·斯佩齐，'佛罗伦萨的恶魔'案的专著作者，长期对此案跟踪调查，与有犯罪前科的路易吉·罗科一起被捕。他被控妨碍对弗朗切斯科·纳尔杜奇遇害的调查……其动机是掩盖这位医生在'佛罗伦萨的恶魔'连环谋杀案中所起的作用。佩鲁贾的公诉人……猜测，这两人企图在卡普拉伊亚的比比亚尼别墅放置假证据，包括一些实物和文件，旨在重新开始上世纪九十年代已结束的对撒丁岛团伙的调查。他们的动机是，在弗朗切斯科·纳尔杜奇谋杀案中，转移跟马里奥·斯佩齐和圣卡夏诺镇的药剂师弗朗切斯科·卡拉曼德雷伊相关的调查视线……"

接着，一段跟我相关的视频出现在电视上，是我在接受审讯之后走出米尼尼办公室的场景。

"还是在这宗罪案中，"播音员接着说，"另有两人接受了审问，一位曾干过警探，另一位是美国作家道格拉斯·普雷斯顿，他与马里奥·斯佩齐刚刚联手创作了一本有关'佛罗伦萨的恶魔'的书。"

随后很多人给我打来电话，其中一个电话来自美国国务院。一个声音甜美的女子通知我，在罗马的美国大使馆调查了我和佩鲁贾公诉人的情况。大使馆已经确认，我现在正式成为indagato——官方认定的犯罪嫌疑人。

"你们是否问过到底什么证据对我不利？"

"我们没有对此案进行细究。我们能做的就是将现在的情况给你讲清楚。"

"我已经知道现在是什么状况，非常感谢，意大利每一份报纸都有报道！"

那个女子清了清嗓子，然后问我是否在意大利聘请过律师。

"请律师太费钱了。"我咕哝道。

"普雷斯顿先生，"她非常温和地说，"此事事态严重，不会轻易结束，只会更加糟糕，就算有律师帮您，有可能还要拖上几年。您不能任其发展。您必须要花点钱雇个律师。我会让我们在罗马的大使馆将一份律师名单电邮给您。不好意思，我们无法向您推荐具体人选，因为——"

"我知道，"我说，"你们不负责对意大利律师进行等级评估。"

在我们的对话快要结束的时候，她试探性地问道："您不会打算近期返回意大利吧？"

"你是在开玩笑吧？"

"我非常高兴听到这句话，"能从她的声音里听出她松了口气，"我们当然不想处理您被捕这件麻烦事。"

我收到了律师名单。上面的律师多数都从事孩子监护权问题、房地产交易和合同法，只有少数几人负责刑事案件。

我随便选了个律师，打电话过去，那人在罗马与我通上了电话。他有读报的习惯，所以已经知道了此案。他很高兴接到我的电话。我找对了人。他会放下手上重要的工作，接手我的案子。他自称是意大利最优秀的律师之一，他声名远扬，连佩鲁贾的公诉人都敬他三分。聘请如此重量级的律师打官司肯定会事半功倍，这就是意大利的规矩。通过聘请他，我是在告诉那个公诉人，我可不是好惹的主儿。当我战战兢兢地问他费用问题的时候，他说聘他只需两万五千欧元，就能把一切搞定——如此低的律师费（几乎是在做公益事业）只是因为此案有较高的知名度，而且还涉及新闻自由。他会很高兴地将有关电汇的程序通过电子邮件发给我，但收到邮件当天我必须立即将钱寄去，因为这位意大利最重要的律师的日程表排得满满的……

我又给名单中下一位律师打去电话，如此依次打了下去。我最终找到一个愿以六千欧元的佣金接手此案的律师，而且那人听起来也像是个律师，而不像是二手车推销员。

我们后来得知，马里奥被捕之前，GIDES的警察搜查了卡普拉伊亚的比比亚尼别墅及其周边空地，试图找到我们应该已经提前放好的那支枪、物证、箱子或文件。他们一无所获。对于足智多谋的朱塔里而言，这根本不是什么问题。他说，由于他行动迅速，所以我们根本没时间实施我们邪恶的阴谋——他已经将其扼杀在萌芽中了。

第五十一章

四月七日，即斯佩齐被捕当天，他最终来到佩鲁贾二十公里外的卡帕内监狱。他被推搡着进入了监狱空地，然后被带进了一个房间，里面只有一条铺在水泥地板上的毛毯、一张桌子、一把椅子和一个纸板盒。

狱警让他掏空他的口袋。斯佩齐照做了。他们命令他摘下手表和脖子上的十字架。然后其中一人朝他大喊脱光衣服。

斯佩齐脱下了毛衣、衬衫、汗衫和鞋，等在一旁。

"全部脱掉。如果你的脚觉得冷，那就站在毛毯上。"

斯佩齐脱得一干二净。

"做三次弯腰动作。"狱警长命令道。

斯佩齐不是很懂他的意思。

"像我这样做，"另一个狱警说着做了个蹲伏动作，"弯腰一直到地面。做三次。"

在一番侮辱性的搜身之后，狱警告诉他穿上纸板盒里的囚服。狱警允许他留下一盒烟。他们填写了几张表格，然后将他带进一间冰冷的牢房。一个狱警打开了狱门，他走了进去。在狱门被猛力关上的时候，他听到身后传来四次猛烈的铁门撞击声，以及锁门的声音。

那晚他吃的是面包和水。

翌日清晨，四月八日，斯佩齐被允许与他的一个律师见面。律师早早就来到监狱。这之后，他应该可以与他的妻子进行短暂的见面。狱警将他送进一个房间，斯佩齐看到他的律师坐在桌旁，面前有一堆文件。他们还没来得及打招呼，这时另一个狱警冲了进去，长满麻子的脸上挂满笑容。

"这次会面取消了。是检察院的命令。律师先生，如果你不介意的话——"

斯佩齐差一点没时间让律师转告他的妻子他一切都好，无需挂念。他立即又被拉回狱中，单独关了起来。

一连五天，斯佩齐怎么也想不明白他为何突然不能与律师见面，被孤立起来。意大利人第二天便知道了原因。斯佩齐被捕当天，公诉人米尼尼要求负责斯佩齐案的预审法官玛丽娜·德·罗贝蒂斯实施通常只用在对国家构成威胁的危险恐怖分子和黑手党老大身上的一项法律。斯佩齐无权与他的律师见面，而且必须单独关押。此项法律的目的是阻止暴力性罪犯通过律师或访客下达谋杀指令或者胁迫证人。如今，这项法律用在了极度危险的记者马里奥·斯佩齐身上。新闻记者注意到，斯佩齐在狱中的待遇甚至比黑手党老大贝尔纳多·普罗文扎诺在狱中的待遇还要苛刻。在斯佩齐被捕四天后，贝尔纳多在西西里岛的小镇科莱奥内附近落入法网。

五天里，没有人知道斯佩齐情况如何、他的具体位置以及警察可能对他做什么。斯佩齐的消失给他的朋友和家人带来了强烈的心理上的痛苦。有关当局拒绝公布关于他的任何信息、他的健康状况和关押他的情况。斯佩齐完全消失在卡帕内监狱的黑色深渊中。

第五十二章

身在美国的我想起了尼科洛的话——意大利会在全世界面前无地自容的。我下定决心使这件事成为现实。我希望在美国搞出一点动静来，让意大利难堪，迫使意大利对这一离奇古怪的不公审判进行补救。

我给认识的每一个关心新闻自由的组织打去电话。我写了一份呼吁书，在网上发布。呼吁书最后写道："我诚挚地向您呼吁，为了真相和新闻自由，请帮帮斯佩齐。这不应该发生在那个我所热爱的美丽的文明国度，那个给了全世界'文艺复兴'的国家。"呼吁书里包含了姓名、地址以及意大利总理西尔维奥·贝卢斯科尼、内政部长和司法部长的电子邮件地址。呼吁书被人复制粘贴，在很多网站转载，还被翻译成意大利语和日语，很多人在博客里写到了这件事情。

"国际笔会"在波士顿的分支机构组织了一次十分有效的写信抗议活动。我的朋友、小说家戴维·莫雷尔（兰博①的创造者）向意大利政府写了一封抗议信，还有许多属于国际惊悚作家组织（ITW）的知名作家也纷纷写信表示抗议，我是该组织的发起人之一。这些作者中不少人的作品在意大利也都是畅销书，他们的名字很有分量。《大西洋月刊》向我约稿，撰写一篇有关"恶魔案"和斯佩齐被捕事件的文章。

最糟糕的事情是信息不对称。斯佩齐的消失造成了信息真空，随之而来的是可怕的推测，谣言四起。斯佩齐现在落在了佩鲁贾的公诉人手里，一个有权有势的人，还有总督察朱塔里，多家报纸将其称为il superpoliziotto（超级警察），因为他办案行事显然缺乏有效的监督。在那寂静无声的五天里，我早上醒来想的就是狱中的斯佩齐，不知道他们会对他做出何种事情，这逼得我心里发狂。我们大家都有一个心理承受的极限，我不知道他们是否能找到斯佩齐心理承受的极限——因为令他崩溃肯定是他们的计划之一。

每天清晨，我会坐在缅因州森林的小木屋里，拨打我能想到的所有电话。而在等待别人的电话，等待我联系的组织采取行动的时候，会因沮丧而发抖，感到自己无能为力。

《纽约客》的执行总编帮我联系上了安·库珀——总部设在纽约的"保护记者委员会"（CPJ）的常务董事。跟其他机构不同的是，该组织明白局势的紧迫性，立即行动起来。"保护记者委员会"立刻对意大利的斯佩齐案展开了独立的调查，对记者、警察、法官和斯佩齐的同事进行了采访，整个活动由负责欧洲版块的项目协调员尼娜·奥尼亚诺娃指导完成。

在斯佩齐被捕的最初日子里，意大利大多数的主要日报——主要是托斯卡纳区和翁布里亚区的日报，尤其是马里奥家乡的报纸《国民报》——都极力回避报道事情全过程。他们报道了斯佩齐被捕以及对他的

---

① Rambo，美国影星史泰龙饰演的系列影片的主人公。

指控，但他们将此事当作简单的犯罪报道一样对待。大多数报纸对这次逮捕事件所引发的新闻自由问题保持沉默。几乎没有报纸提出抗议。少有记者对斯佩齐遭受的一项最阴险的指控作过评论，即"通过媒体妨碍官方的调查"。（我们后来得知，在《国民报》内部，一些斯佩齐的同事强烈反对报纸管理层对此事胆怯的报道。）

在与意大利朋友和记者的交谈过程中，我惊讶地发现有很多人怀疑至少某些指控是真的。一些人表示，也许是因为我还不了解意大利，这种事情意大利记者都是这么干的。他们认为我的愤怒有些天真、有些笨拙。愤怒就等于认真、等于真诚——就容易受骗上当。许多意大利人立刻做出愤世嫉俗的样子，不轻易相信任何事，他们久经世故，不会轻易相信斯佩齐和我的无罪声明。

"啊哈！"尼科洛伯爵一次跟我说，我们两人经常通电话，"毫无疑问，你和斯佩齐在那幢别墅里肯定不是干什么好事！'动机研究'坚持认为事实就是如此。只有天真的人才会相信你们两个记者是去那幢别墅'随便看看'。警察不会平白无故就把斯佩齐逮起来！你看，道格拉斯，意大利人必须永远都会表现得像个 furbo。没有一个英语单词可以与这个精彩的意大利语词汇对应。这个词指的是老谋深算的人，知道见风使舵，能够愚弄别人，而自己永远都不会被骗。每个意大利人都把别人往最坏处想，这样他们就不会看起来那么轻易被骗。最重要的是，他们都希望自己被视为 furbo。"

作为一个美国人，我很难理解意大利围绕这件事的恐惧和恐吓的气氛。在意大利，真正的新闻自由并不存在，特别是因为每一位政府官员都可以拿"通过媒体进行诽谤"的罪名控告记者。

我们的出版商、隶属于世界上最大传媒出版集团之一的 RCS 图书集团，拒绝发表声明支持斯佩齐，新闻媒体所感到的威胁在这里展现得淋漓尽致。我们的编辑竭力避免接受采访，但有一次她被《波士顿环球报》的记者找到。"斯佩齐记者和警方调查官彼此仇视对方，"她接受《波士顿环球报》采访时说，"为什么？我不知道……如果他们（普雷斯顿和斯佩齐）认为他们发现了对警方和法律有用的信息，他们说话的时候就不应该侮辱警方和法官。"

　　与此同时，佩鲁贾附近的卡帕内监狱里，却没有任何关于马里奥·斯佩齐的消息。

第五十三章

四月十二日，连续五天的信息中断终于结束，斯佩齐被允许与他的律师见面。那一天，他的案子将在相当于美国的人身保护权听证会上，接受预审法官玛丽娜·德·罗贝蒂斯的审讯。听证会的目的是确定斯佩齐的被捕和监禁是否正当。

那天，为了参加听证会，斯佩齐第一次得到一套换洗的衣服、一块肥皂，以及刮胡子和洗澡的机会。公诉人朱利亚诺·米尼尼出现在罗贝蒂斯法官的面前，陈述斯佩齐为何对社会构成威胁。

"这位记者，"米尼尼在他的案情摘要中写道，"被控干扰'佛罗伦萨的恶魔'案的调查，他是发布假情报活动的核心人物，极像一位行动诡异的特工。"米尼尼解释说，这种制造假情报的活动的目的是干扰对"一些著名人士"的调查，他们是"佛罗伦萨的恶魔"杀人案的幕后策划者。纳尔杜奇便是其中之一，他雇佣并指使帕恰尼和他的"野餐朋友"杀害年轻的恋人，取走她们的器官。斯佩齐和其他幕后策划者的策略是，将人们对"佛罗伦萨的恶魔"谋杀案的谴责限制在帕恰尼及其"野餐朋友"身上。在这一招不起作用、调查又开始接近真正目标的时候——随着对纳尔杜奇死因的调查重新开始——斯佩齐不顾一切地企图将调查工作重新转移到"撒丁小道"上,因为"那样的话,风险将会降低到最小,调查不会再触及那些社会名流和幕后策划者"。

这一通陈述不含任何可信的法律证据——只不过是荒唐可笑的阴谋理论,编得充满了幻想色彩。这是彻头彻尾的"动机研究"。

在听证会上,斯佩齐对他被拘禁的牢房的条件表示了抗议。他坚持表示,他只不过是以记者的身份进行合法的调查,并没有像"行动诡异的特工那样发布假情报"。

玛丽娜·德·罗贝蒂斯法官望着斯佩齐,问了一个问题,整场听证会上她只问了这一个问题。

"你是否属于某个邪恶的教派?"

起初,斯佩齐还以为自己听错了。斯佩齐的律师用肘部轻轻碰了他一下,压低声音说:"不要笑!"

简单地回答"不"似乎还不够充分。斯佩齐淡淡地说:"我唯一参加的组织是记者组织。"

说完这句话,听证会便结束了。

罗贝蒂斯法官从容不迫地用去四天时间,终于作出了最后的裁决。星期六,斯佩齐与他的律师见面,听法官对他的裁决。

"我有好消息,也有坏消息,"特拉韦尔西说,"你想先听哪一个?"

"坏消息。"

罗贝蒂斯法官判定,他必须继续接受"防范性拘留",因为他仍然对社会构成威胁。

"那好消息呢?"

他已经看到佛罗伦萨书店的橱窗里,堆放着一摞待售的《血色的大好河山》。这本书终于问世了。

第五十四章

与此同时，总督察朱塔里继续马不停蹄地进行调查，坚定的双唇间夹着托斯卡纳烟。一段时间以来，在所谓的纳尔杜奇谋杀案中，另一具尸体的缺席一直令人十分尴尬，有两具尸体才能使纳尔杜奇尸体的两次调包成为现实。朱塔里终于找到一具合适的尸体，是个南非人，他头部受到猛击，自一九八二年起就被放在佩鲁贾的停尸房里冷藏起来，一直无人认领。此人与纳尔杜奇被人从水里找到后放到码头上的尸体的照片有几分相似。在纳尔杜奇被杀之后，这个先他死去的南非人的尸体被人从停尸房里盗走，投入湖中作为替代品，纳尔杜奇的尸体则被掩藏起来，放在太平间里或其他什么地方。然后，多年之后，随着挖掘纳尔杜奇尸体工作的临近，两人的尸体再次被人调换，纳尔杜奇的尸体被重新放回他的棺材里，而南非人的尸体则被偷走，重新置于冷藏室里。

斯佩齐坐牢之后，朱塔里向《国民报》讲述了他在纳尔杜奇案中取得的巨大进展："是的，我们正在调查这个男子的死因，他死于一九八二年，一些有趣的因素可能会给我们带来具体的结果……我相信，从特拉西梅诺湖里找到的那具尸体不是纳尔杜奇，这一点毫无疑问……现在，鉴于这些新的事实，局势也许会变得明朗一些。"但是，这理论一定是出了什么差错，因为朱塔里后来再也没有提起那个死去的南非人，而围绕所谓的双尸调包案的事实至今仍不明朗。

斯佩齐的律师开始努力向复审法庭申请举行听证会，这是为那些被下令监禁等待审判的人而设立的上诉法庭，与美国的保释听证会有些相似，是为了决定是否有足够的理由在审判前继续对斯佩齐实施"防范性拘留"，还是将他释放并进行软禁或采取其他措施。意大利法律没有保释条款，法官的裁决是基于被告的危险程度，以及他是否可能逃离意大利。

斯佩齐的听证会的日期定了下来：四月二十八日。复审工作将在三个来自佩鲁贾的法官面前进行，他们都是公诉人和预审法官的亲密同事。复审法庭通常不会轻易调换法官的同事，特别是在一宗如此透明的案子上，公诉人将自己的信誉完全押在自己的检察官身份上。

四月十八日，斯佩齐被捕的二十天后，"保护记者委员会"完成了对斯佩齐案的调查。第二天，委员会常务董事安·库珀用传真机向意大利总理西尔维奥·贝卢斯科尼发去一封信。以下是信件的部分内容：

记者不应该惧怕对一些敏感事件进行独立调查，公开评论或批评政府官员。在一个像贵国这样的民主国家里——而且也是欧盟的一部分，这种恐惧是令人难以接受的。我们呼吁您能确保意大利当局对我们的同事马里奥·斯佩齐的严厉指控得到澄清，要不将那些指控的所有证据都公之于众，要不立刻将他释放。

马里奥·斯佩齐和他的美国同事道格拉斯·普雷斯顿受到的迫害向意

大利记者发出了一个危险的讯息：应该避免报道像托斯卡纳连环杀人案这样敏感的事件，而那位美国人也因为担心受到起诉而不敢重返意大利。政府推动这种自我审查的氛围的做法与民主是水火不相容的。

这封信被复印多份，分别发给了公诉人米尼尼、美国驻意大利大使、意大利驻美国大使、"国际特赦组织"、"自由论坛"、"人权观察"、"无国界记者"组织以及其他多个国际组织。

这封信，再加上来自其他包括在巴黎的"无国界记者"等国际组织的抗议，似乎改变了整个局面。意大利新闻界一下子找到了勇气。

"监禁斯佩齐是可耻的。"《自由》杂志的一篇社论大声疾呼，文章由杂志副总编亲自主笔。《晚邮报》在头版显要位置刊登了一篇题为《没有证据的正义》的社论，将斯佩齐被捕称作一桩"恶行"。意大利新闻界终于提出这个问题：斯佩齐被捕对新闻自由和意大利的国际形象究竟意味着什么？大量的文章随后涌现出来。斯佩齐在《国民报》的同事联名上诉，该报也发表了公开声明。许多记者开始认识到，斯佩齐被捕是对犯有与官方调查意见相左这个"罪行"的记者进行的攻击——换句话说，整个新闻业也沦为罪犯。新闻机构和报社的抗议声在意大利此起彼伏。一些有名望的记者和作家联名上诉，其中写道："说实话，我们没有想到在意大利，努力寻找真相竟然会被误解为非法支持和协助有罪的人。"

"斯佩齐和普雷斯顿案对我们国家的国际形象带来了严重的影响，"意大利"信息安全和自由"组织主席接受伦敦《卫报》采访时说，"这将有可能使我们在任何与新闻自由和民主相关的国家排名中垫底。"

我接到大量意大利新闻媒体的电话，接受了几家媒体的采访。我在意大利的律师并不乐意看到我的话被如此随意引用。她与佩鲁贾的公诉人朱利亚诺·米尼尼见过面，讨论过我的案子。她试图查明指控我的罪名到底是什么，这些罪名自然是受到了司法保密令的保护。她给我写了封信，说她感到这位公诉人对我接受审讯之后向媒体发表的声明"并不赞成"。她还淡淡地补充道："公诉人肯定不高兴把这个问题上升到国际外交层面……个人对公诉人进行谴责，对你的案子没有什么帮助……在对你当时说过的一些话（这一定对米尼尼博士产生了负面效果）重新审视之后，你通过与这些声明撇清关系来降低它们的影响，这才是合乎时宜的做法。"

她相信，对我的指控是因为我对公诉人说错了话，是因为犯了陷害无辜者的"诽谤罪"，是因为通过媒体进行恶意诽谤，干涉重要政府部门的工作。我并未像我担心的那样，被指控是纳尔杜奇谋杀案的从犯。

我在回信中写道，我很抱歉我不能与我发布的那些声明撇清关系，也无法减轻米尼尼因为此案被上升到"国际外交层面"而出现的任何不悦情绪。

在这期间，我又收到加布里埃拉·卡利齐发来的一封长长的电子邮件，她似乎是最先购买我们《血色的大好河山》的读者。

是我，亲爱的道格拉斯……昨天晚上，我很晚才从佩鲁贾回到家。上周我去了这位执法官的办公室三次，因为你知道，自从马里奥·斯佩齐坐牢之后，大量多年生活在恐惧中的人都纷纷与我联系，每个人都想告诉我他们所亲历过的马里奥的罪行……

你可能会问：这些人为何以前不说？

因为他们非常惧怕马里奥·斯佩齐和那些他们认为十分愿意"包庇他"的人。

所以我们向你求救。

因为最近我需要宣誓作证，所以这使我有机会向米尼尼博士解释你为何不可能参与此案。道格拉斯，我向你再重复一遍，米尼尼相信我的话，他心态平和……

与此同时，我再次邀请你到意大利来，你会发现你与米尼尼之间的误解已经全然消除。你要是愿意的话还可以与你的律师一起在佩鲁贾与他见面，我希望你的律师与斯佩齐的律师不一样，你会被免除任何指控。

我已经读过《血色的大好河山》这本书。我跟你说，你的名字要是不在那本书上就好了。检察院已经得到这本书，我想此书将会带来严重的司法后果……不幸的是，道格拉斯，你已经在书中签上了名字。此事绝非儿戏，与米尼尼的工作毫无关系，但是此书现在已经引起刑事司法系统的注意，该书会给你的作者生涯染上污点……斯佩齐凭借你的声望，使你陷入如此不堪的境地。如果你来意大利的话，我会帮你减轻你的罪责，我重复一遍，我们必须马上见个面，相信我……在这本书上，真该死，竟然有你的名字！很抱歉，但是一想到这个斯佩齐"恶魔"般的行径，我就怒不可遏……

我等待你的消息，热情地拥抱你和你的家人。

加布里埃拉

还有一事：我觉得《纽约客》应该也与斯佩齐和他的行为撇清关系，所以你愿意的话，我可以在接受《纽约客》的采访时做一些解释，把你从被斯佩齐拖进去的浑水中救出来，也就是说我可以向美国媒体证明你并未卷入这场"欺诈行为"。

我难以置信地读完了这封邮件，几周来头一次发现自己对这荒唐的一切竟然失声大笑起来。有哪一位小说家，或大胆的作家，哪怕是诺曼·梅勒①，曾大胆塑造过像这个女人般的人物？我想还没有。

四月二十八日，即斯佩齐现身"复审法庭"的日子，正渐渐逼近。四月二十七日，我与米丽娅姆通了电话。她非常担心这场听证会上可能发生的事情，她告诉我斯佩齐的律师也像她一样悲观。如果法官继续让斯佩齐接受"防范性拘留"，那在下一次司法审查开始之前，他要在狱中至少再待上三个月，而届时放他出狱将难上加难。意大利司法体系的运转像冰山一样迟缓。可怕的事实是，斯佩齐会被关在狱中多年之后才能接受审判。

斯佩齐的律师得知，米尼尼正准备对整场听证会进行实况报道，以确认斯佩齐没有被释放。这已经成为这位公诉人职业生涯中最重要的一桩案子。意大利和世界各地新闻媒体对他的批评很有杀伤力，而且愈演愈烈。他的一世英名全靠赢得这场听证会了。

我打电话给尼科洛，问他对马里奥的命运有何预测。他保持谨慎而悲观的态度。他所能说的只是："意大利的法官都是官官相护。"

---

① Norman Mailer（1923—2007），美国著名作家，作品多挖掘剖析美国社会及政治病态问题。代表作是《裸者与死者》。

第五十五章

　　二〇〇六年四月二十八日，即听证会的指定日期，一辆货车抵达卡帕内监狱带走斯佩齐和其他囚犯到佩鲁贾法庭参加听证会。斯佩齐的狱警将他带了出去，他与其他囚犯被关在货车后面的囚笼里。

　　法庭位于佩鲁贾市中心，是中世纪建筑中十分著名的一个，屹立于马泰奥蒂广场之上，就像一座用白色大理石垒成的高耸的哥特式城堡。这个建筑被列入了旅行指南，每年都有数以千计的游客观光游览。法庭由两位著名的文艺复兴时期的建筑师设计而成，建在一座环绕佩鲁贾的十二世纪城墙的根基上，而这堵古城墙则建在有着三千年历史的伊特鲁里亚人的巨型石块地基上，曾是环绕佩鲁贾的古城墙的一部分。在这个建筑的巨大入口上方，竖立着一个身穿长袍的女子雕像，她双手紧握一把剑，向所有进入大楼的人露出神秘的微笑。雕像下方的题词称她是 Iustitiae Virtutum Domina——"正义美德的掌管者"。她的两侧有狮身鹫首的怪兽，爪子紧紧抓着一头小牛和一只绵羊，这是佩鲁贾的象征。

囚车停在法院外的广场上，一群报刊和电视记者正翘首期待斯佩齐的到来。因为他们的存在，游客也开始围了上来，很想看看如此备受关注、罪大恶极的囚犯的庐山真面目。

其他囚犯被依次带出车外参加听证会。每个囚犯的听证会持续二十到四十分钟。听证会禁止任何人参加，包括记者和公众，甚至还有配偶。米丽娅姆驱车赶到佩鲁贾，坐在法庭外走廊里一张木制长椅上，等待消息。

十点三十分，轮到斯佩齐。他被人从笼子里带了出来，向法庭走去。在被人领进法庭的时候，他有机会向远处的米丽娅姆微笑，并朝她竖起了大拇指，给她打气。

三位法官坐在一张长桌后面，是三位女性，穿着传统的法袍。斯佩齐坐在法庭中间的位置，面前是三位法官。他坐在一张坚硬的没有扶手的木椅上，身前也没有桌子。他的右侧放着一张桌子，后面坐着公诉人米尼尼和他的助手；左侧是斯佩齐的律师，现在已经增加到了四人。

与二十到四十分钟的听证会不同的是，这场听证会整整持续了七个半小时。

后来，斯佩齐记录下了这次听证会的情况。"我不能完整地将这七个半小时发生的事情回忆清楚，留下的不过是记忆的片段……我记得我的律师尼诺·菲拉斯托慷慨激昂地发表陈词，他完全清楚'佛罗伦萨的恶魔'案的整个历史和这次调查的荒诞性，此人具有强烈的正义感。我记得米尼尼涨红的面孔，尼诺慷慨陈词的时候，他只是低头看着他的文件。我记得年轻的法庭记者睁大眼睛，也许是被这个热情洋溢的律师不愿使用委婉语而吓住。我听到菲拉斯托提到卡利齐的名字……我听到米尼尼说我否认参与了纳尔杜奇谋杀案和'佛罗伦萨的恶魔'案，但我不知道他手上有'极为重要和敏感的材料',能够证明我有罪。我听到米尼尼大声嚷道……在我的家里,他们发现'门后藏着一块邪恶的石头,而被告却坚称这是个门掣'。"

斯佩齐还记得米尼尼用一根颤抖的手指指着他,责骂"斯佩齐对这次调查表现出的令人费解的仇恨"。但他记得最清楚的是米尼尼谈到,为了尽早出狱,"被告极度危险地利用信息并成功地控制了大众媒体的声音"。他记得米尼尼咆哮道:"今天呈现在法庭上的指控不过是可怕罪行的冰山一角而已。"

最让斯佩齐惊讶的是,米尼尼在法官面前给出的论据竟然与加布里埃拉·卡利齐数月前在她的阴谋网站上提出的指控有多处相似。有时候,甚至连一些措词也如出一辙。

三位身穿长袍的法官不动声色地边听边记笔记。

午餐休息之后,听证会继续。米尼尼一度起身离开法庭,到走廊透气。在法庭外面,米丽娅姆已在那里等候多时。当看到这位公诉人独自一人在走廊里散步的时候,她腾地一下子站了起来,就像复仇天使一样,愤怒地指着那人。"我知道你相信上帝,"她满腔怒火地厉声叫道,"上帝会惩罚你做的一切。上帝一定会惩罚你的!"

米尼尼的脸一下子涨得通红,他一言不发,身体僵硬地走到走廊的拐角,随即消失不见。

后来,米丽娅姆对她的丈夫说,当"我听到米尼尼在法庭内高声叫嚷,说些很难听的话,说你有罪的时候",她根本无法平静下来。

米尼尼返回法庭,他重新开始总结陈词,听起来更像是调查报告,而不是诉讼程序。他提到斯佩齐的"高智商使他高超的犯罪能力变得更具破坏性"。他最后总结说:"继续监禁斯佩齐的原因变得更加迫切。因为即使是关在狱中，他已经通过成功地组织大众媒体为他说话而表现出巨大的危害性！"

斯佩齐清楚地记得那一刻。"一支钢笔从法庭庭长手里滑落，在桌子上留下清脆的咔嗒声……从那时起，她不再记录笔记。"她显然已经得出某种结论。

最后，每个人都发言完毕之后，轮到斯佩齐了。

我一直都十分欣赏斯佩齐的演讲才能——他的语言充满智慧，他擅长即兴发挥，组织句子富有逻辑性，事实依次罗列出来，就如同一则精彩的新闻报道一样干净、简洁和清楚。现在他将这些才能在法庭上施展出来。直视着米尼尼，斯佩齐开始讲话。米尼尼不敢与他对视。在场的人说，他声音里暗含着静静的不屑，一条一条地将米尼尼的指控推翻，攻击他弱不禁风的阴谋逻辑，指出米尼尼没有任何证据能够支持他的理论。

斯佩齐后来告诉我，他讲话的时候，能觉察到他的话对法官产生了明显的效果。

斯佩齐感谢公诉人赞美了他较高的智商和记忆力，他还一字不落地指出米尼尼在案情摘要里的词语与数月前加布里埃拉·卡利齐在她的网站里刊登的内容完全一样。斯佩齐质问米尼尼是否能解释他现在的话怎么会与她当时的言论如此相似。他问，卡利齐十年前便声称作家阿尔贝托·贝维拉夸就是"佛罗伦萨的恶魔"，难道不是已经被判了诽谤罪吗？那么现在还是这个卡利齐，她难道不应该因为欺诈被剥夺法定权利的人而接受审判吗？

接着，斯佩齐转向法庭庭长。"我不过是个记者，只是想努力干好分内的工作，我是个好人。"

他的发言结束了。

听证会也随之结束。法庭里的两名警卫护送斯佩齐进了电梯来到这座中世纪宫殿的古老地下室，他们将他锁在一间空荡荡的小房间里，几个世纪以来那里都可能是用于关押囚犯的地方。斯佩齐倚靠在石墙上，身子滑到地上，筋疲力尽，脑子一片空白。

　　过了一会儿，他听到一个声音，于是睁开双眼。来人是其中一个警卫，手拿一杯用他自己的钱买的热浓咖啡。"斯佩齐，给你。你看起来需要这个。"

第五十六章

那天晚上，他们将马里奥·斯佩齐押上车，将他送回卡帕内监狱的牢房里。第二天是星期六，法庭在下午一点关门。法官们会在此之前作出最后的裁决。

那个周六，随着一点钟的临近，斯佩齐在牢房里静静地等待。同楼里的其他囚犯即使没有见过他，也已经知道他，人们都在等待法官的判决。一点钟过去了，然后又是一点三十分。随着两点钟临近，斯佩齐开始认为判决肯定是对他不利的。接着，牢房远端的囚犯那里传来了欢呼声。有人听到某台看不到的电视机正在播放的内容。"大叔！你自由了！大叔！你可以走了！大叔，他们已经无条件地放你走了！"

米丽娅姆当时正在一家咖啡馆里等待消息，接到了马里奥在《国民报》的同事的电话。"天大的好消息！我们赢了！赢了！彻彻底底赢了！"

"在狱中待了二十三天之后，"意大利国家电视台（RAI）报道，"被控妨碍'佛罗伦萨连环杀人案'司法调查的记者马里奥·斯佩齐被无罪释放。这是复审法庭的最终判决。"三位法官对他的释放没有添加任何附加条件——不用软禁，也不没收护照。他无条件地彻底自由了。

这是对佩鲁贾的公诉人强有力的谴责。

一个狱警来到斯佩齐的牢房，手里拿着一个巨大的黑色垃圾袋。"快点。将你所有的东西都放这里。我们走吧。"

斯佩齐将东西放进垃圾袋里，转身要走，却发现那个警卫挡在了门口。还有一件羞辱的事情等着他。"离开之前，"警卫说，"你要将牢房打扫干净。"

斯佩齐想他一定是在开玩笑。"我从未要求到这里来，"他说，"我是被非法关在这里。如果你希望这里干净，你自己打扫。"

警卫眯着眼睛，猛地将牢房的金属门从斯佩齐的手里扯开，哐啷一声将其关上。他转了转钥匙，说："如果你这么喜欢这里，那就继续待下去吧！"说完就走开了。

斯佩齐几乎不敢相信这一切。他抓住门上的铁条。"听着，你这个白痴。我知道你的名字，如果你不立即放我出去，我会告你非法监禁的。你明白吗？我要举报你。"

警卫停了下来，向他的值班地点又走了几步，然后慢慢地转过身，仿佛是通情达理地承认了这一点，又走了回来，将狱门打开。斯佩齐被转交给另一个表情冷漠的狱警，他将斯佩齐送进一间等候室里。

"你为什么不放我出去？"斯佩齐问。

"还有一些文书工作，另外……"狱警支吾道，"我们还要维持外面的公共秩序。"

斯佩齐终于从卡帕内监狱里走了出来，手拿巨大的黑色垃圾袋，一大群等候在一旁的记者和旁观者爆发出欢呼声。

尼科洛是第一个给我打电话的人。"好消息！"他大叫，"斯佩齐自由了！"

第五十七章

那一天，我和斯佩齐进行了长聊，他说他要带着米丽娅姆去海边，只有他们两人，但只能玩几天。"米尼尼，"他说，"强迫我回到佩鲁贾参加另一次审讯。时间是五月四日。"

"是关于什么呢？"我吃惊地问道。

"他正在准备对我提出新的指控。"

米尼尼甚至都没耐心等待复审法庭发布书面文件。他向最高法院对斯佩齐的出狱提请上诉。

我问了斯佩齐我连续几个星期都想问的一个问题。"罗科为何要这样做？他为何要编造那些铁箱子的故事？"

"罗科非常了解安东尼奥·芬奇，"他说，"他说是伊尼亚齐奥告诉他那些铁箱子的事情的。对于撒丁人而言，伊尼亚齐奥算得上是教父级人物……我被捕之后没有跟罗科交流过，所以我不知道是否真是罗科编了这个故事，还是伊尼亚齐奥也卷入其中。罗科这样做也许是为了钱——我不定期会给他几欧元贴补家用，给他的车买汽油，但是从来都不多。而他付出了沉重的代价——他作为我的'同犯'也锒铛入狱。天知道。也许这件事是真的。"

"为什么是比比亚尼别墅？"

"也许纯属巧合。或者也许那些撒丁人确实曾用过那些古老的农舍。"

在斯佩齐接受审讯之后不久，五月四日他便给我打来电话。令我大吃一惊的是，他的心情非常舒畅。"道格，"他说，咯咯直笑，"这次审讯太棒了，简直妙不可言。这是我人生中最美妙的时刻之一。"

"快告诉我发生了什么。"

"那天早上，"斯佩齐说，"我的律师开车接我，我们在一处报摊停下车，买了份报纸。当看到大字标题的时候，我简直不敢相信自己的眼睛。报纸就在我的手上。我读给你听。"

接着是一阵戏剧性的停顿。

"'GIDES警长朱塔里被控伪造证据'，怎么样，妙吧？"

我开心地大笑："真是太棒了！他都干了什么？"

"此事跟我毫无关系。据说他篡改了'恶魔案'中另外一个人的磁带录音———一个重要人物，一名法官。但这还不是最精彩的部分。我将这份报纸叠好，故意露出标题，然后拿着报纸到米尼尼的办公室接受审讯。在我坐下的时候，我将这份报纸放在膝盖上，让那行标题正好对着米尼尼。"

"他看到的时候有何反应？"

"他没有看到标题！米尼尼根本不敢看我一眼，一直都极力回避与我对视。审讯并未持续很长时间——我在审讯时行使了不回答问题的权利，就这样。五分钟而已。可笑的是，速记员却看到了新闻标题。我看到那人像个乌龟一样伸着脖子看那个标题，然后这个可怜的家伙拼命想引起米尼尼的注意！不幸的是他没有成功。在离开办公室没多久，我还在大厅里，米尼尼办公室的大门砰的一声打开了，一位宪兵军官顺着楼梯向大门飞奔而去，毫无疑问是冲向最近的报摊。"他一脸坏笑，接着说，"很显然，米尼尼那天早上没有看过报纸！他对此一无所知！"

在公诉人办公室的外面，在这段简短的审讯之后，一群记者等在路旁。照相机齐刷刷地转向他，响起一片咔嚓的声音，斯佩齐举起手中的报纸，转到大字标题的地方。"这就是我今天要说的话。"

"这不正是我说的那样吗？"尼科洛伯爵第二天对我说，"朱塔里是罪有应得。在你的努力下，你已经让意大利司法界冒着成为国际笑柄的风险，在全世界面前颜面尽失。他们根本不在乎斯佩齐和他的权利。他们只想尽快将这事办完。他们只在乎保住面子。面子啊，面子！唯一令我吃惊的是，这一切发生得远比我想象的要早。我亲爱的道格拉斯，这是朱塔里的末日的开端而已。钟摆摇起来可真快啊！"

同一天，我们的书《血色的大好河山》进入了意大利畅销书榜。

钟摆确实朝着我们的方向摇摆，而且摆得很用力。意大利最高法院十分迅速地驳回了米尼尼的上诉，回应的观点十分简略，这份上诉是"无法接受的"。最高法院也取消了所有审讯斯佩齐的法律程序。他不会再接受任何调查和审讯。"千斤重担已从我身上卸下，"斯佩齐说，"我自由了。"

几个月后，警方对朱塔里和米尼尼的办公室进行了搜查，带走几箱文件。他们发现，米尼尼一直行使反恐怖主义特别法，对那些批评"佛罗伦萨的恶魔"调查工作的记者进行窃听——窃听工作是由朱塔里和GIDES负责进行的。除了窃听记者，朱塔里还窃听佛罗伦萨法官和警探的电话及对话，包括他在佛罗伦萨的同行、公诉人保罗·卡内萨。米尼尼似乎怀疑他们都属于某个巨大的佛罗伦萨阴谋集团，千方百计阻挠他对"恶魔谋杀案"的幕后策划者进行调查。

二〇〇六年夏天，朱塔里和米尼尼因"滥用职权"受到指控。GIDES被解散，问题也随之出现：这支警队从未受到官方的认可和批准。朱塔里手下无兵，"佛罗伦萨的恶魔"案调查也移交给别人。他成为既无职务又无任务的总督察。

米尼尼还是保住了他佩鲁贾公诉人的职位，但是手下又多了两名检察官，对外宣称是辅助他的工作，其实大家都明白，他们真正的工作是帮他摆脱麻烦。米尼尼和朱塔里必须接受"滥用职权"以及其他罪行的审判。

二〇〇六年十一月三日，斯佩齐因为《血色的大好河山》被授予意大利最受人艳羡的新闻记者奖，并被誉为"新闻自由年度最佳作者"。

第五十八章

七月，那篇有关"佛罗伦萨的恶魔"的文章在《大西洋月刊》上发表。几周后，该杂志收到一封来信，写在老式信纸上，用老式打字机打印而成。这封不同寻常的信出自尼科洛的父亲内里·卡波尼伯爵之手，他是意大利最古老最显赫的一个贵族家庭的一家之长。

在我初次遇到尼科洛的时候，他曾提到他的家族能在佛罗伦萨长盛不衰的原因：他们从未招惹非议，在所有事情上都保持谨慎，永远不争做第一。正如七年前尼科洛在他通风良好的宫殿里说的那样：八百年来，卡波尼家族就是因为不做"出头椽子"才能兴盛至今。

但现在，内里伯爵打破了这一家族传统。他给编辑写了一封信。这可不是一封普通的信，而是对意大利刑事司法系统的最有力谴责，而他本人就是法官兼律师。内里伯爵知道自己要说什么，他也说得十分清楚。

卡波尼伯爵

先生：

道格拉斯·普雷斯顿和马里奥·斯佩齐经历的司法闹剧不过是冰山一角。意大利的司法系统（包括检察官）是政府行政部门的一个分支。而这一分支能够自主招人，自我统治，却不对任何人负责，这完全是国中之国！这种官僚体系基本上可以分成三部分：势力庞大的少数派，他们腐败成性；一大部分善良的人，他们不敢勇敢地反抗这个政治少数派（因为他们掌控着司法系统）；还有一少部分诚实勇敢的人，却很难产生影响。善于玩弄权术、品行不端的法官有十分可靠的手段使政治等领域的反对者沉默，或败坏他们的名声。伪造的秘密指控，窃听电话，提供给新闻媒体的对话（常常受到篡改），然后新闻媒体为了提高销量开始诽谤中伤，大张旗鼓地搞逮捕行动，在最糟糕的条件下对被告长时间防范性拘留、严厉逼供，最后是一场旷日持久的审判，最终宣判一个生活被毁的人无罪。斯佩齐是幸运的，我听说因为强大的佛罗伦萨检察官与佩鲁贾检察官不是朋友，并且"建议"释放斯佩齐；我还听说，佩鲁贾的法庭接受了这个"建议"。

有趣的一点是，五十年来，在意大利发生的"不公审判"（除去对生活被毁的被告宣判无罪的情况）总计四百五十万起。

内里·卡波尼

谨上

附言：如果可能，我想请你删掉我的签名，或只用姓名首字母，因为我担心我及家人会遭到报复。如果删掉我的签名行不通的话，那就登出来吧。上帝会保佑我的！真相必须大白于人间！

《大西洋月刊》刊登了这封信，附带上他的名字。

英国报纸《卫报》也刊登了一篇有关此案的文章，并采访了总督察朱塔里。他说我所声称的受到"返回意大利就被逮捕"的威胁是在撒谎。他还坚称，我和斯佩齐仍然有罪，因为我们将假证据藏在了那幢别墅里。"普雷斯顿没有说出真相，"他说，"我们的录音记录可以证明这一点，"他还坚持说，"斯佩齐还会被起诉的。"

登在《大西洋月刊》上的那篇文章吸引了美国全国广播公司（NBC）"日界线"栏目制片人的注意，他邀请我和马里奥参加拍摄有关"佛罗伦萨的恶魔"的节目。二〇〇六年九月，有些心惊胆战的我与"日界线"摄制组一同返回意大利。我的意大利律师通知我，考虑到朱塔里和米尼尼正深陷法律纠纷，返回意大利应该是安全的。美国全国广播公司向我许诺，如果我在机场被捕，他们会把意大利闹翻天。为了以防万一，美国全国广播公司拍摄人员在机场与我会合的时候，已经准备好拍摄我被捕的情景。我很庆幸没能让他们搞到这个大新闻。

我和斯佩齐带着节目主持人斯通·菲利普斯来到几个犯罪现场，摄制组将我们在那里讨论谋杀案的情景和我们与意大利法律的冲突拍摄了下来。斯通·菲利普斯采访了朱塔里，他仍然坚称，我和斯佩齐将伪证隐藏在那个别墅里。他还对我们的书进行了批评："很明显，普雷斯顿先生根本没做过任何事实核查……一九八三年，两个年轻的德国人被杀的时候，这个人（安东尼奥·芬奇）正因另一宗与'恶魔案'无关的罪行而坐牢。"菲利普斯设法对安东尼奥·芬奇进行了简短的采访，采访过程没用摄像机。芬奇证实了朱塔里的话，在一起"恶魔凶杀案"发生时他确实是被关在狱中。也许，他们没想到NBC会核实这些事实。在节目中，斯通·菲利普斯说道："我们后来核查了他的犯罪记录，发现（安东尼奥）在'恶魔'杀人期间从未坐过牢。他和朱塔里不是搞错了，就是在撒谎。"

宣称安东尼奥"阳痿"要比指控他是"佛罗伦萨的恶魔"更令他感到恼火。"如果斯佩齐的妻子再年轻貌美一些，"他告诉菲利普斯，"我会向他们展示到底谁是阳痿——我可以现在就在这张桌子上证实给你看。"

在节目结束的时候，菲利普斯问了安东尼奥·芬奇一个问题：你是"佛罗伦萨的恶魔"吗？

"他闭上眼睛，"菲利普斯说，"紧紧抓住我的手，说了一个词：innocente。① "

---

① 意大利文，无辜的。

第五十九章

在参与"日界线"拍摄期间,我和斯佩齐在意大利的一次经历没能拍摄下来。斯通·菲利普斯想要采访皮亚·龙蒂尼的母亲温妮·龙蒂尼。皮亚是"恶魔案"的遇害者之一,一九八四年六月二十九日在维基奥附近的博斯切塔被杀。摄制组的面包车停在城镇广场上乔托雕塑的阴影中,其他人在面包车旁等候,我和斯佩齐则沿着街道向龙蒂尼那幢古老的别墅走去,看她是否愿意接受采访。

我们静静地望着她的家,心中颇感悲凉。已是锈迹斑斑的铁门仅剩下一个门铰。花园里已经稀疏的灌木在风中沙沙作响,院子的角落里堆满了落叶。百叶窗都关着,窗上的板条已经破烂不堪,悬在空中。六七只乌鸦在屋顶站了一排,就像很多黑布在一起。

马里奥用力摁了摁门铃,却没有任何声响。周围一片死寂。我们面面相觑。

"看起来这里已经没人住了。"马里奥说。

"敲敲门吧。"

伴着吱嘎一声,我们将破旧的铁门推开,走进死寂的花园,在一片树叶和树枝上踩过,留下嘎吱嘎吱的声音。别墅的房门锁得紧紧的,门上的绿色油漆已经开裂,大片大片地脱落,里面的木头也已经裂开。房子的门铃已经不见,墙上留下一个洞,一根磨损的电线探了出来。

"龙蒂尼夫人?"马里奥叫道,"有人在家吗?"

在这幢废弃的房子四周,风飒飒作响,似乎是在轻声低语。马里奥砰砰地敲了敲门,空荡荡的房间响起低沉的回音。乌鸦拍打着翅膀飞走了,在空中盘旋,聒噪的声音就像用指甲在黑板上划过一样。

我们站在花园里,抬头望着这栋被弃的房子。乌鸦在空中盘旋,呱呱叫个不停。马里奥摇了摇头。"镇上的人肯定知道她怎么了。"

广场上有个男子告诉我们,银行最终取消了这幢别墅的赎回权,龙蒂尼夫人现在靠政府的资助生活,住在湖边为穷人设立的廉租房里。他将地址给了我们。

我们心怀忧恐地寻找那个廉租房,最终发现它隐藏在当地的百姓俱乐部的后面。那里与美国人想象中的公共福利房大不一样。那是一幢喜气洋洋的房子,粉刷成淡奶油色,干净得一尘不染,窗台上种着鲜花,能够望到美丽的湖景。我们绕着房子走到后面,敲了敲她寓所的门。她给我们开了门,将我们迎了进去,让我们坐在一个兼作厨房和餐厅的不大的区域里。这间公寓与原来那个阴暗而又死气沉沉的房子截然相反,明亮而又充满生气,房间里摆满了植物、小摆设和照片。阳光从窗户外洒进,小鸟婉转啼鸣,在屋外的美国梧桐树林里飞来飞去。房间里充满了洗过的衣物和肥皂清新的味道。

"不，"她挤出一丝苦笑回答了我们的问题，"我不会再接受采访了。永远都不会。"她身穿闪闪发亮的黄色连衣裙，染红的头发精心梳理过，声音温婉柔和。

"我们仍然希望查明真相，"马里奥说，"谁也无法预测……这也许会有帮助。"

"我知道这也许有用。但我对真相已经不感兴趣。这又有什么意义呢？又不会把皮亚和克劳迪奥带回来。曾经很长时间，我以为知道真相会使事情变得好一些。我的丈夫因为寻找真相而死去。但现在我知道这已经不再重要，对我毫无益处。一切都随它去吧。"

她安静了下来，一双丰满的小手叠放在膝盖上，双脚交叉，脸上挂着一丝微笑。

我们又聊了一会儿，她语气平淡地跟我们讲述了她是如何失去房子和拥有的一切，直至破产。马里奥跟她聊起墙上的照片。她起身从墙上拿下一张，递给马里奥，马里奥然后又递给我。"这是皮亚生前拍摄的最后一张照片，"她说，"是她过世前几个月为她的驾驶执照拍的。"她接着又拿下一张照片。"这是皮亚和克劳迪奥的合影。"是一张黑白照，两人面带微笑，互相搂着脖子，一副天真快乐的样子，她朝着镜头竖起了大拇指。

她向远处的墙角走去。"这是皮亚十五岁的时候拍的。她是个漂亮的女孩吧？"她的手在墙上滑动。"这是我已故的丈夫伦佐。"她摘下一张黑白照片，凝望了片刻，然后递给了我们。我们传递着看了看。照片上是个充满活力的快乐男子，正值壮年。

她举起一只手，指向这些照片，蓝眼睛转向我们。"就是几天前，"她说，"我走进家里，突然发现我四周都是死人。"她一阵苦笑，"我要把这些照片从墙上拿下，收起来。我不希望周围都是死去的人。我已经忘记了重要的一点——我还活着。"

我们起身，她将我们送到门口，握住马里奥的手。"我很高兴你还在继续寻找真相，马里奥。我希望你能找到。但是请不要再让我帮助你了。我要摆脱那个负担，安度晚年——我希望你能理解。"

"我完全理解。"马里奥说。

我们走进阳光底下，蜜蜂嗡嗡地在花丛中飞舞，明亮的阳光在湖面上洒下一道耀眼的银光。阳光洒在维基奥的建筑物屋顶的红色瓦片上，在城镇远处的葡萄园和橄榄树林中投下金色的光束。又值葡萄丰收时节，葡萄园里满是工人和手推车，捣碎的葡萄和发酵的香味在空气中弥漫。

这是托斯卡纳不朽的青山里又一个完美的下午。

第六十章

二〇〇七年九月二十七日，法院开庭审理被控为"恶魔凶杀案"幕后策划者的弗朗切斯科·卡拉曼德雷伊。

马里奥·斯佩齐参加了首日的审判。几天后他通过电邮给我发来一份报告，他在其中这样写道：

连续一个月的干热天气之后，九月二十七日的清晨却出人意料地阴冷。那天上午真正的新闻是，在对被控为"恶魔"背后指使者的男子的审判中，竟然没有观众列席。法庭专为公众准备的座位上空空如也，十年前帕恰尼便是在这里被判有罪然后又被判无罪。只有为记者设置的长椅上挤满人。我无法理解，对于一个按照指控罪名几乎就是邪恶化身的人，佛罗伦萨人竟然如此无动于衷。必定是对官方指控的怀疑和不信任使观众选择了缺席。

被告犹豫不决地迈着小碎步进入法庭。他看起来性格温顺，似乎已经听天由命。他的黑眼睛陷入令人琢磨不透的沉思中，浑身散发着隐退绅士的气质。他身穿优雅的蓝色大衣，头戴灰色软呢帽，臃肿的身躯充满了不幸和治疗精神病的药物。他的律师加布里埃莱·扎诺比尼和他的女儿弗朗切斯卡搀扶着他走进法庭。圣卡夏诺的药剂师弗朗切斯科·卡拉曼德雷伊在前排落座，对面前晃来晃去的电视台摄像机和摄影记者照相机的频频闪光无动于衷。

一位记者询问他的心情。他答道："就像某个闯进电影里的人一样，我对情节和人物毫不知情。"

佛罗伦萨检察院指控卡拉曼德雷伊是五起"恶魔杀人案"的幕后指使之一。他们声称他付钱给帕恰尼、洛蒂和万尼，让他们进行犯罪活动，盗走女性受害者的性器官，供他在一些不可告人的可怕神秘仪式里使用。他还被指控一九八五年在斯科佩蒂空地亲自参与谋杀两位法国游客。他也被控一九八四年下令指挥维基奥谋杀案和一九八三年九月两个德国人遇害案，以及一九八二年六月蒙特斯佩托利的谋杀案。在谁可能参与了其他几桩"恶魔凶杀案"这一伤脑筋的问题上，检察院缄默不语。

指控卡拉曼德雷伊的证据荒唐可笑，其中包括他患有精神分裂症的妻子的疯言疯语。她病得不轻，连医生都不允许她出庭作证。此外还有那些被称作阿尔法、贝塔、伽马和德耳塔的"粗鄙的撒谎成性之人"，他们在十年前作证指控帕恰尼和他的"野餐朋友"。值得注意的是，这四个代数符号证人都已经离开人世。只有系列杀人案证人洛伦佐·内西仍然健在，需要什么他就能记起什么。

用来指控卡拉曼德雷伊的还有堆积如山的文件：两万八千页审判帕恰尼的法庭记录，一万九千页对帕恰尼的"野餐朋友"的调查记录，以及九千页对卡拉曼德雷伊本人的调查记录。总共五万五千页，比《圣经》、马克思的《资本论》、康德的《纯粹理性批判》、《伊利亚特》、《奥德赛》和《堂吉诃德》加起来的页数还多。

在被告面前，一个高大的栅栏后面高高端坐着德·卢卡法官。那里通常坐着两位地方法官和陪审团的九位成员，这些人组成巡回法庭负责审判最严重的案件。卡拉曼德雷伊的律师做出一个惊人之举，要求进行所谓"简化的审判"，提出这种要求的人通常已经认罪，希望借此获得减刑。扎诺比尼和卡拉曼德雷伊则完全出于另外一种考虑。"为了能使这次审判尽快结束，"扎诺比尼说，"我们对审判结果一点儿都不担心。"

药剂师的左侧，在前排另一条长椅上，坐着佛罗伦萨公诉人保罗·卡内萨和另一位检察官。两人低声说笑，也许是要向外界表现出自信，抑或是想刺激被告。

审判结束之前，扎诺比尼就会让他们再也笑不出来。

扎诺比尼富有激情地开始陈述案情，指出卡内萨在法律上犯下的一个非常尴尬的技术性疏忽。他随后抨击了"连环命案调查组"在佩鲁贾的分部，这支由米尼尼领导的警队将卡拉曼德雷伊与纳尔杜奇的死联系在一起。"佩鲁贾的几乎所有调查结果都毫无价值，无异于废纸一堆，"他说，"请允许我举例说明。"他举起一捆文件，并说里面有公诉人米尼尼的陈述，直到现在仍然打着封条。"一位执法官怎么可能会严肃对待并相信我现在要读给你听的这份文件呢？"

扎诺比尼开始宣读文件，摄像师纷纷将镜头从卡拉曼德雷伊转到了……我的身上！我简直无法相信，道格，我竟然成为这份文件的明星！该文件是一个女人所谓的"自发性"陈述，她一直与加布里埃拉·卡利齐保持着联系。她向米尼尼法官重复了许多卡利齐的理论，声称她是多年前从撒丁岛一位过世多年的姑妈那里听到的，这位姑妈认识所有卷入此案的人。米尼尼将她说的每一句话都记录下来，进行了录音，最后她还发誓并签名。尽管这个女人的指控缺乏证据，荒唐至极，但是"鉴于其重要性和敏感性"，米尼尼法官在那份文件上盖上了"保密"的印章。

扎诺比尼在灰色法庭上朗读这份文件的时候，我和其他人都听到我竟然不是我父亲的亲生儿子。我的亲生父亲——根据这个女人的证词——是一个著名的音乐家，他有一些堕落变态的习惯，于一九六八年犯下了第一起双重命案。我听到我的母亲是在托斯卡纳一家撒丁人的农场里怀上了我。我还听到发现了亲生父亲的真相之后，我像是继承家庭传统一样继承了他的邪恶事业，成为真正的"佛罗伦萨的恶魔"。这个疯癫的姑妈声称我们一群人相互勾结，策划阴谋，这一群人包括我、芬奇兄弟、帕恰尼和他的"野餐朋友"、纳尔杜奇和卡拉曼德雷伊。她告诉米尼尼，在我们这群"恶魔"的交往中，"每个人都获得了相应的好处：窥淫狂非常享受窥探的过程，邪教徒利用从受害者身上割下的器官举行仪式，物神崇拜者将遇害者身上的器官保存收藏，当然还有斯佩齐，我姑妈总是跟我说，他用一把名叫'鞋匠刀'的工具切割遇害者……维拉奇德罗的一些同乡最近告诉我，斯佩齐的朋友、作家道格拉斯·普雷斯顿来自美国的特务组织。"

她向米尼尼解释说："我之所以现在才说，因为我害怕马里奥·斯佩齐和他的朋友……在斯佩齐被您逮捕之后，我才鼓起勇气，决定与卡利齐商谈此事，因为我信任她，我知道她在寻找真相……"

这些材料荒唐可笑，在扎诺比尼阅读这些陈述的时候，我忍不住要笑。但我心里却怎么也高兴不起来；我忘不了我锒铛入狱的部分原因是卡利齐的恶毒指控。

第一天对卡拉曼德雷伊的审判最终以被告的大获全胜告终。德·卢卡法官将后面三次审判的日期定在十一月二十七日、二十八日和二十九日。不幸的是，如此长的休庭期在意大利是非常正常的。

这就是那封电子邮件的原文。

我打电话给马里奥："我现在成了美国特务了，是吧？该死。"

"这一切第二天媒体都报道了。"

"对于这些荒唐的指控，你将如何应对？"

"我已经以诽谤罪对那个女人提出起诉。"

"马里奥，"我说，"这个世界满是疯子。在意大利，公诉人怎么会将这种人的话看作严肃的证据？"

"因为米尼尼和朱塔里永远都不会放弃。这清楚地证明了，他们仍然不肯放过我。"

就在撰写本书的时候，对卡拉曼德雷伊的审判还在继续，几乎可以确定的是，他将被判无罪，但这位老药剂师的余生就这样被毁了——成为"佛罗伦萨的恶魔"又一个受害者。

"恶魔案"的调查仍在继续，似乎永无尽头。斯佩齐以诽谤罪控告朱塔里，但被法院驳回。斯佩齐因为他的车被毁向法庭控告朱塔里和米尼尼索要赔偿金，却没有收到任何回音。最高法院有利于斯佩齐的裁决使他有权因被非法拘留而索要赔偿金。斯佩齐要求赔偿三十万欧元，代表国家的律师还价四千五百欧元。米尼尼故意拖延，不肯结束对斯佩齐的调查，同时又声称斯佩齐根本不能要求索赔，因为对他的调查仍然没有结束。

二〇〇七年十一月，米尼尼参与调查另一宗耸人听闻的杀人案，一位名叫梅雷迪思·克尔切的英国学生在佩鲁贾被残忍杀害。米尼尼迅速下令逮捕一个名叫阿曼达·诺克斯的美国学生，他怀疑此人卷入了这场谋杀案。在创作本书的时候，诺克斯被关在卡帕内监狱里，等待米尼尼的调查结果。据新闻媒体透露，米尼尼正在编造一个离奇的理论，有关诺克斯和两个所谓的同谋者策划并实施一个充满性、暴力和强奸的邪恶计划。

仿佛安排好了一样，据报道，佩鲁贾的检察官从潜在的邪恶组织这个角度来对待此案，因为此案恰恰发生在意大利传统的"死人节"前一天。"我敢一赔十跟你打赌，"尼科洛说，"他们最终肯定会把'佛罗伦萨的恶魔'也扯进来。"我拒绝了这次打赌。

在这起谋杀案发生还不到一周后，加布里埃拉·卡利齐也在她的网站里谈到此事：

梅雷迪思·克尔切：一宗残忍的谋杀案……也许与纳尔杜奇案和"佛罗伦萨的恶魔"有关，是用他做祭品来向撒旦请求保护吗？其目的何在？最终目的是保住纳尔杜奇案中被调查的那些人。这些人最终杀死了他。

朱塔里并未因在"恶魔案"中伪造证据而被判有罪，却因在一场毫不相干的案件中发表错误声明而被判刑，对他的刑罚缓期执行。

二〇〇八年一月十六日，朱塔里和米尼尼的第一场审前听证会召开了，两人被控"滥用公职"，在米尼尼办理的案子里使利益冲突有利于朱塔里。佛罗伦萨的公诉人卢卡·图尔科以其直率的表达语惊四座。他说，这两位被告是"截然相反的两个人"。米尼尼"是在不停地争斗，已经身陷精神错乱的状态"，此人"愿意铤而走险保护自己，反对批评他调查工作的任何人"。图尔科说，朱塔里充分利用了这种形式的癫狂，"为了他自己的报复性目的，完全超越了他的职责范围。"

听证会结束之后，米尼尼离开法庭，他朝等候多时的媒体狂声大叫：
"我对此提出异议！"

在意大利，我仍然是个嫌疑人，被控参与了一系列犯罪。这些罪名
仍然或多或少被司法部门封锁，秘而不宣。不久前，在朗德庞德的小邮局
里，我收到一封来自意大利的挂号信，通知我受到意大利北部城市莱科的
法庭控告，罪名是 diffamazione a mezzo stampa——"通过媒体进行诽谤中
伤"，属于刑事犯罪。奇怪的是，信中并没有提到要求国家对我提出指控
的人的身份，以及此事源自哪篇文章或采访。仅仅为了知道控告者的名字
和我所犯罪行的罪名，我得向我在意大利的律师额外支付数千欧元。

我常常被问到的问题是："佛罗伦萨的恶魔"是否能找到？我曾经坚
定地相信，我和斯佩齐将揭穿他的真实身份。现在我不再这么确定。也
许，真相可以从世界上彻底消失，永远也无法找到。历史充满了永远都无
法回答的问题——也许其中便有"佛罗伦萨的恶魔"的身份。

作为一个惊悚小说作家，我知道一部谋杀类型的小说要想成功，必
须具备几大要素。首先要有一个具有可理解的行凶动机的凶手；其次必
须有证据；最后还要有发现的过程，这样必定会带出真相。所有的小说，
即使是《罪与罚》这样的小说，都少不了结尾。

我和斯佩齐犯下的最大错误是认为"佛罗伦萨的恶魔"案也会按照
这个模式进行。其实，这些杀人案没有动机，各种猜测也没有证据，这是
一个没有结局的故事。调查的过程将警探带到一片荒野，那里充满了阴
谋理论，我怀疑他们是否能找到出路。没有切实可信的物证和可靠的证
人，任何一种关于"恶魔案"的假说都像是阿加莎·克里斯蒂笔下的侦
探赫尔克里·波洛在小说结尾发表的演讲，一个美丽的故事等待有人认
罪。只不过，这不是小说，也不会有人认罪。无人认罪，"恶魔"将永

远都无法找到。

也许不可避免的是，此案的调查最终将变成不可思议地寻找可以追溯到中世纪的邪恶组织，但这一切都是徒劳无益的。"恶魔"的罪行如此恐怖，单凭人的力量是不可能完成的。最终还是要搬出撒旦。

毕竟，这是意大利。

Douglas Preston & Mario Spezi
THE MONSTER OF FLORENCE

Copyright © 2008 by Splendide Mendax, Inc. & Mario Spezi
This edition published by arrangement with Grand Central Publishing, New York, New York, USA
Simplified Chinese edition copyright © 2024 by Shanghai Translation Publishing House
All rights reserved

图字：09-2023-0416 号

图书在版编目（CIP）数据

佛罗伦萨的恶魔 /（美）道格拉斯·普雷斯顿
（Douglas Preston），（意）马里奥·斯佩齐著；赵永健
译 . —上海：上海译文出版社，2024.4
（译文纪实）
书名原文：The Monster of Florence
ISBN 978-7-5327-9445-4

　Ⅰ.①佛… Ⅱ.①道… ②马… ③赵… Ⅲ.①纪实文
学—美国—现代 ②杀人—案件—意大利—现代 Ⅳ.
①I712.55 ②D954.64

中国国家版本馆CIP数据核字（2024）第 041601 号

佛罗伦萨的恶魔

［美］道格拉斯·普雷斯顿　［意］马里奥·斯佩齐 著　　赵永健 译
责任编辑 / 范炜炜　装帧设计 / 邵　旻　观止堂＿未氓

上海译文出版社有限公司出版、发行
网址：www.yiwen.com.cn
201101　上海市闵行区号景路 159 弄 B 座
上海盛通时代印刷有限公司印刷

开本 890×1240　1/32　印张 11.5　插页 2　字数 192,000
2024 年 4 月第 1 版　2024 年 4 月第 1 次印刷
印数：0,001—8,000 册

ISBN 978-7-5327-9445-4/I·5907
定价：68.00 元

本书中文简体字专有出版权归本社独家所有，非经本社同意不得转载、摘编或复制
如有质量问题，请与承印厂质量科联系。T：021-37910000